日晚倦梳头

李清照选集

聂安福 译注

齐鲁书社

·济南·

图书在版编目（CIP）数据

日晚倦梳头：李清照选集 / 聂安福译注． -- 济南：
齐鲁书社，2022.9
（济南二安）
ISBN 978-7-5333-4611-9

Ⅰ．①日 … Ⅱ．①聂 … Ⅲ．①古典文学－作品综合集
－中国－宋代 Ⅳ．① I214.42

中国版本图书馆 CIP 数据核字（2022）第 153922 号

责任编辑：张　超
装帧设计：赵萌萌
责任校对：赵自环　王其宝

日晚倦梳头——李清照选集
RIWAN JUAN SHUTOU LI QINGZHAO XUANJI
聂安福　译注

主管单位　山东出版传媒股份有限公司
出版发行　**齐鲁书社**
社　　址　济南市市中区舜耕路 517 号
邮　　编　250003
网　　址　www.qlss.com.cn
电子邮箱　qilupress@126.com
营销中心　（0531）82098521　82098519　82098517
印　　刷　山东临沂新华印刷物流集团有限责任公司
开　　本　880mm×1230mm　1/32
印　　张　14
插　　页　1
字　　数　359千
版　　次　2022年9月第1版
印　　次　2022年9月第1次印刷
标准书号　ISBN 978-7-5333-4611-9
定　　价　59.80元

前　言

　　李清照（1084—约1155），号易安居士，齐州章丘（今属山东济南）人。父李格非，字文叔，熙宁九年（1076）进士，元祐中为太学博士，以文章受知于苏轼，与廖正一、李禧、董荣并称"苏门后四学士"，著有《洛阳名园记》。生母王氏，神宗元丰间宰相王珪长女。继母王氏，仁宗天圣八年（1030）状元王拱辰孙女，善文章。同父异母弟李迒，高宗建炎末任敕局删定官。夫赵明诚（1081—1129），字德父，亦作德甫，密州诸城（今属山东潍坊）人，徽宗崇宁末宰相赵挺之幼子，官至江宁知府，好金石、书画、古籍，著有《金石录》三十卷。

　　清照出身于官宦书香之家，博学多才，能书画，精博弈，工诗善文，尤以词著称。其平生成就与其身世际遇、性情学养密切相关。

一

　　李清照七十年左右的人生历程可分为三段：婚前习学游乐的十余年；婚后夫妻相知相爱、志趣相投的二十八年；丧夫后避难流离及客居终老的二十余年。

　　清照的少年成长经历，史料记载不多，大略有三点值得提及。其一，幼年丧母，家境贫俭。清照出生后不久，生母去世，八九岁时，继母入门①。幼年缺失母爱，且家境并不富足，其《金石录后序》有云"赵、李族寒，素贫俭"。其丧夫之后历尽艰辛而显露出的坚毅性格，当与其幼年境遇不无关系。其二，少年习学，以诗知名。李清照六七岁时因其父任职太学而随居京师，开始了近十年的习学游乐生活。其所自言"性偏强记"（《金石录后序》）、"性喜博"（《打马图经序》）、"素习义方，粗明诗礼"（《投翰林学士綦崈礼启》），以及所追忆的"中州盛日，闺门多暇，记得偏重三五"（《永遇乐·元宵》）等，约略透露出此段生活情形。身为女性，李清照不能入官学，但也不受科举功名之束缚，在家习学，礼仪方规而外，尽可学其所好，习其所长。王灼《碧鸡漫志》卷二云："易安居士……自少年便有诗名，才力华赡逼近前辈，在士大夫中已不多得，若本朝妇人当推词采第一。"其卓越的文学才能乃至书画博艺之爱好，皆当得力于少年习学之功。陆游《夫人孙氏墓志铭》载："夫人幼有淑质，故赵建康明诚之配李氏以文辞名家，欲以其学传夫人。时夫人始十余岁，谢不可，曰：'才藻非女子事也。'"此事或可见出清照本人十余岁习学文辞才藻之意识。其三，熏染家风，率直敢言。李清照《上枢密韩公工部尚书胡公并序》有云："嫠家父祖生齐鲁，位下名高人比数。当年稷下纵谈时，犹记人挥汗如雨。""位下名高"，犹如魏晋一些名士；而"稷下纵谈"

---

① 　参见徐培均笺注《李清照集笺注》（修订本）附录一《李清照年谱》，上海古籍出版社 2018 年版。

则非名士之清谈。北宋齐鲁有孙复、石介泰山学派，尚经术，讲事功，刚健好议。清照之父李格非秉承乡风，用意经学，有志史事，论文主气尚诚，元祐间以文章受知于苏轼，与苏门晁补之、张耒等交善。清照幼年丧母，少时与父相处受教，耳濡目染其父的言行交游，性情才学非闺阁所限，堪入士人之流，故而其父执晁补之"多对士大夫称之"①。清照被后世称誉"倜傥有丈夫气，乃闺阁中之苏、辛"②，当与其少时受到的家风熏染有关。

宋徽宗建中靖国元年（1101），十八岁的李清照嫁给二十一岁的太学学生赵明诚，开始了夫妻相知相爱近三十年的人生历程。收藏校录金石、书画、古籍是他们共同的志趣爱好，贯穿始终。其经历可据清照《金石录后序》分为屏居青州十年及其前、后三段来叙述。清照婚后到二十四岁屏居青州之前的六年，身居京师，有夫妻收购共赏金石碑文之温馨惬意，即《后序》所述："每朔望谒告，出质衣，取半千钱，步入相国寺，市碑文果实归，相对展玩咀嚼，自谓葛天氏之民也。"但也有夫妻别离相思之愁苦。其《后序》云："后二年，出仕宦，便有饭蔬衣练，穷遐方绝域，尽天下古文奇字之志。"赵明诚"出仕宦"，"穷遐方绝域，尽天下古文奇字"，未免夫妻别离，如清照词《怨王孙》所云"帝里春晚。重门深院。草绿阶前，暮天雁断。楼上远信谁传。恨绵绵"，即自抒当时情怀。

此外尚须提及的是政坛风波及清照之人生。崇宁二年（1103），

---

① 朱弁《风月堂诗话》卷上，明万历间绣水沈氏尚白斋刻《宝颜堂秘笈》本。

② 沈曾植《菌阁琐谈》，见唐圭璋编《词话丛编》，中华书局1986年版，第3605页。

即清照婚后第二年，其父李格非列籍元祐党人，落职贬象州（今属广西）。时赵挺之任尚书右丞，清照求其救父未果，献诗有云"何况人间父子情"①，"炙手可热心可寒"②。后者化用杜甫《丽人行》讥刺杨国忠语"炙手可热势绝伦"，"心可寒"三字显露出怨怼之情。前者用黄庭坚《忆邢惇夫》诗句，则笔含隐情。邢惇夫名居实，与其父邢恕不协，黄宗羲《宋元学案》卷一《安定学案》谓"其父为程门之叛夫，而先生不然，所宗师者司马温文正公（司马光）、吕申正献公（吕公著），所从游者坡公（苏轼）、涪翁（黄庭坚）、无咎（晁补之）兄弟也"。晁无咎从侄公武云："敦夫年十四，赋《明妃引》，苏子瞻见而称之，由是知名。未几，和叔（邢恕）贬随州，敦夫侍行，病羸呕血。一旦有铃下老卒骄慢，应对不逊。敦夫怒而击之，无何，卒死。和叔发怒，以敦夫属吏，以故疾日侵而夭。故黄鲁直为之挽云：'眼看白璧埋黄壤，何况人间父子情。'盖隐之也。"③赵挺之父子关系有似邢恕父子，明诚姨父陈师道《与鲁直书》云："正夫（赵挺之）有幼子明诚，颇好文义，每遇苏、黄文诗，虽半简数字必录藏，以此失好于父，几如小邢矣。"（小邢，指邢居实。）史载元祐二年（1087）十二月，"监察御史赵挺之奏苏轼专务引纳轻薄虚诞无知市井俳优之人以在门下，取其浮浅之甚者，力加论荐。前日十科乃荐王巩，其举自代乃荐黄庭坚。二

---

① 张琰《洛阳名园记序》，见明刻《增定古今逸史》本《洛阳名园记》。

② 晁公武《郡斋读书志》卷四下"李易安集十二卷"条，《四部丛刊》三编景宋淳祐本。

③ 晁公武《郡斋读书志》卷四下"邢敦夫呻吟集一卷"条，《四部丛刊》三编景宋淳祐本。

人轻薄无行，少有人比。王巩虽已斥逐补外，庭坚罪恶尤大，尚列史局"。元祐三年（1088）十月，苏轼奏论斥言"挺之聚敛小人，学行无取"，谓"挺之疾臣尤出死力"，"险毒甚于李定、舒亶、何正臣"。[①]可见其恩怨之深。赵明诚因好苏、黄诗文致使其父不满，确实如小邢因交游苏、黄等而失好于其父。邢居实乃赵明诚之姑表兄。[②]清照自当听闻邢氏父子不和缘由，其借用黄庭坚挽邢居实诗句，既抒发自身之父女深情，为父落职被贬而深悲，又暗讽赵挺之不念父子情，同时也令人慨叹官场恩怨对人间亲情的伤害。然而官场风云难料，几年后，清照生活再受波及。大观元年（1107）三月，蔡京复相，赵挺之受其倾轧罢相，数日后病卒，既而赵家受蔡京构陷，立案穷究，查无事实。明诚兄弟奉母携家回青州守孝。清照也随之开始了青州屏居生活。

　　婚后在京城生活的六年里，清照已切身感受到政坛的险恶。返归青州，远离官场，十数年的屏居生活堪称舒心惬意。夫妻醉心于金石古器、书画典籍，如其《金石录后序》所述："每获一书，即同共校勘，整集签题。得书、画、彝、鼎，亦摩玩舒卷，指摘疵病，夜尽一烛为率。故能纸札精致，字画完整，冠诸收书家。余性偏强记，每饭罢，坐归来堂，烹茶，指堆积书史，言某事在某书某卷第几叶第几行，比中否角胜负，为饮茶先后。中即举杯大笑，至茶倾覆怀中，

---

① 李焘《续资治通鉴长编》卷四百七、四百十五，上海古籍出版社 1985 年影印浙江书局本。

② 李焘《续资治通鉴长编》卷四百三载元祐二年（1087）七月乙丑，左司谏吕陶上疏论朋党云："新除台官赵挺之乃邢恕妻兄，从程颐学。"

反不得饮而起。甘心老是乡矣，虽处忧患困穷而志不屈。"金石怡情，书史博闻，乐在其中。同时，亲友交游，讲论唱和，其乐融融。晁公休为赵明诚妹婿傅察所撰《行状》载赵挺之去世后，傅察先后任青州司法参军、淄川县丞，明诚三兄弟"以母夫人高年，家居不仕，讲学博古，琴书自娱。友婿李擢少负英才，时为青州司录。公缘职事往来淄、青间，相与琢磨。士论称之"①。当时雅集欢赏情状可以想见，清照也有聚会分韵诗作流传："学语三十年，缄口不求知。谁遣好奇士，相逢说项斯。"（《分得知字》）可见其诗词为士人所传扬。无疑，青州屏居是清照人生中的一段美妙时光，但也不无遗憾，那便是赵明诚不时出游访古带来的夫妻别离。据《金石录》跋尾及有关存世题名，其间赵明诚足迹所至有青州临朐县之仰天山、兖州奉符县之泰山、潍州昌乐县、齐州长清县之灵岩寺、密州安丘县、孟州汜水县、淮阳军下邳县、洛阳等地。清照的某些伤离怨别词作当与此相关。

宋徽宗宣和三年（1121）至钦宗靖康元年（1126），赵明诚连知莱州、淄州。二州均临近青州，清照随往，协助明诚完成金石校录题跋，其《金石录后序》追述云："因忆侯在东莱静治堂，装卷初就，芸签缥带，束十卷作一帙。每日晚吏散，辄校勘二卷，跋题一卷。"又云："至靖康丙午岁，侯守淄川，闻金人犯京师，四顾茫然，盈箱溢箧，且恋恋，且怅怅，知其必不为己物矣。"金兵南犯终结了清照青州屏居以来二十年的平静安稳生活。这二十年中，清照协助夫君校勘金石典籍，完成了《金石录》一书，提升了学养；

---

① 傅察《忠肃集》卷下附晁公休《宋故朝散郎尚书吏部员外郎赠徽猷阁待制傅公行状》，影印文渊阁《四库全书》本。

与亲友讲论唱和，锤炼了创作，更增进了情义。日后清照在孤寡艰辛的生活中得到过明诚妹婿李擢、姑表兄弟綦崈礼、姨表兄弟谢克家等人的关照帮助，也是这段情义的体现。

靖康之难，北宋灭亡。建炎元年（1127），高宗即位南迁。清照时年四十四岁，随之开始了八年的迁转避难生涯。这年三月，赵明诚赴建康（今江苏南京）奔母丧，清照秋后离青州南下。建炎二年九月，明诚起复知建康，三年三月罢。夫妻备船载金石等物逆江西上，欲卜居赣州。五月至池州（今安徽池州贵池区），明诚奉诏知湖州，遂驻家池州，六月十三日独自返建康，冒暑感疾。清照七月底获报，急赴建康。八月十八日，明诚病故。时金兵南犯迫促，隆祐太后率六宫往江西避难。闰八月，高宗往浙西。清照料理完丧事，回到池州，大病。时明诚妹婿李擢任兵部侍郎，从卫隆祐太后在洪州（今江西南昌）。清照遂遣人载金石等物先行投奔。十二月，金兵陷洪州。清照闻之，转念往依随高宗避难浙西、时任敕局删定官的同父异母弟李远，自池州取道睦州（今浙江建德），至剡县（今浙江嵊州）。四年正月到台州（今浙江临海），弃衣被趋黄岩，雇船入海奔行在章安镇，从御舟南下温州，四月北上越州（今浙江绍兴），十二月到衢州。绍兴元年（1131）春三月返越州，卜居一年，书画被盗。二年（1132）春到杭州，不久病重无依，五、六月间，盖由其弟主导，被迫改嫁右承奉郎监诸军审计司张汝舟，受尽欺凌①。八月，清照举

---

① 李清照《投翰林学士綦崈礼启》云："弟既可欺，持官文书来辄信；身几欲死，非玉镜架亦安知。佪佪难言，优柔莫决。呻吟未定，强以同归"，"彼素抱璧之将往，决欲杀之。遂肆侵凌，日加殴击。可念刘伶之肋，难胜石勒之拳"。

报张汝舟科举枉法①，随后诉讼离婚。依据宋代法律，妻讼夫，"虽得实，徒二年"②，幸得翰林学士綦崇礼疏救，清照系狱九日而获释。数月后的绍兴三年五月，吏部侍郎同签书枢密院事韩肖胄、给事中试工部尚书胡松年使金议和，清照贫病缠身，仍心系家国时局，上诗献言："闾阎嫠妇亦何知，沥血投书干记室。夷虏从来性虎狼，不虞预备庸何伤。"倾诉深切的故国情思："欲将血泪寄山河，去洒东山一抔土。"（《上枢密韩公工部尚书胡公并序》）其识见及襟怀堪称女中英杰。次年九月，金与伪齐联合渡淮攻宋。十月，高宗御驾亲征，进驻平江（今江苏苏州）。"江、浙之人自东走西，自南走北，居山林者谋入城市，居城市者谋入山林，旁午络绎，莫不失所。"（《打马图经序》）时李擢知婺州（治所在金华），清照自临安取水路经桐庐，至金华避难。绍兴五年正月，金及伪齐败退。二月，高宗还临安。五月，李擢奉诏往清照家取《哲宗皇帝实录》缴进。大概此后不久，清照即返杭州，安顿停当，回想八年来所历种种不幸，尤为夫君病故、金石散失而感慨伤悲，自当心系亡夫遗著《金石录》，"愍悼旧物之不存，乃作《后序》，极道遭罹变故本末"③，表上朝廷，传之后世，既完成亡夫之遗愿，也是对亡夫

① 李心传《建炎以来系年要录》卷五十八：绍兴二年九月戊午朔"右承奉郎监诸军审计司张汝舟属吏，以汝舟妻李氏讼其妄增举数入官也。其后有司当汝舟私罪，徒。诏除名，柳州编管。十月己酉行遣。李氏，格非女，能为歌词，自号易安居士"。
② 窦仪《重详定刑统》卷二十四《斗讼律》"告周亲以下"，民国嘉业堂刻本。
③ 洪迈《容斋四笔》卷五，上海古籍出版社1978年版，第668页。

的最好悼念①。

　　清照人生最后的近二十年寓居杭州，其经历可考知者有三事：一是绍兴十三年（1143）端午进献帖子词。周密《浩然斋雅谈》卷上："李易安绍兴癸亥在行都，有亲联为内命妇者，因端午进帖子。"今存世有《端午帖子》三首、《春帖子》二首。二是携米芾《灵峰行记》《寿时宰词》二帖拜访米芾之子米友仁求跋。岳珂《宝真斋法书赞》卷十九、二十著录此二帖，载米友仁跋有云"易安居士一日携前人墨迹临顾，中有先子留题""易安居士求跋，谨以书之"，末皆署"敷文阁直学士右朝议大夫提举佑神观友仁谨跋"②。据《建炎以来系年要录》卷一百五十九载，绍兴十九年四月"癸酉，敷文阁待制提举佑神观米友仁升直学士"，卷一百六十二载绍兴二十一年正月"庚子，敷文阁直学士提举佑神观米友仁卒"，则易安求跋当在绍兴十九年（1149）或二十年（1150）。三是有意传学于孙综之女。陆游《夫人孙氏墓志铭》云："夫人幼有淑质，故赵建康明诚之配李氏以文辞名家，欲以其学传夫人。时夫人始十余岁，谢不可，曰：'才藻非女子事也。'……绍熙四年从推官官临安，以其年七月辛巳疾终于官舍。……享年五十有三。"③孙氏卒于绍熙四年（1193），享年五十三，乃生于绍兴十一年（1141），其十余岁，

———————————

① 洪适《隶释》卷二十六《金石录跋》云："绍兴中，其妻易安居士李清照表上之。"卷二十四录赵明诚《金石录自序》："是金石之固犹不足恃，然则所谓二千卷者，终归于磨灭，而余之是书有时而或传也。"

② 岳珂《宝真斋法书赞》卷十九、二十，清光绪二十五年广雅书局刻《武英殿聚珍版丛书》本。

③ 陆游《渭南文集》卷三十五，《四部丛刊》景明活字本。

当在十一至十五岁之间，即绍兴二十一年（1151）至二十五年（1155）间。清照时已年近七旬，尚有意传学于女童，显示出其对女性才学的珍惜，也见出其良好的健康状态和安逸的生活情状。清照卒年难以考定，可以确定的是卒于绍兴二十一年之后。上述三事略可显露其晚年杭州安居境况，盖有亲友关照，身心尚属平安。

二

李清照平生所历人事物情、家国变故、忧患得失，融注其女性之妍婉深情及堪当女中英杰之才学襟怀、志趣识见，陶炼于心间，流诸笔端，即成卓越之文学作品。清照身后不久，晁公武《郡斋读书志》著录"《李易安集》十二卷"，后世散佚，今存作品不多，但诗词文赋众体兼备。分体而论其文学成就，词居首，诗文次之。

李清照是宋代极少数词论、词作兼备的重要词家。胡仔《苕溪渔隐丛话》后集卷三十三载录清照词论后评曰："易安历评诸公歌词，皆摘其短，无一免者。此论未公，吾不凭也。其意盖自谓能擅其长，以乐府名家者。"饶宗颐先生《词集考》则谓其"论唐、宋以来歌词，各摘其短，似苛而皆中的"①。清照论词严守词体本色，提出词"别是一家"，即词有别于诗、文，在音律、笔调两端别具家数。据此评判北宋词坛诸大家柳永、晏几道、黄庭坚、秦观、贺铸等人词作协律而笔调不尽合体，柳永"词语尘下"，晏几道"苦无铺叙"，贺铸"苦少典重"，秦观"专主情致而少故实"，黄庭

---

① 饶宗颐《词集考（唐五代宋金元编）》，中华书局1992年版，第89页。

坚"尚故实而多疵病";晏殊、欧阳修、苏轼"学际天人，作为小歌词，直如酌蠡水于大海，然皆句读不葺之诗尔，又往往不协音律"，即音律、笔调皆不尽合体。清照所评是否中肯姑置不论，然从中可大体归结出其对词体笔调的要求，与其词作相应证。

其一，用语浅近自然。清照指斥柳永"词语尘下"，又谓欧、苏"学际天人，作为小歌词，直如酌蠡水于大海，然皆句读不葺之诗尔"，王安石、曾巩"文章似西汉，若作一小歌词，则人必绝倒，不可读也"，即谓词体之用语既不可尘俗似俚曲，又不可高雅如诗文，不可以学为词、以诗为词、以文为词。这在其词作中体现为用语浅近自然，少数琢炼词句如"绿肥红瘦"（《如梦令》）、"柳眼梅腮"（《蝶恋花》"暖日和风初破冻"）、"清露晨流，新桐初引"（用《世说新语》成句）、"宠柳娇花"（《念奴娇》"萧条庭院"）、"拥红堆雪"（《好事近》"风定落花深"）等，亦属清新妥溜，而非工巧典丽。清照词作用语最鲜明的特色是浅易乃至以寻常口语调度入律而不失雅致。如《永遇乐》（落日镕金）："如今憔悴，风鬟霜鬓，怕见夜间出去。"张端义《贵耳集》评曰："皆以寻常语度入音律。"《声声慢》（寻寻觅觅）："最难将息""怎一个愁字了得"，刘体仁《七颂堂词绎》称其"深妙稳雅，不落蒜酪，亦不落绝句，真此道本色当行第一人也"。此类词句不乏其例：

> 这回去也，千万遍《阳关》，也则难留。（《凤凰台上忆吹箫》"香冷金猊"）

> 不如向帘儿底下，听人笑语。（《永遇乐》"落日镕金"）

> 不怕风狂雨骤，恰才称、煮酒笺花。如今也，不成怀抱，

得似旧时那。(《转调满庭芳》"芳草池塘")

一枝折得，人间天上，没个人堪寄。(《孤雁儿》"藤床纸帐朝眠起")

要来小酌便来休，未必明朝风不起。(《玉楼春》"红酥肯放琼苞碎")

这些词句读来浅近自然而又不涉粗鄙俚俗。宋人"效易安体"之作也见出时人对清照词作这一用语特色的共识。如侯寘《眼儿媚·效易安体》：

花信风高雨又收。风雨互迟留。无端燕子，怯寒归晚，闲损帘钩。 弹棋打马心都懒，撺掇上春愁。推书就枕，兔烟淡淡，蝶梦悠悠。

辛弃疾《丑奴儿近·博山道中效易安体》：

千峰云起，骤雨一霎儿价。更远树斜阳，风景怎生图画。青旗卖酒，山那畔别有人家。只消山水光中，无事过这一夏。午醉醒时，松窗竹户，万千潇洒。 野鸟飞来，又是一般闲暇。却怪白鸥，觑著人、欲下未下。旧盟都在，新来莫是，别有说话。

二词情韵格调不同，但均标注"效易安体"，即皆以浅近寻常语调度入律。

其二，用典简明显豁。诗文用典以求含蓄典雅，其法多样，有明用有暗用，有正用有反用，有实用有虚用等。清照反对以文为词、以诗为词，其词作用典不取冷僻典事，且皆为明用、正用。如"贵妃醉脸""孙寿愁眉""韩令偷香""徐娘傅粉""汉皋解佩"(《多丽》"小楼寒")、"寂寞浑似，何逊在扬州"(《满庭芳》"小阁藏春")、"寿阳粉面增妆饰"(《河传》"香苞素质")、"星桥鹊驾，经年才见，想离情别恨难穷"（《行香子》"草际鸣蛩"）、"东山高蹈"（《新荷叶》"薄露初零"）、"仲宣怀远更凄凉"（《鹧鸪天》"寒日萧萧上琐窗"）、"九万里风鹏正举"（《渔家傲》"天接云涛连晓雾"）等均显豁简明。清照《词论》提及"故实"，即用典，谓黄庭坚"尚故实而多疵病"，当言其用典欠明澈。

其三，句法笔路顿挫疏宕。清照《临江仙》序云："欧阳公作《蝶恋花》，有'深深深几许'之句。予酷爱之，用其语作'庭院深深'数阕。""深深深几许"为叠字句，但其节奏韵律又不同于常见的单字双叠句，其重叠中有节律上的间隔停顿（"深深？深几许"），且寓有顿挫跌宕："深深"，为常见的单字双叠，沉缓滞重，有强调效果；"深几许"，重复"深"字设问顿挫，形成跌宕之势，引起下文。其《临江仙》一词即具跌宕之致：

> 庭院深深深几许，云窗雾阁常扃。柳梢梅萼渐分明。春归秣陵树，人客建康城。　　感月吟风多少事，如今老去无成。谁怜憔悴更凋零。试灯无意思，踏雪没心情。

词中"深几许""多少事""谁怜"三处顿挫及结末叠用否定句（"无意思""没心情"），令全词情韵跌宕。清照词中虽有不少叠字句，大多为习常双叠语，如"草草""匆匆""萧萧""依依""绵绵""层层""重重""沉沉""悄悄"等，不足称道；少数如"寻寻觅觅，冷冷清清，凄凄惨惨戚戚"（《声声慢》）、"叶叶心心、舒卷有余情"（《添字丑奴儿》"窗前谁种芭蕉树"）堪称新警自然、辞情切当，但其节奏仍属单字双叠之重复，有强化之效而无跌宕韵致。清照所酷爱者不在叠字，而在于重叠中有顿挫跌宕，其词作中值得提出的是节奏韵律与"深深深几许"相似的重叠类句法和顿挫类句法。重叠类句法可分为三种：

一是词句重叠，即叠句，多为词调格式所规定，如：

知否？知否？应是绿肥红瘦。（《如梦令》"昨夜雨疏风骤"）

窗前谁种芭蕉树，阴满中庭。阴满中庭。（《添字丑奴儿》）

伤心枕上三更雨，点滴凄清。点滴凄清。（《添字丑奴儿》）

乱山平野烟光薄。烟光薄。（《忆秦娥》"临高阁"）

西风催衬梧桐落。梧桐落。（《忆秦娥》"临高阁"）

二是字词重复且结构相同的排比句，如：

纵浮槎来，浮槎去。（《行香子》"草际鸣蛩"）

甚霎儿晴，霎儿雨，霎儿风。（《行香子》"草际鸣蛩"）

又还秋色，又还寂寞。（《忆秦娥》"临高阁"）

也不似贵妃醉脸，也不似孙寿愁眉。（《多丽》"小楼寒"）

似愁凝、汉皋解佩，似泪洒、纨扇题诗。（《多丽》"小楼寒"）

更挼残蕊，更捻余香，更得些时。（《诉衷情》"夜来沉醉卸妆迟"）

三是相同字词的间隔重复，姑且称作辘轳句，如：

人道山长山又断。（《蝶恋花》"泪湿罗衣脂粉满"）

旧时天气旧时衣。只有情怀不似旧家时。（《南歌子》"天上星河转"）

多情自是多沾惹。（《怨王孙》"帝里春晚"）

花自飘零水自流。（《一剪梅》"红藕香残玉簟秋"）

烛底凤钗明。钗头人胜轻。（《菩萨蛮》"归鸿声断残云碧"）

年年雪里，常插梅花醉。挼尽梅花无好意，赢得满衣清泪。（《清平乐》）

　　与通常的单字双叠句式不同，上述词句均属单字间隔错落重复，节奏疏宕流转。

　　顿挫类词句则在词作笔路意脉中形成停顿或转折，如：

　　　　试问卷帘人，却道海棠依旧。(《如梦令》"昨夜雨疏风骤")

　　　　这回去也，千万遍《阳关》，也则难留。(《凤凰台上忆吹箫》"香冷金猊")

　　　　来相召，香车宝马，谢他酒朋诗侣。(《永遇乐》"落日镕金")

　　　　一枝折得，人间天上，没个人堪寄。(《孤雁儿》"藤床纸帐朝眠起")

　　　　说与高楼，休更吹羌笛。(《河传》"香苞素质")

　　　　风休住。蓬舟吹取三山去。(《渔家傲》"天接云涛连晓雾")

　　　　莫道不销魂，帘卷西风，人似黄花瘦。(《醉花阴》"薄雾浓云愁永昼")

　　这些词句或以转折，或以否定顿挫笔调，于词情脉络中形成跌宕。但清照词中更多的是以问句提顿。其设问，大都问而无答，或无须回答、无法回答，如"人何处。连天芳树。望断归来路"(《点绛唇》"寂寞深闺")、"更谁家横笛，吹动浓愁"(《满庭芳》"小阁藏春")、"能留否，酴醾落尽，犹赖有残葩"(《转调满庭芳》"芳草池塘")、"故乡何处是。忘了除非醉"(《菩萨蛮》"风柔日暮春犹早")；或答在问中，如"感月吟风多少事，如今老去无成。谁怜憔悴更凋零"(《临江仙》"庭院深深深几许")、"吹箫人去玉楼空，肠断与谁同倚"(《孤雁儿》"藤床纸帐朝眠起")、"酒意诗情谁与共。泪融残粉花钿重"(《蝶恋花》"暖日和风初破冻")，"谁怜"即无人怜惜，"与谁同倚"即无人可与同倚，"谁与共"即无人与共。

与此相类而笔力更强的是反问，如《声声慢》（寻寻觅觅）中"三杯两盏淡酒，怎敌他、晓来风急""憔悴损，如今有谁忺摘""守著窗儿，独自怎生得黑""这次第，怎一个愁字了得"四处反诘，顿挫有力，令词情慨悲怨，动人心魄。《永遇乐》（落日镕金）上片则以设问（"人在何处""春意知几许"）、反问（"次第岂无风雨"）、转折（"谢他酒朋诗侣"），于铺叙中错落提顿，与下片忆昔叹今之大起大落，相辅相成，跌宕有致，词情沉郁而不婉弱。

用语之浅近自然、用典之简明显豁、句法之顿挫疏宕，为清照词作笔调之基本特色。这些字句笔法特点共同成就了清照词作中的清疏气格，沈曾植《菌阁琐谈》称之为"神骏"：

> 易安跌宕昭彰……闺房之秀，固文士之豪也。……自明以来，堕情者醉其芬馨，飞想者赏其神骏。易安有灵，后者当许为知己。

"易安有灵，后者当许为知己"，即谓"赏其神骏"者堪称清照词之知音。清照最典型的神骏飞想之作当属《渔家傲》：

> 天接云涛连晓雾。星河欲转千帆舞。仿佛梦魂归帝所。闻天语。殷勤问我归何处。　我报路长嗟日暮。学诗谩有惊人句。九万里风鹏正举。风休住。蓬舟吹取三山去。

词人神驰天宇，梦飞帝所，与天帝问答，抒写前路迷茫之忧虑，以及超举入仙之期盼，境界浩渺，笔致疏放。梁启超云："此绝似苏辛派，不类《漱玉集》中语。"[1]诚然，清照其他词作不见这

---

① 梁令娴编，刘逸生校点：《艺蘅馆词选》乙卷引录，广东人民出版社1981年版，第91～92页。

般气象，当因此词托诸梦境，无所拘束，放飞自我，疏宕豪放性情一展无遗。其他词作虽因词情内容之不同呈现出不尽相同的面貌，然其神骏之势仍或隐或显、或强或弱见诸笔端。如闺情别愁之作《醉花阴》（薄雾浓云愁永昼）、《一剪梅》（红藕香残玉簟秋）、《凤凰台上忆吹箫》（香冷金猊）、《怨王孙》（帝里春晚）等，于妍婉跌宕中见神骏；其在靖康之难、夫君病故之后所作感慨身世者如《声声慢》（寻寻觅觅）、《永遇乐》（落日镕金）等，于沉郁凄楚中见神骏；其咏物纪游之作如《河传》（香苞素质）、《玉楼春》（红酥肯放琼苞碎）、《渔家傲》（雪里已知春信至）、《多丽》（小楼寒）、《鹧鸪天》（暗淡轻黄体性柔）、《如梦令》（常记溪亭日暮）等，则于疏宕流转中见神骏。陆昶《历朝名媛诗词》卷十一称其"挥洒俊逸，亦能琢炼"，陈廷焯《词坛丛话》谓其"风神气格冠绝一时，直欲与白石老仙（姜夔）相鼓吹"。字法、句法之琢炼而归于风神气格之俊逸自然，清照词确实可与数十年后的白石清空词风相呼应。

三

李清照以词名世，其诗文亦颇得时人称赏传诵，王灼《碧鸡漫志》卷二谓其"自少年便有诗名，才力华赡逼近前辈"，朱弁《风月堂诗话》卷上赞其"善属文，于诗尤工"，赵彦卫《云麓漫钞》卷十四乃至称其"有才思，文章落纸，人争传之"。其诗文作品虽存世甚少，却仍获后世好评，清初陈弘绪所谓"尝鼎一脔，已知为驼峰麟脯矣"，称其《金石录后序》"自是大家举止，绝不作闺阁妮妮语"，《打马图经序》"亦复磊落不凡"，"《和张文潜浯溪中兴碑》……二诗奇气横溢"。① 他如明人唐锦《龙江梦余录》卷一称其"诗文典赡，无愧于古之作者"，清人李慈铭《越缦堂读书记》卷九评其《金石录后序》"叙致错综，笔墨疏秀，萧然出町畦之外"，谓"宋以后闺阁之文，此为观止"。点评具体篇目均属中肯，而总评其"诗文典赡"则不尽然，当分别而论。

如果要说清照之诗文赋的共同特色，那就是"绝不作闺阁妮妮语"，即有丈夫气，其具体面貌则又因体式、题材之不同而各具特色。清照提出词"别是一家"，不可以诗、文为词，另一面也见出其对诗、文各体家数格调的通晓熟知。王灼称其"才力华赡逼近前辈"，诚非过誉。

清照诗作存世不到二十首，然古体、近体，五言、七言，律诗、绝句，众体兼备，均称得体，不乏佳作。七言古体如《浯溪中兴颂诗和张文潜》二首，和韵之作而别具意趣，非颂赞中兴，而于兴衰感慨中寄寓对兴衰之根源的深切思致，笔调雄俊，情韵跌宕。五言古体有《晓梦》，借梦中仙境寄寓超脱悲苦现实的心愿，以及对昔日升平欢会的追惜，笔调从容婉雅，余韵悠然。《上枢密韩公工部尚书胡公并序》二首，其一为古体而兼用五言、七言，前半首四十六句铺展叙述朝堂上宋高宗与众臣商定使臣及韩肖胄承诏表态之场景，其五言古体诗笔尤能显示君臣朝堂对话之简明庄重氛围；后半首三十四句转用七言古体，更宜于渲染送别氛围，表现作者临别赠言述怀之婉切疏宕情韵。其二为七律，篇幅限制，

---

① 　陈弘绪《寒夜录》卷下，清抄本。

且有格律句式之要求，故而取材立意简明切题，承前诗送别赠言之后而料想使臣途经故都的情形，寄寓对故国遗民的诚挚思念和同情。笔意起承呼应，章法绾合深稳，情韵悲慨浑雅。另一首七言古体《感怀》，四联八句，抒写莱州郡斋独享清贫闲静之恬适情怀，旨趣明确简要，字数篇幅与七律无异，但不受平仄粘对、句式对仗及平声韵之束缚，章法遂不求起承转合之稳妥贴切，笔意脉络正反相荡，尤其是中间两联不讲对仗，上、下句意脉相贯而非相称或相对，两联之间意脉相反相成。这三首诗作颇能见出清照对五言古体、七言古体及七言律诗之体式特长的把握和驾驭能力。

以篇数论，清照诗作存世较多的是绝句，有十余首。撇开进献宫廷的五首节庆应景之帖子词不论，其余几首绝句，或触景抒怀，如《春残》《偶成》，或纪游怀古，如《乌江》《夜发严滩》《题八咏楼》等，均称佳作。各诗情调意趣及笔调特色，书中已有解析，此就其句式章法略作比较归纳。格律诗之绝句体式为两联四句，平仄粘对及平声韵脚等要求与律诗相同，但句式对仗与否则不限，其句式章法有两联皆对仗、两联均不对仗、首联对仗尾联不对仗、首联不对仗尾联对仗四种。对仗者句意相称相对，节律多停当沉稳；不对仗者句意相贯相承，节律多灵动流转。四种组合格调有别，第一种（两联皆对仗）较少见，本书选录的六首绝句分别归属后三种组合体式。一是两联均不对仗，有《分得知字》《偶成》二首。每联之上、下句笔意相贯通，首、尾两联间意脉相反相成（"缄口不求知"与"相逢说项斯"意趣相反，"相从曾赋赏花诗"与"安得情怀似往时"欢愁相对），反差跌宕中寄寓情怀意趣。二是首联对仗、尾联不对仗，有《乌江》《夜发严滩》二首，均因古迹触发感慨思致。首联明旨，突兀而起，笔重势稳；尾联补衬，笔调轻缓。笔势节律相近，但立意角度及意脉关联又有分别。《乌江》旨在励世，正面立意，从"项羽不肯过江东"寻思出"生当作人杰，死亦为鬼雄"，两联间意脉倒接；《夜发严滩》旨在讽世，反面立意，从严子陵鄙弃名利之高风亮节想到世俗追名逐利（"巨舰只缘因利往，扁舟亦是为名来"），两联间意脉顺接。二诗格调亦呈现出感慨雄健与犀利谐谑之不同特色。三是首联不对仗，尾联对仗，有《春残》《题八咏楼》二首。首联切题而入，触景抒怀，上、下句笔意贯通一体；尾联状景，情融景中，上、下句笔意相辅相成。二诗笔调章法大略相同，均以景结情，但情调有别，《春残》抒写病中伤春思乡之情，首联起句问诘（"春残何事苦思乡"），言情婉荡，尾联取境妍婉（"梁燕语多终日在，蔷薇风细一帘香"），情味绵长；《题八咏楼》抒写登临感时伤世情怀，首联贯通古今，直笔言愁（"千古风流八咏楼，江山留与后人愁"），尾联取境浩阔（"水通南国三千里，气压江城十四州"），感慨苍茫。

钱锺书先生说："北宋末南宋初的诗坛差不多是黄庭坚的世界，苏轼的儿子苏过以外，像孙觌、叶梦得等不卷入江西派的风气里而倾向于苏轼的名家，寥寥可数，汪藻是其中最出色的。"① 清照诗作存世太少，或难入名家之列，然其诗风当属"不卷入江西派的风气里而倾向于苏轼"者。

---

① 钱锺书《宋诗选注》，人民文学出版社 2002 年版，第 193 页。

四

与诗作相比，清照之文存世更少，但同样体式齐备，古文、骈文、骈赋俱全。古文有一论二序，即《词论》和《金石录后序》《打马图经序》。《词论》传自胡仔《苕溪渔隐丛话》后集卷三十三引录，结末或有删略，但大体完整。其词学理论上的开拓意义姑置勿论，就文言文，《词论》结构合理，脉络清晰，述评结合，叙事之笔生动有趣，评述之笔简明率直。《打马图经序》立意高明，以小见大，以理摄事，说理简要，述事分明，笔墨呼应，章法严整。二文均堪称宋代古文同类题材中的佳作，而《金石录后序》则为世所称赏的古文名篇，李慈铭《越缦堂读书记》卷九评曰："叙致错综，笔墨疏秀，萧然出町畦之外。予向爱诵之，谓宋以后闺阁之文，此为观止。"此言或许可与毛晋所评"非止雄于一代才媛，直洗南渡后诸儒腐气，上返魏晋"①相辅相成，合而言之，可谓文理错综自然，笔致委曲疏秀，文情诚挚动人。其文理笔致，书中已有赏析，此就文情真切这一特点略作解读。清照这几篇存世古文都具有自然率真的特色，《词论》一文论评之率直，《打马图经序》中自述"性喜博"云云，均见其性情之真。这体现出清照为文尚诚的观念，当与其父李格非论文主诚密切相关，释惠洪《冷斋夜话》卷三云："李格非善论文章，尝曰：诸葛孔明《出师表》、刘伶《酒德颂》、陶渊明《归去来辞》、李令伯《陈情表》，皆沛然从肺腑中流出，殊不见斧凿痕。是数君子在后汉之末，两晋之间，初未尝以文章名世，而其意超迈如此，吾

---

① 毛晋《漱玉词跋》，见汲古阁本《漱玉词》。

是知文章以气为主，气以诚为主。"《金石录后序》亦可谓"沛然从肺腑中流出，殊不见斧凿痕"，毛晋称其"上返魏晋"，诚为知言。李格非以文章受知于苏轼，与苏门张耒、晁补之、陈师道等交厚，其论文乃与苏门同道。如苏轼称为文"乃不能不为之为工"，如"山川之有云雾，草木之有华实，充满勃郁而见于外"（《南行前集叙》），"如万斛泉源，不择地皆可出。在平地滔滔汩汩，虽一日千里无难。及其与山石曲折，随物赋形，而不可知也"（《自评文》），陈师道谓"善为文者，因事以出奇，江河之行，顺下而已。至其触山赴谷，风抟物激，然后尽天下之变"（《后山诗话》），张耒谓"君子之文章，不浮于其德。其刚柔缓急之气，繁简舒敏之节，一出乎其诚"（《上曾子固龙图书》），均与李格非主气尚诚之论旨趣相通。清照的古文创作受其父文论观之影响，实亦归属北宋欧、苏古文革新之实绩。

古文而外，清照的四六骈体亦为时人所称赏，谢伋《四六谈麈》即例举其祭赵明诚之断句："赵令人李（氏）号易安，其祭湖州文曰：'白日正中，叹庞翁之机捷；坚城自堕，怜杞妇之悲深。'妇人四六之工者。"但其存世之作仅文、赋各一篇，即《投翰林学士綦崈礼启》和《打马赋》。二文句式上的四六骈俪、遣词上的用典藻饰堪称典赡，但略无繁缛滞重之弊。前者叙事述怀兼备，后者状物寓理兼融感时，均脉络贯通，文势浑然。具体而言，其一，骈俪中见散行之气。或清疏畅达，如《投翰林学士綦崈礼启》中"近因疾病，欲至膏肓。牛蚁不分，灰钉已具。尝药虽存弱弟，应门惟有老兵。既尔苍皇，因成造次""此盖伏遇内翰承旨，搢绅望族，冠盖清流。日下无双，人间第一"，《打马赋》中"岁令云徂，卢或可呼。千金一掷，百万十都。樽俎具陈，已行揖让之礼；主宾既醉，不有博弈者乎""若乃吴江枫落，胡山叶飞；玉门关闭，沙苑草肥"；或婉转跌宕，如《投翰林学士綦崈礼启》中"被桎梏而置对，同凶丑以陈词。岂惟贾生羞绛灌为伍，何啻老子与韩非同传""友凶横者十句，盖非天降；居囹圄者九日，岂是人为""虽南山之竹，岂能穷多口之谈；惟智者之言，可以止无根之谤"。《打马赋》更以"若乃""且夫""况""或"等虚字调度，或转折，或递进，或铺展，姿态横生，气韵疏宕。其二，遣词用典多切情入理，不求华丽夸饰。如《投翰林学士綦崈礼启》之"忍以桑榆之晚节，配兹驵侩之下才。身既怀臭之可嫌，惟求脱去；彼素抱璧之将往，决欲杀之。遂肆侵凌，日加殴击。可念刘伶之肋，难胜石勒之拳。局天扣地，敢效谈娘之善诉；升堂入室，素非李赤之甘心。外援难求，自陈何害"，自述不堪家暴、愤然诉讼之情事，六则典故为我所用，以情驭典，淋漓畅达；《打马赋》之"平生不负，遂成剑阁之勋；别墅未输，已破淮淝之贼。今日岂无元子，明时不乏安石。又何必陶长沙博局之投，正当师袁彦道布帽之掷也"，言博戏之不当废除，四则典故，驱遣入理，跌宕有致。刘麟生《中国骈文史》论及宋代骈文云："欧苏高唱古文，以古文气格，行之于四六之中，风起云涌，蔚为一代作风。"清照骈体文、赋即可谓"以古文气格，行之于四六之中"。

本书选注李清照词五十三首，诗十二首，文四篇，赋一篇。词作依调编排，同调之作则揣度作年酌定前后；诗文大略依作年编排。文本据王仲闻《李清照集校注》、徐培均《李清照集笺注》（修订本），校记从略，重要异文于注释中说明。本人才学疏浅，书中错误敬祈读者指正。

目　录

诗

文

赋

点绛唇

蹴①罢秋千，起来慵整纤纤手。露浓花瘦。薄汗沾②衣透。　　见客入③来，袜划④金钗溜。和羞走。倚门回首。却把青梅嗅⑤。

①蹴：踏。万俟咏《卓牌儿》（东风绿杨天）："相并戏蹴秋千。"

②沾：一作"轻"。

③客入：一作"有人"。

④袜划：袜子着地。李煜《菩萨蛮》（花明月暗笼轻雾）："划袜步香阶。"

⑤"和羞走"三句：韩偓《偶见》："见客入来和笑走，手搓梅子映中门。"

译文

踏罢秋千，
起身慵整衣衫，
玉手纤纤。
露重花稀，
薄汗湿透罗衣。
见有客人来，

含羞匆匆离去。
未及穿鞋袜着地，
金钗斜坠。
倚门回转身，
还把青梅细细闻。

赏析

　　词作描述少女日常游乐的一个情节画面，与晚唐韩偓《偶见》之"秋千打困解罗裙""见客入来和笑走，手搓梅子映中门"所述场景相同，但笔致更细腻，更富情趣。起笔二句所言即"秋千打困解罗裙"，笔调则含蓄婉美，非如韩诗之直白。"慵整纤纤手"，只言情态慵怠，只见纤纤玉手，所整或衣襟，或鬓发，均在不言中。"薄汗"句用语近于俗艳，然与"露浓花瘦"相映衬，脂粉气息淡化，有别于宫体。

　　下片描述少女见到陌生客人后的情状，较韩诗更为生动有趣：娇羞慌乱，乃至未能穿鞋，袜子着地匆匆离去，金钗滑落。入门后情不自禁转身回望，又怕被人看出，佯装闻青梅。少女羞涩萌动好奇之心理展露无遗。

点绛唇

寂寞深闺，柔肠一寸愁千缕[①]。惜春春去。几点催花雨[②]。　　倚遍阑干[③]，只是无情绪。人何处。连天芳树[④]。望断归来路[⑤]。

注释

① "柔肠"句：晏殊《玉楼春》（绿杨芳草长亭路）："一寸还成千万缕。"

② 催花雨：晏几道《泛清波摘遍》："催花雨小，著柳风柔，都似去年时候好。"庄绰《鸡肋编》卷中载韩维断句："轻云薄雾，散作催花雨。"张耒《伤春》："风雨催花花已尽，满城新绿乱鸣禽。"

③ 倚遍阑干：欧阳修《玉楼春》（湖边柳外楼高处）："阑干倚遍使人愁，又是天涯初日暮。"

④ 芳树：一作"芳草"。

⑤ "望断"句：欧阳修《玉楼春》："湖边柳外楼高处，望断云山多少路。"

译文

寂寞守深闺，

寸寸愁肠，

相思千万缕。

惜春春归去，

洒落几点催花雨。

阑干倚遍，

只觉寥落无意绪。

心念之人在何处？

芳树远连天，

望断迢迢归路。

赏析

　　这是一首闺中伤春怀远词作。起笔二句直述深闺独守寂寞、愁肠千结情怀，笔墨浓重，总摄全词情调。"惜春"二句言伤春之愁，言简而意曲。"惜春"，人愿春留；"春去"，春归无留意。言"春去"，则花已残；"几点催花雨"，呈现的乃是几点雨打残花景象。短短九个字，蕴涵几多难以尽言的无奈伤悲。

　　下片转到怀远。"倚遍"二句言慵倚阑干，倚阑亦伤春亦怀远，笔意可承上启下，笔法则较疏荡。"人何处"三句，望远怀人：倚阑眺望，路断天际，芳树连天，不见心念之人。其笔法逆顺环合，"人何处"逆承"无情绪"，顺启望远，因思念远人而心绪寥落，倚阑望远；"望断"句逆承"连天"句，又环合"人何处"，故而余韵无尽：倚阑望断归路，眼中"连天芳树"，心中怅叹"人何处"。

蝶恋花

晚止昌乐①馆寄姊妹

泪湿罗衣脂粉满。四叠《阳关》②，唱到千千遍。人道山长山又断③，萧萧微雨闻孤馆。　　惜别伤离方寸乱④。忘了临行，酒盏深和浅⑤。好把音书凭过雁，东莱不似蓬莱远⑥。

注释

① 昌乐：潍州昌乐县（今属山东潍坊）。

② 四叠《阳关》：指别曲。见《凤凰台上忆吹箫》（香冷金猊）注⑩。苏轼《东坡志林》卷七："旧传《阳关三叠》，然今世歌者，每句再叠而已，通一首言之，又是四叠。"

③山长山又断：言水远山长，山又阻隔。晏几道《南乡子》（花落未须悲）："惟有花间人别后，无期。水阔山长雁字迟。"淮上女《减字木兰花》（淮山隐隐）："山长水远，遮住行人东望眼。"

④方寸乱：心绪乱。方寸，指心。《三国志·蜀书·诸葛亮传》载徐庶母为曹操所获，"庶辞先主而指其心曰：'本欲与将军共图王霸之业者，以此方寸之地也。今已失老母，方寸乱矣，无益于事，请从此别。'"

⑤"忘了"二句：意谓临行深情饯别，深一杯，浅一杯，记不清喝了多少酒。韦庄《菩萨蛮》："劝君今夜须沉醉。樽前莫话明朝事。珍重主人心，酒深情亦深。"晏殊《浣溪沙》（三月和风满上林）："有情须殢酒杯深。"

⑥东莱：莱州（今属山东烟台）。春秋时为莱子国，在齐国之东，故称东莱，两汉为东莱郡。蓬莱：传说为渤海三神山之一。渤海三神山为蓬莱、方丈、瀛洲。见《史记·封禅书》。

译文

泪流脂粉湿罗衣，
《阳关》别曲，
吟唱千万遍。
人说水远山长，
相望又被山隔断。
夜雨潇潇，
独宿孤馆。

伤离惜别心绪乱。
临行痛饮饯别，
记不清杯深杯浅。
一定要托飞雁传寄音书，
东莱非如蓬莱那般遥远。

赏析

　　这首词作于宣和三年（1121）八月。赵明诚时知莱州，易安自青州往莱州，途经昌乐，夜宿孤馆，作此词寄姊妹（参见王仲闻《李清照集校注》）。

　　易安此别乃前往莱州与夫君赵明诚团聚，夫妻恩爱，姊妹情深，欲兼顾而不能，其姊妹则欲劝留而不忍，别离双方均处两难境地。艰难辞别，夜宿孤馆，秋雨潇潇，回想临别场景，尤感伤悲，故而落笔沉重。言别泪脂粉交融沾满罗衣，别曲吟唱千万遍，自属夸饰，但情感真切。"人道"句言别后相隔遥远，望断山水。其句法层进："人道山长"乃指常言"山长水阔""山长水远"，如"欲寄彩笺无尺素。山长水阔知何处"（晏殊《鹊踏枝》"槛菊愁烟兰泣露"）、"水阔山长雁字迟"（晏几道《南乡子》"花落未须悲"）、"情无远近。水阔山长分不尽"（贺铸《减字木兰花》"春容秀润"）、"水远山长何处去，欲行人似孤云"（周紫芝《临江仙》）等，皆喻远别。远别若能望远，尚可慰相思，所谓"远望可以当归"（汉乐府《悲歌》），而"山又断"，则远望又被山阻断，亦如欧阳修《踏莎行》（候馆梅残）所云："平芜尽处是春山，行人更在春山外。"其伤别之情更深一层。以此伤别情怀，他乡孤馆，夜闻雨潇潇，凄苦无眠之状尽在不言中。

过片承上直言"惜别伤离"，黯然伤悲，心神恍惚。"忘了"二句，承"方寸乱"，盖言记不清临行醉饮，深一杯，浅一杯，究竟喝了多少酒。痛饮遣别愁，可谓酒深愁亦深。临行醉酒惜别，别后相思愁苦，只盼大雁传书，聊慰相思。末二句即发此意：上句殷勤嘱托多传音信；下句顺承补言相隔并不遥远，音书易达。其用意既是词人自我安慰，更是对其姊妹的宽慰。

蝶恋花

上巳①召亲族

永夜厌厌②欢意少。空梦长安③，认取长安道。为报今年春色好。花光月影宜相照。　　随意杯盘虽草草④。酒美梅酸，恰称⑤人怀抱。醉莫插花花莫笑⑥。可怜春似人将老⑦。

注释

① 上巳：旧时节日名，原为农历三月上旬巳日，魏晋后定为三月三日。

② 厌厌：静寂。一作"恹恹"，指精神不振，亦通。李商隐《楚宫》："暮雨自归山悄悄，秋河不动夜厌厌。"柳永《阳台路》（楚天晚）："寒灯畔，夜厌厌。凭何消遣。"

③长安：汉唐都城，后代指京城。一作"当时"。

④"随意"句：意谓略备酒食菜肴。韩愈《送刘师服》："草草
　具盘馔，不待酒献酬。"王安石《示长安君》："草草杯盘供
　笑语，昏昏灯火话平生。"

⑤恰称：正适合。杜甫《端午日赐衣》："恰称身长短，终身荷
　圣情。"

⑥"醉莫"句：意谓醉后莫簪花，花亦莫笑人醉。欧阳修《书怀》：
　"解组便为闲处士，新花莫笑病尚书。"韩维《答次道马上见示》：
　"醉插花枝薄暮归，不知风雨过长堤。"黄庭坚《南乡子》（诸
　将说封侯）："花向老人头上笑，羞羞。白发簪花不解愁。"

⑦春似人将老：姚合《春晚雨中》："寂寂春将老，闲人强自欢。"
　张耒《暮春书事》："冉冉春将老，悠悠昼掩关。"

译文

长夜漫漫，
情怀欢意少。
徒自梦京城，
梦中犹识京城道。
相告今年春色好，
花光月影相映照。

略备酒肴淡饭，
酒美梅酸，
正合人意尽醉欢。
醉后莫簪花，
人醉花莫笑，
可叹春也似人终将老。

旧俗，上巳与寒食、清明临近，为士女宴饮春游时节。词题曰"上巳召亲族"，即召邀亲族聚宴赏春。起笔三句自述情怀，言长夜寥落无欢，徒然梦回昔日汴京上巳游乐情形，倾诉中隐含召邀聚游之意。"为报"二句写景，昼日好春景，良夜花月相辉映，如此良宵美景，令人期盼赏心乐事！言"为报"，乃特意相告，则相约欢赏之意尽在不言中。

上片从情、景两端透露召邀亲族之意，笔调委婉含蓄。下片则言聚宴欢赏。相聚之乐不在美食佳肴，而在畅饮开怀，醉赏好春光。故曰"杯盘虽草草"，要在"酒美梅酸，恰称人怀抱"。末以醉乐叹春作结，似化用黄庭坚《南乡子》中"花向老人头上笑，羞羞。白发簪花不解愁"，笔含谐趣，又寓庄于谐，亦叹春，亦嗟老，其情调无意间又与起首相呼应，令人感慨词人境遇确然"欢意少"。

蝶恋花

暖日和风①初破冻。柳眼梅腮②，已觉春心动。酒意诗情谁与共。泪融残粉花钿③重。　　乍试夹衫金缕缝。山枕④斜欹，枕损钗头凤⑤。独抱浓愁无好梦。夜阑⑥犹剪灯花弄。

注释

① 暖日和风：一作"暖雨晴风"。

② 柳眼梅腮：一作"柳润梅轻"，一作"柳眼梅梢"。柳眼，指柳芽。梅腮，即梅花。元稹《遣春》："柳眼开浑尽，梅心动已阑。"欧阳修《玉楼春》（风迟日媚烟光好）："柳眼未开梅萼小。"杨无咎《望江南》（钟陵好）："淡薄梅腮娇倚暖，依微柳眼喜窥晴。"赵构《渔父词》（鱼信还催花信开）："舒

柳眼，落梅腮。"

③ 花钿：金银珠翠制成的花形发饰。沈约《丽人赋》："陆离羽
佩，杂错花钿。"

④ 山枕：木或陶瓷所制凹凸如山之枕头。温庭筠《更漏子》（金
雀钗）："山枕腻，锦衾寒。觉来更漏残。"

⑤ 钗头凤：凤头金钗。庾信《和赵王看伎》："膺风蝉鬓乱，映
日凤钗光。"马缟《中华古今注》："始皇又金银作凤头，以
玳瑁为脚，号曰凤钗。"

⑥ 夜阑：夜深将尽。

译文

春日送暖，

惠风和畅，

山河初破冻。

柳睁睡眼，

梅展粉腮，

已觉春心萌动。

把酒吟诗，
此情谁与共？
泪水融残粉，
花钿沉沉。

刚刚换穿春衫，
金缕绣缝。
斜倚山枕，
枕压金钗，
伤损钗头凤。
独拥深愁，
难眠入好梦。
长夜将尽，
犹剪灯花细调弄。

赏析

词作抒写春初闺情离愁。春日和暖，冰冻初融，柳吐嫩芽，梅绽粉蕾。初春生机萌动触发闺中人之"酒意诗情"。"谁与共"三字反问，情调急转直下，独守空闺，"便纵有千种风情，更与何人说！"（柳永《雨霖铃》）孤寂伤怀之泪盈颊融残粉，花钿沉沉欲坠。"泪融"句浓墨描画，丽彩中寄寓深愁，既承应"酒意"句，又与"柳眼梅腮"相映衬，美景反衬，更显其悲。

过片词笔仍落在闺中人，言乍试春衫，词意呼应起首"暖日和风"。"山枕"句以下描述长夜倚枕无眠之愁苦情状。"山枕"二句工笔描画其状，"独抱"句直笔抒写其情。三句可谓静态凝愁。末句"夜阑"二字承上，见其长夜"山枕斜欹"，"独抱浓愁"。"剪灯花弄"呈现一动态画面作结，即剪弄灯花，其意脉乃承前"无好梦"，流露出怅然失望而又心存期盼之情怀。拥愁无眠，不能梦中相聚，犹盼灯花兆佳音。旧俗以灯花为吉兆，谓之"灯花喜"，如杜甫《独酌成诗》云："灯花何太喜，酒绿正相亲。"晁补之《次韵邓正字慎思秋日同文馆》云："空对灯花喜，重城隔夜闱。"灯花喜自不可信，剪弄灯花之举则见出愁思无奈中的期盼之切。

词作从"暖日和风"起笔，以"剪灯花弄"结笔，展现出空闺佳人春日昼夜凄苦相思情境，脉络清晰。上片描述昼日情形，触景动情，笔调疏缓而渐趋跌宕；下片描述春夜拥愁无眠之状，笔调细腻沉静，情致深婉。

多丽

咏白菊

小楼寒，夜长帘幕低垂。恨萧萧、无情风雨，夜来揉损琼肌①。也不似贵妃醉脸②，也不似孙寿愁眉③。韩令偷香④，徐娘傅粉⑤，莫将比拟未新奇。细看取、屈平陶令⑥，风韵正相宜。微风起，清芬蕴藉，不减酴醾⑦。　　渐秋阑⑧、雪清玉瘦，向人无限依依。似愁凝、汉皋解佩⑨，似泪洒、纨扇题诗⑩。朗月清风，浓烟暗雨，天教憔悴度芳姿。纵爱惜，不知从此，留得几多时。人情好，何须更忆，泽畔东篱⑪。

注释

① 琼肌：如玉之肌肤。此喻白菊。

② 贵妃醉脸：杨贵妃醉颜。李濬《松窗杂录》载唐玄宗与杨贵妃月夜沉香亭赏牡丹。李白承旨进《清平调》词。李龟年歌之，玄宗倚曲吹笛，贵妃"持玻璃七宝杯，酌西凉州葡萄酒，笑领意甚厚"。又载京城传唱李正封牡丹诗云："国色朝酣酒，天香夜染衣。"玄宗笑谓贵妃曰："妆镜台前宜饮以一紫金盏酒，则正封之诗见矣。"

③ 孙寿愁眉：《后汉书·梁统传》载梁冀妻孙寿"色美而善为妖态，作愁眉、啼妆、堕马髻、折腰步、龋齿笑，以为媚惑"。李贤注："《风俗通》曰：愁眉者，细而曲折。"

④ 韩令偷香：西晋韩寿貌美，为贾充司空掾。充女与寿私通情好，取家藏武帝所赐异香赠寿，后结为夫妻（参见《世说新语·惑溺》《晋书·贾充传》）。韩寿曾官司空掾、河南尹，故称韩掾、韩令。杨亿《无题》："应知韩掾偷香夜，犹记潘郎掷果年。"

⑤ 徐娘傅粉：徐娘，指南朝梁元帝之妃徐昭佩。史载其与暨季江私通。季江每叹曰："徐娘虽老，犹尚多情。"（《南史·后

妃传下·梁元帝徐妃》）傅粉，涂抹脂粉。三国时何晏貌美肤白，"魏明帝疑其傅粉。正夏月，与热汤饼。既啖，大汗出，以朱衣自拭，色转皎然"（《世说新语·容止》）。此言"徐娘傅粉"，或为误记，或为活用典故。

⑥屈平陶令：屈平，指屈原。《史记·屈原贾生列传》："屈原者，名平，楚之同姓也。"屈原《离骚》言及菊花："朝饮木兰之坠露兮，夕餐秋菊之落英。"陶令，指陶潜，字渊明；一说名渊明，字元亮。东晋浔阳柴桑（今属江西九江）人。曾任彭泽令八十余天，不能为五斗米折腰，挂冠归耕。嗜酒爱菊，有诗云："采菊东篱下，悠然见南山。""秋菊有佳色，裛露掇其英。"（《饮酒》）"酒能祛百虑，菊为制颓龄。"（《九日闲居》）

⑦酴醾：亦作荼蘼，落叶小灌木，夏季开白花，洁美清香。

⑧秋阑：暮秋。阑，尽。

⑨汉皋解佩：用汉皋仙女解佩赠郑交甫典故，喻秋菊凋零。汉皋，汉水之滨。皋，水边高地。萧统《文选》卷十二郭璞《江赋》："感交甫之丧佩。"李善注引《韩诗内传》："郑交甫遵彼汉皋台下，遇二女，与言曰：'愿请子之佩。'二女与交甫。交甫受而怀之，超然而去，十步，循探之，即亡矣。回顾二女，亦即亡矣。"

⑩纨扇题诗：指汉成帝班婕妤失宠，赋《怨歌行》咏扇以寓怨情。

萧统《文选》卷二十七班婕妤《怨歌行》："新裂齐纨素，皎洁如霜雪。裁为合欢扇，团团似明月。出入君怀袖，动摇微风发。常恐秋节至，凉风夺炎热。弃捐箧笥中，恩情中道绝。"

⑪泽畔东篱：泽畔，用屈原流放典事。《史记·屈原贾生列传》载："屈原至于江滨，被发行吟泽畔，颜色憔悴，形容枯槁。"东篱，陶渊明《饮酒》云："采菊东篱下，悠然见南山。"

译文

寒侵小楼，

长夜帘幕低垂。

叹恨夜来风雨潇潇，

无情摧损如玉芳姿。

也不似贵妃醉容玉颜，

也不似孙寿弯弯细眉。

韩寿偷染异香，

徐娘涂抹脂粉，

未及新奇，

莫相比拟。

细品高风雅韵，

屈原陶潜正堪比。

微风吹拂，

清香隽永，

可与荼蘼相媲美。

暮秋渐至，

雪肤玉肌清瘦，

傍人依依情无极。

似汉滨仙女解佩，愁容凝结，

似班婕妤赋诗咏扇，伤怀落泪。

清风飘香，明月辉映，

云雾弥漫，阴雨淅沥，

天时相催，芳容渐憔悴。

纵然爱护珍惜，

亦不知玉菊此后能留几多时。

相知相赏好人情，

何必再去追忆屈原和渊明。

赏析

　　词咏白菊，形神兼顾，而尤重传神达情，词中只有"琼肌""清芬蕴藉""雪清玉瘦"十字正笔描状白菊之色香体貌，其余均以不同笔法抒写白菊之清格雅韵深情。落笔为白菊出场作铺垫，渲染出秋夜雨潇潇、秋寒透帘幕之氛围。长夜漫漫，风雨无情，白菊受尽摧折："揉损琼肌。""恨""无情""揉损"数语显露出词人对风雨之怨恨、对白菊之怜惜。"也不似"句以下进入赋咏正题，笔调取先破后立之法。前五句为破，连用贵妃醉酒、孙寿妆眉、韩寿偷香、徐娘傅粉四则典故，拟状白菊之形色芳香之美，却全然扫去。"细看取"二句，因破而立，舍形摄神，亮出屈原、陶渊明，拟比白菊之"风韵"。言"细看取"，则"风韵"二字自当细品深究：屈原之"朝饮木兰之坠露兮，夕餐秋菊之落英"（《离骚》），乃以"木兰之坠露""秋菊之落英"寄寓其芳洁品性，如司马迁所言："其志洁，故其称物芳。"（《史记·屈原贾生列传》）渊明之"采菊东篱下，悠然见南山"（《饮酒》），则呈现出超然于尘俗名利之外的悠然雅韵：恬淡闲适，自然超妙。白菊之高风雅韵正堪比拟屈原之芳洁、渊明之恬淡。"微风起"三句，词笔回落到白菊之芳香，然绝非上文所提及的韩寿之奇香异味，而是与其芳洁恬淡风韵相表里的清香馥郁，随风飘散。

上片由一夜风雨伤损白菊琼肌，触发对其内在神韵品性的题咏。下片笔脉荡开，从节候渐变，引发对白菊依依别离深情的抒写，以拟人笔调描述白菊与人之惜别情状。过片点明暮秋时节，"雪清玉瘦"四字为白菊之写意画像，与上片"揉损琼肌"呼应。"向人"三句描状白菊与人依依别离情态：愁容深凝，别泪涟涟。"汉皋解佩""纨扇题诗"，以江妃解玉佩、纨扇秋来被弃置，喻白菊凋谢，均称贴切。"朗月清风"三句，概述白菊平生际遇，历经"朗月清风，浓烟暗雨"，芳姿终归憔悴。此为人之叹惜白菊，亦为白菊之自我怅叹。"纵爱惜"三句，承前慨叹人之珍爱怜惜白菊，然无奈其余生不多，不知能与人相伴几多时。"纵"字跌宕笔致，表达对白菊行将凋零的深深叹惋之情。末三句承"爱惜"二字归结人与白菊之深情，意谓享有今人（词人）抚爱珍惜之美好情谊，白菊不必追想屈原、渊明。其用语呼应上片"屈平陶令，风韵正相宜"，用意则有推进："风韵正相宜"，则相知相赏，堪为知音，故而相忆；此言"何须更忆"，则"人情好"，即为知音之情好，词人亦为白菊之知音也。

　　词作用典颇多，以词情意趣融贯典事，借以语句驱遣收束（如"也不似"两句、"似愁凝"两句，排比驱遣四则典故；"莫将"一句，收束前两句用典），章法脉络疏畅流转，略无堆砌滞涩之嫌。

凤凰台上忆吹箫

香冷金猊①，被翻红浪②，起来慵自③梳头。任宝奁尘满④，日上帘钩⑤。生怕离怀别苦⑥，多少事、欲说还休。新来⑦瘦，非干病酒⑧，不是悲秋。　　休休⑨。这回去也，千万遍《阳关》⑩，也则⑪难留。念武陵人远⑫，烟锁秦楼⑬。唯有楼前流水⑭，应念我、终日凝眸。凝眸处，从今又添⑮，一段⑯新愁。

注释

① 金猊：指香炉。焦竑《玉堂丛语》："俗传龙生九子，不成龙，各有所好。……八曰金猊，形似狮，性好烟火，故立于香炉。"谢逸《燕归梁》："六曲阑干翠幕垂。香烬冷金猊。"

② 被翻红浪：言床上红被不整似浪涛翻涌。柳永《凤栖梧》（蜀锦地衣丝步障）："鸳鸯绣被翻红浪。"

③ 慵自：一作"人未"。

④ "任宝奁"句：妆奁之美称。晁补之《临江仙》（马上匆匆听鹊喜）："暂别宝奁蛛网遍，春风泪污榴裙。"尘满，一作"闲掩"。

⑤ 日上帘钩：言日高照射帘幕。此反用杜甫《落日》"落日在帘钩"。

⑥ 离怀别苦：一作"闲愁暗恨"。

⑦ 新来：近来。一作"今年"。

⑧ 非干病酒：与醉酒不相干。

⑨ 休休：罢了。一作"明朝"。

⑩《阳关》：指《阳关曲》。此代指别曲。阳关，在今甘肃敦煌

市西南。王维《送元二使安西》："渭城朝雨浥清尘，客舍青青柳色新。劝君更尽一杯酒，西出阳关无故人。"此诗谱曲名《渭城曲》，又名《阳关曲》《阳关三叠》。后人借以代指别曲。

⑪也则：一作"也即"。

⑫武陵人远：一作"武陵春晚"。武陵，在今湖南常德。武陵人，指离家远游之人。陶潜《桃花源记》："晋太元中，武陵人捕鱼为业。缘溪行，忘路之远近。"王安石《渔家傲·梦中作》（隔岸桃花红未半）："惆怅武陵人不管。清梦断。亭亭伫立春宵短。"黄庭坚《水调歌头》："瑶草一何碧。春入武陵溪。"

⑬烟锁秦楼：一作"云锁重楼"。秦楼，指闺楼。旧题刘向《列仙传》载秦穆公为其女弄玉建凤楼。又汉乐府《陌上桑》："日出东南隅，照我秦氏楼。"

⑭唯有楼前流水：一作"记取楼前绿水"。

⑮又添：一作"更数"。

⑯一段：一作"几段"。

译文

香消金猊冷，
锦被不整似浪涌，
起来梳妆意倦慵。
任妆奁积满尘埃，
日高照射帘钩。
深怕离愁怀别苦，
心事无限，
欲说还休。
近来憔悴消瘦，
不是醉酒伤身，
亦非悲秋劳神。

罢了，
这回离去，
别曲奏唱千万遍，
也难挽留。
想君远去，
烟云笼妆楼。
唯有楼前流水相伴，
顾念我终日凝愁伫望。
凝望处，
从今又新添几多忧伤。

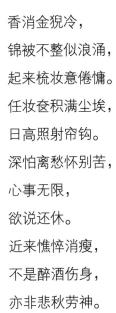

（赏析）

这是一首怨别词作。上片前五句描述佳人临别情状：香消炉冷，日高懒起，无心整理床被，意倦情慵，草草梳洗。"宝奁尘满"承"梳头"，暗示佳人尝尽别离愁苦，堪为下文"生怕"五句直抒情怀之伏笔。身心已饱受"离怀别苦"，故而"生怕"（深怕），但仍须面对今日之别，万千心事欲说而不忍说，欲说而无从说，欲说而难尽说，所谓"欲说还休"也。所可说者，近来憔悴瘦损，不是醉酒伤身所致，也不是悲秋劳神使然。不言而喻，根源就在"离怀别苦"。

上片抒写临别情怀，乃说而未说，不说而犹说，极尽吞吐敛抑之致。过片"休休"二字则于慨叹中一笔扫却，转到眼前的别离。"这回去也"三句，笔调跌宕叹惋，依依惜别及失落伤悲之情溢于言表。极力挽留（"千万遍《阳关》"），仍无法留住，怅然无奈中料想别后千里相隔情状："念武陵人远"，为佳人所念所望，亦如柳永《雨霖铃》之"念去去、千里烟波，暮霭沉沉楚天阔"，其境浩渺阔远。"烟锁秦楼"，为佳人自料独守深闺境况，笔致凝重，"锁"字见出孤寂自守之凄苦。

同时，此句也可解读为远去之"武陵人"所思所望，合上句则透露出千里相望寄相思，亦如词人《一剪梅》所言："一种相思，两处闲愁。""唯有楼前流水"句以下，承"秦楼"而推进，词句上两"楼"字相连贯，词情则为"秦楼"人之离愁别怨，融情于境：楼前流水，楼上佳人，相依相伴。佳人凝愁伫望，影入清波，愁如流水，长流常新，日夜无尽。

词作笔调，上片疏缓沉郁，下片跌宕流转。其抒情手法上的一大特色在于"这回"离别之伤悲融有近来之"离怀别苦"（从"宝奁尘满""新来瘦""一段新愁"等用语可以见出），可谓旧痕流新泪，旧恨叠新愁，诚如明代竹溪主人所评："雨洗梨花，泪痕犹在；风吹柳絮，愁思成团。易安此词颇似之。"（《风韵情词》卷五）

孤雁儿

世人作梅词，下笔便俗。予试作一篇，乃知前言不妄耳。

藤床纸帐①朝眠起。说不尽无佳思②。沉香烟断玉炉寒，伴我情怀如水。笛声三弄，梅心惊破③，多少春情意。　　小风疏雨潇潇地。又催下千行泪。吹箫人去玉楼空，肠断与谁同倚④。一枝折得，人间天上，没个人堪寄⑤。

注释

① 藤床纸帐：本指藤制的床及藤皮茧纸缝制的帷帐。此词咏梅，盖指梅花纸帐。林洪《山家清事》"梅花纸帐"："法用独床，傍植四黑漆柱，各挂以半锡瓶，插梅数枝，后设黑漆板，约二尺，自地及顶，欲靠以清坐。左右设横木一，可挂衣。角安班竹书贮一，藏书三四，挂白麈一。上作大方目顶，用细白楮衾作帐罩之。前安小踏床，于左植绿漆小荷叶一，置香鼎，然紫藤香。"苏轼《醉落魄》（轻云微月）："巾偏扇坠藤床滑，觉来幽梦无人说。"朱敦儒《鹧鸪天》（检尽历头冬又残）："道人还了鸳鸯债，纸帐梅花醉梦间。"

② 无佳思：不如意；情怀不佳。秦观《石州慢》："深院萧条，满地苍苔，一丛荒菊。含霜冷蕊，全无佳思，向人摇绿。"

③ "笛声"二句：合用《梅花三弄》《梅花落》二笛曲名义，言笛曲惊落梅花。《世说新语·任诞》载桓伊善吹笛，与王徽之互闻其名而不相识。一日相遇，徽之因其客相告而知为桓伊，遂请为一奏。桓"为作三调弄毕，便上车去。客主不交一言"。后笛曲有《梅花三弄》。汉乐府横吹曲《梅花落》为笛中曲（参

见郭茂倩《乐府诗集》卷二十四）。李白《与史郎中钦听黄鹤楼上吹笛》："黄鹤楼中吹玉笛，江城五月落梅花。"苏轼《昭君怨》："谁作桓伊三弄。惊破绿窗幽梦。"秦观《桃源忆故人》（玉楼深锁薄情种）："窗外月华霜重。听彻梅花弄。"

④"吹箫"二句：用萧史、弄玉吹箫登仙典故，寄寓伤悼亡夫之悲。旧题刘向《列仙传》载春秋时人萧史善吹箫，娶秦穆公女弄玉为妻，教之吹箫作凤鸣。穆公为建凤台。夫妇居其上，后乘凤凰飞去。蔡伸《婆罗门引》（素秋向晚）："念吹箫人去，明月楼空。"

⑤"一枝"三句：反用陆凯折梅寄友典故。《太平御览》卷十九引《荆州记》载南朝陆凯在江南思念长安友人范晔，折梅寄赠并赋诗云："折梅逢驿使，寄与陇头人。江南无所有，聊赠一枝春。"

译文

藤床纸帐梅花梦，
清晨睡起。
说不尽，
情怀不如意。
沉香烟消，
玉炉冷寂，
相伴脉脉情如水。
笛曲梅花弄，
梅心惊破花飘零，
无限伤春伤别意。

轻风吹拂，
疏雨潇潇，
又催人泪下千行滴。
吹箫人远去，
玉楼空伫立，
肠断与谁共凭倚。
摘取梅一枝，
人间天上远别离，
没人能为我传寄。

赏析

　　此词咏梅，其旨趣在下片"吹箫人去"二句，即追思亡夫之悲，上片设置场景，与梅相伴相怜。落笔言梅花纸帐，梦醒朝起。其境未必写实，其情则真："说不尽无佳思"，无限愁思难尽诉。香消炉冷，唯有梅花知我伴我，"情怀如水"，如水之清，如水之柔，如水之长流无尽。此"情怀"应上"无佳思"。词笔至此，尚未见"梅"字，而于"纸帐""伴我"用语中透露梅花之情态。"笛声"三句，由隐而显，静默转为声动，化用《梅花三弄》《梅花落》二笛曲名义，寄寓心惊魄动、伤春怨别之深情。"梅心惊破"，笔力遒劲；"多少春情意"，笔调叹惋。刚柔相济，激荡回旋，情韵悠然。

　　上片人与梅花相知相伴，笔调兼顾，"朝眠起""说不尽"，言人；"伴我"者、"心惊破"者，为梅。其情则交融一体。下片笔调转而以"我"为主。"小风"二句承上"春情意"：风雨潇潇，伤怀落泪。何以泪下千行？"吹箫人去"，空守玉楼，肠断谁怜！张元幹《永遇乐》（飞观横空）云："曲屏端有，吹箫人在，同倚暮云清晓。"此则人去楼空，"与谁同倚"？

凄然伤悼，已是天人相隔，无以寄悲思。结末"一枝折得"三句词笔回到咏梅，反用陆凯折梅寄友典事，抒写孤零凄苦之情。其情调意脉则承前贯通，"人间天上"即呼应"吹箫人去"。

词序谓世人咏梅笔俗，其笔调有意避俗，一是体物之摄神通情。全词无一字描状梅之形色幽香，如拟设梅花纸帐之山家清雅场景，与梅相伴，深知梅心，均为舍貌取神，物我同情。二是用典之翻新出奇，如谓笛曲之惊破梅心，叹折梅无人为之传寄，或妙想出奇，或反用生新，均入情合理。

好事近

风定落花深，帘外拥红堆雪。长记海棠开后，正伤春时节[①]。　　酒阑歌罢玉尊[②]空，青缸[③]暗明灭。魂梦不堪幽怨，更一声啼鴂[④]。

注释

① "长记"二句：言常想起海棠花开之后，便是令人伤感的暮春时节。李清照《如梦令》（昨夜雨疏风骤）："试问卷帘人，却道海棠依旧。知否，知否。应是绿肥红瘦。"

② 玉尊：玉杯。尊，酒器，同"樽"。

③ 青缸：青灯。李白《夜坐吟》："冰合井泉月入闺，青缸凝明照悲啼。"

④ 鹈：鹈鹕、鹈鴃，即杜鹃。暮春鸣而草衰。屈原《离骚》："恐
　　鹈鴃之先鸣兮，使夫百草为之不芳。"

译文

风静落花深积，
窗外落红簇拥，
白花聚如雪。
常念海棠花开后，
正是春暮感伤时节。

夜深酒尽杯空歌舞散，
青灯忽明忽暗将熄灭。
不堪幽怨梦魂惊，
更听杜鹃啼鸣声哀切。

　　词作上片伤春。起笔二句重墨描状风过落花堆积景象。"风定"句概述，画面中透出风舞落花纷纷之动态图景。"深""拥红堆雪"，用语秾丽，词意层叠。"长记"二句，承前触景生情，想起海棠花开时节之伤春情事。词人《如梦令》（昨夜雨疏风骤）云："试问卷帘人，却道海棠依旧。知否，知否。应是绿肥红瘦。"海棠花开在晚春，所谓"绿肥红瘦"，往昔年复一年的海棠花开惹伤春，已在词人心中留下深深的伤痕。如今目睹红白花落成堆，伤春旧恨又添新怨。以昔日伤春衬今日之伤春，愁更愁，悲愈悲，曲笔寓深情。

　　上片写昼日触景伤春，下片言春夜歌酒遣愁，梦断杜鹃悲啼。过片"酒阑"句，扫却笔法，以静见动，与起首"风定"相类。歌酒直至夜深，孤灯暗然欲灭，人亦醉眼蒙眬，神情恍惚，酣然入梦，梦魂幽怨而惊醒，窗外杜鹃悲啼，凄凉何堪！

　　词作笔调沉婉，词情悲怨，当作于词人夫君赵明诚病故后的孤零流离中。

梅
影

河传

　　香苞素质①。天赋与、倾城标格②。应是晓来，暗传东君③消息。把孤芳、回暖律④。　　寿阳粉面增妆饰⑤。说与高楼，休更吹羌笛⑥。花下醉赏，留取时倚阑干，斗清香、添酒力⑦。

注释

① 素质：花品素雅。

② 倾城标格：绝世佳人风度。《汉书·外戚传》载李延年歌："北方有佳人，绝世而独立。一顾倾人城，再顾倾人国。宁不知倾城与倾国，佳人难再得。"杜甫《奉赠李八丈判官曛》："早年见标格，秀气冲星斗。"苏轼《荷华媚·荷花》："霞苞霓荷碧。天然地、别是风流标格。"

③ 东君：原指日神，后亦指春神。

④ 回暖律：节候回暖。古时以乐律应合时令。欧阳修《赠无为军李道士》："忽然黄钟回暖律，当冬草木皆萌芽。"

⑤ "寿阳"句：言梅花给寿阳公主粉妆增艳。《太平御览》卷九百七十："《宋书》曰：武帝女寿阳公主人日卧于含章檐下，梅花落公主额上，成五出之华，拂之不去。皇后留之。自后有梅花妆。"增，一作"曾"。

⑥ "说与"二句：高适《塞上听吹笛》："雪净胡天牧马还，月明羌笛戍楼间。借问梅花何处落，风吹一夜满关山。"李白《与史郎中钦听黄鹤楼上吹笛》："黄鹤楼中吹玉笛，江城五月落梅花。"笛曲有《梅花落》。

⑦ "斗清香"句：言梅花清香更增酒之醉人威力。白居易《赠东邻王十三》："驱愁知酒力，破睡见茶功。"

花苞素雅，
天生就绝世佳人品格。
定然是赶早传来春神消息。
孤芳绽放，
召回春暖节气。

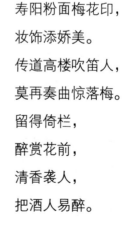

寿阳粉面梅花印，
妆饰添娇美。
传道高楼吹笛人，
莫再奏曲惊落梅。
留得倚栏，
醉赏花前，
清香袭人，
把酒人易醉。

咏梅而题曰"梅影",旨在舍形取神。此乃构思立意之取向,其笔路章法则上片言梅花初绽,下片言梅花零落。起笔"香苞"点明含苞待放,"素质"二字总括梅花品性素雅。"天赋与"一句,以绝世独立、倾城倾国之佳人拟比梅花,补足"素质"之意蕴。"应是"三句转言梅花报春,"暗传"与"孤芳"相呼应,寒冬未尽,唯有梅花悄无声息,暗自传来新春消息;"东君消息"与"回暖律"相呼应,春神音讯即大地回春,节候回暖。

过片用梅花妆典故言落梅,梅花零落仍为人间"增妆饰",添娇美。其笔法可谓熟典生新意。"说与"二句承落梅之意而挽留梅花,化用笛曲《梅花落》及高适、李白诗句。梅花凋零本与高楼吹笛无关,此则因梅花零落而埋怨高楼吹笛,实属无奈无理而又别具意趣。"花下"三句承前笔意,高楼休吹羌笛,梅花不再飘零,便可倚栏把酒赏梅,沉醉于清香酒韵中。此笔亦于梅花初开、凋落之外,补述梅花盛开情境,曲终完足咏梅题旨。

浣溪沙

闺情

绣面芙蓉一笑开①。斜飞宝鸭②衬香腮。眼波才动被人猜。　　一面风情深有韵，半笺娇恨寄幽怀。月移花影约重来③。

注释

① "绣面"句：李贺《荣华乐》："锦袪绣面汉帝旁。"王昌龄《采莲曲》："芙蓉向脸两边开。"白居易《长恨歌》："芙蓉如面柳如眉。"

② 斜飞宝鸭：飞，一作"偎"。宝鸭，鸭形香炉。秦观《沁园春》（锦里繁华）："又香销宝鸭，灯晕兰煤。"

③ "月移"句：元稹《莺莺传》中崔莺莺寄张生《明月三五夜》诗："待月西厢下，迎风户半开。拂墙花影动，疑是玉人来。"李煜《菩萨蛮》："花明月暗笼轻雾，今宵好向郎边去。"王安石《夜直》："月移花影上阑干。"

译文

妆颜笑展似芙蓉，
炉香袅袅映香腮。
眼波初动，
心事被人猜。

一脸风情含深韵，
半纸娇怨寄幽愫。
月移花影，
相约重欢聚。

赏析

这是一首艳情词，格调似《花间集》，王灼《碧鸡漫志》所谓"轻巧尖新，姿态百出，闾巷荒淫之语，肆意落笔"者，盖指此类词作，但不可谓之"闾巷荒淫之语"。词作上片描写佳人之美态，堪当"艳"字。但笔调灵动，颇能传神，其妙处在于动词的运用。"绣面芙蓉""宝鸭""香腮""眼波"均为艳语，因"笑开""斜飞""衬""动""猜"等动词的驱遣调度，艳而不俗，艳而有趣。"眼波"句为由"艳"入"情"

之过渡。

　　下片言情。过片承"眼波才动"，眼波传情，故而一脸风情深韵。深情幽怀寄彩笺，相约月下花前重欢聚。言"月移花影"，其情境较"拂墙花影动""花明月暗笼轻雾"更显温婉清幽，韵味悠然。

浣溪沙

淡荡春光寒食天①。玉炉沉水②袅残烟。梦回山枕隐花钿③。　　海燕未来人斗草④，江梅⑤已过柳生绵。黄昏疏雨湿秋千。

注释

① "淡荡"句：淡荡，柔和舒畅。陈子昂《与东方左史虬修竹篇》："春风正淡荡，白露已清泠。"毛滂《最高楼》（新睡起）："东风淡荡垂杨院。"寒食，节日名，在清明节前一日或二日。相传春秋时晋文公负其功臣介之推。之推隐于绵山。文公会悟，烧山逼其出仕。之推抱树焚死。世人相约于其忌日禁火冷食以为悼念，后相沿成俗，谓之寒食。

② 沉水：指沉香。《南史·夷貊传上·海南诸国》："沉木香者，

土人斫断，积以岁年，朽烂而心节独在，置水中则沉，故名曰沉香。"

③"梦回"句：见《蝶恋花》（暖日和风初破冻）注③④。

④斗草：又名斗百草，古时女子或儿童清明或端午竞采百草的游戏。崔颢《古意》："闲来斗百草，度日不成妆。"白居易《观儿戏》："弄尘复斗草，尽日乐嬉嬉。"晏殊《破阵子》（燕子来时新社）："疑怪昨宵春梦好，元是今朝斗草赢。"

⑤江梅：一种野生梅花。此泛指梅花。范成大《范村梅谱》："江梅，遗核野生，不经栽接者。又名直脚梅，或谓之野梅。"

译文

寒食时节，
春光明媚和暖。

玉炉沉香，
袅袅残烟。
梦醒时分，
花钿隐现山枕间。

新燕尚未归，
斗草人游嬉。
梅花谢后，
柳絮飘飞。
黄昏来临，
微雨飘洒秋千湿。

赏析

　　这是一首抒写寒食闺情的词作。起句点明"寒食天"，"淡荡春光"四字，渲染出春光明媚、春风和煦的大氛围、大背景，为室外景象。"玉炉"二句，笔调转入闺中：香炉残烟袅袅，佳人梦醒，钗钿隐没枕间。窗外春光、闺中春梦相映相融，虚实幻化出难以言状的美妙情境。

下片承上描述昼日情事。从上片结句可以想见佳人梦醒时分透过窗帘看到"淡荡春光"的兴奋情怀，走出闺阁，沐浴春光，斗草游乐，便为自然情事。"海燕"二句即展现这一场景，上句言"人斗草"，下句言"柳生绵"，柳絮飘飞，春草盈盈，佳人放情欢游。晏殊《破阵子》（燕子来时新社）之"疑怪昨宵春梦好，元是今朝斗草赢。笑从双脸生"，亦可借以解读本词"人斗草"之情景。又且前言"梦回"，则"昨宵春梦好""今朝斗草赢"，情调相融洽，其乐无尽。

笔法上，"海燕"二句乃以虚衬实，"海燕""江梅"为虚，均非眼中实景，一为将来之景，一为过往之景，与现实之景相贯通，透露出春之生机。结句关合全词：日落黄昏，斗草归来，院落秋千闲立于细雨中。"秋千"应和闺情；"黄昏疏雨"与"淡荡春光"相接续，"随风潜入夜，润物细无声"（杜甫《春夜喜雨》）。昼日春光融融，春夜好雨润物，美妙的春天孕育美妙的闺情。

浣溪沙

小院闲窗春色深。重帘未卷影沉沉。倚楼无语理瑶琴[①]。　远岫出云催薄暮[②]，细风吹雨弄轻阴。梨花欲谢恐难禁。

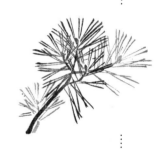

注释

① 理瑶琴：抚琴。瑶琴，琴之美称。毛滂《调笑》（何处）："瑶琴理罢《霓裳》谱。"

② "远岫"句：言远山岩穴云雾缭绕，夜幕迫近。岫，岩穴。陶潜《归去来兮辞》："云无心以出岫，鸟倦飞而知还。"

译文

小院春深，

窗牖闲静，

重帘低垂，

帘影沉沉。

独倚妆楼，

无语抚瑶琴。

远山云起，

暮色迫近。

微风飘雨，

舞弄轻阴。

梨花将谢，

恐无人能禁。

赏析

这是一首伤春兼融闺怨词作，起、结之"春色深""梨花欲谢"呼应，透露伤春之情，全词笔调则以状景为主，深闺孤寂之怨隐伏其中，深婉蕴藉。起笔二句描述小院闺阁场景：满院春色深浓，然窗牖闲静，重重帘幕低垂，帘影沉沉。"春色深"暗示出花红柳绿、蜂飞蝶舞之"春意闹"。与此相对衬，帘幕重隔的寂静闺阁中，可以想见该是一位无心赏春甚或怕见春色的愁苦女子。"倚楼"句便是应和：无语抚琴，见出愁怀难以言表，欲说又无人可诉，只能寄怀瑶琴。

上片落笔于昼日小院闺楼及闺中人，笔调较凝重。下片展现闺中人眼前的薄暮景象，由远返近："远岫"句为远景，"催"字状景传情，暮色自远而迫近，确如被远山云雾驱赶而来，远望怀思的闺中人则害怕暮色骤临，阻断其遥望的视线，带来又一个愁思无眠的长夜。"远岫出云"四字乃化用陶渊明"云无心以出岫"语（《归去来兮辞》），寓意则从"无心"二字生发新解，谓远岫云雾不顾惜望远怀思之人，无情催促暮色降临。"薄暮""轻阴"弥漫，细雨在微风中缠绵飘舞，梨花在风雨中枯萎凋谢，无可奈何！"无边丝雨细如愁"（秦观《浣溪沙》"漠漠轻寒上小楼"），"梨花最晚又凋零，何事归期无定准"（欧阳修《玉楼春》"去时梅萼初凝粉"），"泪流琼脸，梨花一枝春带雨"（柳永《倾杯》"离宴殷勤"），皆触目绵绵春雨、梨花带雨之景而感慨伤悲，直抒情怀，本词则出以轻婉深沉之笔，余韵不尽。

词作笔调深婉。词境以上下片结句点出词中人，余笔为场景铺设及氛围渲染：上片用语较重，如"深""重帘""影沉沉"等，以寂静凝重之境映衬出"无语理瑶琴"者内心愁情之重；下片用笔较轻，境界灵动，抚琴一曲，凝滞之愁绪有所缓解，化作缕缕愁丝，融入薄暮轻阴，在微风细雨中飘荡，缠绕于梨花枝头，内心一声叹惋："梨花欲谢恐难禁！"

浣溪沙

　　髻子^①伤春慵更梳。晚风庭院落梅初。淡云来往月疏疏^②。　玉鸭熏炉闲瑞脑^③，朱樱斗帐掩流苏^④。通犀还解辟寒无^⑤。

注释

① 髻子：发髻。秦观《临江仙》："髻子偎人娇不整，眼儿失睡微重。"

② "淡云"句：疏疏，朦胧暗淡。李冠《蝶恋花》（遥夜亭皋闲信步）："朦胧淡月云来去。"

③ "玉鸭"句：言薰炉香未燃。玉鸭，鸭状香炉。瑞脑，香料名，即龙脑香。段成式《酉阳杂俎》卷一载："天宝末，交趾贡龙脑，

如蝉蚕形。波斯言老龙脑树节方有，禁中呼为瑞龙脑。上唯赐贵妃十枚，香气彻十余步。"

④ "朱樱"句：言深红斗帐掩映流苏。朱樱，成熟深红之樱桃。此借指深红色。斗帐，形如覆斗之小帐。流苏，彩色羽毛或丝线制成的垂饰物。庞元英《文昌杂录》："流苏，五彩毛杂而垂之。挚虞《决疑要注》曰：'凡下垂为苏。'"

⑤ "通犀"句：通，一作"遗"，疑形近致误。通犀，犀角。《汉书·西域传赞》："明珠、文甲、通犀、翠羽之珍盈于后官。"如淳曰："通犀，中央色白，通两头。"辟寒，王仁裕《开元天宝遗事》卷上"辟寒犀"条："开元二年冬至，交趾国进犀一株，色黄如金。使者请以金盘置于殿中，温温然有暖气袭人。上问其故，使者对曰：'此辟寒犀也。'"辟，同"避"。

译文

伤春慵倦，
无心更梳髻鬟。
庭院梅花初落，
晚风轻拂。
月色朦胧，
淡云飘浮。

玉鸭熏炉，
瑞脑香未燃。
深红斗帐映流苏，
镇帐通犀能否避春寒？

赏析

词作抒写伤春闺怨，笔调情境颇似《花间》。起句即落笔于闺中人之伤春情态，其句法与秦观《临江仙》之"髻子偎人娇不整"相类，"慵更梳"，亦即"不整"，晨妆至晚发髻已乱，故需"更梳"，但身心慵倦，懒于梳理。"晚风"二句描写庭院夜景：淡云飘浮，月色朦胧，晚风轻拂，花弄月影绰约。言"落梅初"，照应"伤春"，然又非花落纷纷，只是零星飘落，其境温婉清幽。张先《天仙子》（水调数声持酒听）有名句"云破月来花弄影"，王安石谓其不如李冠《蝶恋花》之"朦胧淡月云来去"（见陈师道《后山诗话》）。"云破月来"用笔劲直；"朦胧淡月云来去"则与本词"淡云"句同一笔调，摇曳生姿，轻婉悠然。

下片词笔回到闺中，一一呈现"熏炉""瑞脑""斗帐""流苏""通犀"等物件，色泽冷艳，其境冷寂。伤春人身居其中，寒意侵袭，遂问："通犀还解辟寒无？"此问化用"辟寒犀"之名义，透出凄凉无助之心境。

全词章法，起、结显露闺中人影，呼应绾合，中间四句冷静描述场景，由外及内，闺中人之长夜愁思无眠隐于言外，与起、结二句，隐显贯通自然。

浣溪沙

莫许杯深琥珀浓①。未成沉醉意先融②。疏钟已应晚来风。　瑞脑香③消魂梦断，辟寒金④小髻鬟松。醒时空对菊花红。

注释

① "莫许"句：莫许，"许"当为"诉"，形近而误。莫诉，莫辞。韦庄《菩萨蛮》（劝君今夜须沉醉）："莫诉金杯满。"蔡伸《菩萨蛮》（双双紫燕来华屋）："杯深君莫诉。"陆游《蝶恋花》（禹庙兰亭今古路）："鹦鹉杯深君莫诉。"琥珀浓：酒浓。琥珀，松脂化石。此喻美酒之色。李白《客中作》："兰陵美酒郁金香，玉碗盛来琥珀光。"

② "未成"句：言人未沉醉而意态已恬适和融。《晋书·隐逸传》载陶潜"每一醉，则大适融然"。

③ 瑞脑香：见《浣溪沙》（髻子伤春慵更梳）注③。

④ 辟寒金：指金钗。王嘉《拾遗记》卷七载魏明帝时，昆明国进贡嗽金鸟，"形如雀而色黄，羽毛柔密，常翱翔海上。……鸟常吐金屑如粟，铸之可以为器。……此鸟畏霜雪，乃起小屋处之，名曰'辟寒台'，皆用水精为户牖，使内外通光。……官人争以鸟吐之金用饰钗佩，谓之'辟寒金'"。

译文

莫辞杯深酒味浓，
未及沉醉，
先觉恬然意和融。
几声晚钟随风飘送。
炉香消散魂梦断。
金钗细小，
髻鬟蓬乱，
醒时空对菊花红艳。

赏析

　　词作抒写闺中愁思。词人《醉花阴》（薄雾浓云愁永昼）有云"东篱把酒黄昏后"，本词上片所写盖亦黄昏把酒情状。起句为自劝自斟自饮，杯深酒浓莫辞醉。"未成"句言微醺之状，未及沉醉而意态恬适和融。此乃饮酒最美妙之境界。"疏钟"句，点明傍晚时分，更以晚风中断续飘拂的钟声衬托微醉意融之态。

　　下片叙述梦断酒醒之怅然情状。过片笔意承上，醉而眠，眠而梦，醉醒而梦断。情调则突转，"魂梦断"三字见出。"瑞脑香消"四字，言和暖馨香散尽，亦喻示微醺入梦，以及梦中情事均已逝去，闺中清冷，心中凄凉。结末二句为自画像：髻鬟松散，钗斜欲坠，怅然愁对红艳绽放的菊花。"空对菊花红"五字蕴含无尽的孤寂无助无奈之情。"空"字应和"瑞脑香消魂梦断"，"菊花红"反衬内心之黯然凄苦。

减字木兰花

卖花担上①。买得一枝春②欲放。泪染轻匀。犹带彤霞晓露痕③。　　怕郎猜道④。奴面不如花面⑤好。云鬓斜簪。徒要⑥教郎比并看。

注释

① 卖花担上：欧阳修《六一诗话》称京城士大夫"牵于事役，良辰美景，罕获宴游之乐。其诗至有'卖花担上看桃李，拍酒楼头听管弦'"。孟元老《东京梦华录》卷七："是月季春，万花烂漫，牡丹、芍药、棣棠、木香，种种上市。卖花者以马头竹篮铺排，歌叫之声，清奇可听。"

②一枝春：一枝花。陆凯《赠范晔》："江南无所有，聊赠一枝春。"

③"泪染"二句：言花似红霞，花沾露痕似粉泪匀染。

④猜道：猜想；揣度。

⑤花面：欧阳修《定风波》（把酒花前欲问公）："须知花面不
　　长红。"

⑥徒要：只要。

译文

卖花担上，
买得一枝花，
含苞欲放。
花如红霞，　　　　　　　害怕郎君猜疑，
沾染露痕，　　　　　　　说我容颜不及花貌美。
好似粉泪轻匀。　　　　　云鬓花枝斜簪，
　　　　　　　　　　　　要教郎君对比细看。

　　张先《菩萨蛮》云："牡丹含露真珠颗。美人折向帘前过。含笑问檀郎。花强妾貌强。　　檀郎故相恼。刚道花枝好。花若胜如奴。花还解语无。"易安此词构思相类，均取佳人与花比美之趣，但笔法各异。张词为"美人""檀郎"（西晋潘岳貌美，小字檀奴。"檀郎"遂为后世女子对郎君的爱称）间的问答打趣，场景生动；本词则为佳人自演独白，笔调温婉而意趣含蓄。起笔二句叙述买得一枝花。"一枝春欲放"，春意萌发，透出佳人情趣。"泪染"二句描状花之美，以佳人粉泪轻匀为喻，隐含人与花相媲美之意，暗启下文。

　　上片言买花，侧重于描写花之美；下片写簪花，侧重于佳人内心独白，语意则落在佳人与花比美，即"怕郎"二句及末句。前两句述簪花之缘由，末句言簪花之意图，笔路意脉贯通自然。以"教郎比并看"作结，亦有言尽意未尽之效。

　　词作情事脉络清晰，读来似见佳人从卖花担上买来一枝花，深情品赏其花蕾欲放、红颜沾露之娇美，心中暗自与花争美，怕郎君凭空说她不如花，便簪花于发，欲教郎君对比细看。

浪淘沙①

帘外五更风②。吹梦无踪③。画楼重上与谁同。记得玉钗斜拨火，宝篆④成空。

回首紫金峰⑤。雨润烟浓。一江春浪醉醒中⑥。留得罗襟前日泪，弹与征鸿⑦。

注释

① 此词或作欧阳修词，或作无名氏词。今据徐培均《李清照集笺注》作李清照词。

② "帘外"句：五更，指夜尽临晓。古时自黄昏至拂晓分为甲、乙、丙、丁、戊五段，谓之"五更"，又称"五鼓""五夜"。苏轼《雪后书北台壁》："五更晓色来书幌，半夜寒声落画檐。"秦观《如梦令》（池上春归何处）："无绪，无绪。帘外五更风雨。"

③ 吹梦无踪：南朝乐府古辞《西洲曲》："南风知我意，吹梦
到西洲。"

④ 宝篆：香篆。燃香烟缕似篆书，故称。欧阳澈《七夕后一日寄
陈巨济》："清狂举白话平生，午夜香燃残宝篆。"朱敦儒《行
香子》："宝篆香沉，锦瑟尘侵。"

⑤ 紫金峰：紫金山，在今江苏南京市中山门外。顾祖禹《读史方
舆纪要》卷十九："钟山，在江宁府城东北朝阳门外。旧志：
在城东北十五里，诸葛武侯所云'钟山龙蟠'者也。一名蒋山……
亦曰金陵山，亦曰北山，一名紫金山。庾阐《扬都赋》谓'时
有紫金'，故名。"

⑥ "一江"句：言醉酒遣愁，酒醒愁似春江浪。春浪，一作"春
水"，一作"春恨"。李煜《虞美人》（春花秋月何时了）："问
君能有几多愁？恰似一江春水向东流。"刘敞《酬晁单州》："平
生怀旧意，尽见醉醒中。"

⑦ "留得"二句：言罗襟尚留昨日泪痕，今日洒泪送征鸿。嵇康《兄
秀才公穆入军赠诗十九首》之十五："目送归鸿，手挥五弦。"
孙光宪《浣溪沙》（蓼岸风多橘柚香）："目送征鸿飞杳杳，
思随流水去茫茫。"

译文

帘外五更风起，
风吹梦逝无影踪。
画楼重上，
有谁相陪同？
记得良夜取钗挑灯火，
如今香篆消散万事空。

回望紫金峰，
烟雨朦胧。
酒醉酒醒，
愁似一江春浪涌。
罗襟留得昨日泪，
今日弹泪送征鸿。

据词人《金石录后序》所述，建炎三年（1129）八月十八日，夫君赵明诚病故。"葬毕，余无所之。朝廷已分遣六宫，又传江当禁渡。……余又大病，仅存喘息。事势日迫，念侯有妹婿任兵部侍郎，从卫在洪州，遂遣二故吏先部送行李往投之。"本词情调凄怨，"画楼重上与谁同。记得玉钗斜拨火，宝篆成空"与"吹箫人去玉楼空，肠断与谁同倚。一枝折得，人间天上，没个人堪寄"（《孤雁儿》）相类，均可归属悼亡词笔，又词中有云"回首紫金峰"，大概作于建炎三年秋离开建康之时，"一江春浪"乃化用李煜词句，而非描写实景。

词作落笔言五更风声惊梦。空闺梦断，帘外寒风簌簌，凄凉怅惘之情溢于言外。"画楼"三句乃梦后触景追悼。画楼依旧，人事已非，昔日携手上画楼，如今重上画楼无人伴；昔日挑灯夜话度良宵，如今香炉冷寂万事空。"宝篆成空"与"吹梦无踪"笔意呼应，往事如梦，随风消逝无影踪。

上片或可解读为离别前夜之情状，依恋不舍，由"梦""画楼重上""记得"等用语均可见出。然而时局所迫，无奈作别，

临江仙

欧阳公作《蝶恋花》,有"深深深几许"
之句①。予酷爱之,用其语作"庭院深深"
数阕。其声即旧《临江仙》也。

庭院深深深几许,云窗雾阁常扃②。
柳梢梅萼③渐分明。春归秣陵树,人客建
康城④。　　感月吟风多少事,如今老去
无成。谁怜憔悴更凋零。试灯无意思,踏
雪没心情⑤。

注释

①"欧阳公"二句：指欧阳修《蝶恋花》（庭院深深深几许）。
　　按此词又见冯延巳《阳春集》。

②"云窗"句：云窗雾阁，言楼阁云雾缭绕。韩愈《华山女》："云
　　窗雾阁事恍惚，重重翠幔深金屏。"扃（jiōng），关门。

③梅萼：梅花。萼，花萼，花瓣下叶状衬托物。

④"春归"二句：人客，一作"人老"；建康，一作"建安"。秣陵、
　　建康，同指宋江宁府（建炎三年五月改名建康府，治所在今江
　　苏南京），秦汉时为秣陵县，东晋、南朝时为建康县。又，宋
　　江宁府有秣陵镇。杜甫《春日忆李白》："渭北春天树，江东
　　日暮云。"

⑤"试灯"二句：一作"灯花空结蕊，离别共伤情"。试灯，旧
　　俗元宵前张灯预赏。陈亮《眼儿媚·春愁》："试灯天气又春来，
　　难说是情怀。"

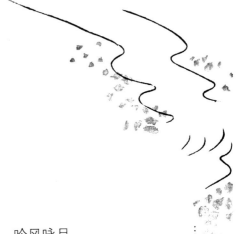

译文

庭院深深,

不知深几许。

云雾缭绕,

楼阁常重闭。

柳芽梅花渐分明。

春归秣陵树吐绿,

人客建康身凄清。

吟风咏月,

往事知多少!

如今一事无成年华老。

有谁怜我憔悴更凋零?

观赏试灯无兴趣,

踏雪寻诗没心情。

赏析

词序称酷爱"深深深几许"之句,盖赏其善用叠字,此亦易安词用语之一特色,最有名者即其《声声慢》起笔连用十四个叠字。其实字句锻炼之妙不在叠用与否,要在传情达意自然贴切而无雕琢痕迹。"庭院深深"句亦然,其结构由"庭院深深"及庭院"深几许"两个极为浅易自然的句子合成,前两个

"深"字叠用强调庭院寂静幽深，则其后"深几许"之问询，实乃不知深几许之意。三个"深"字两层功用，节奏跌宕，表达出庭院深不可测之意蕴。"云窗"句即顺承此意而描述其状：云雾笼罩，门窗重掩，不可穷测，怎知深几许？此二句乃以夸饰笔调暗示深居庭院之寂寥落寞心境。"柳梢"句描状室外春景，"渐分明"三字用笔细腻，见出景象之变化。"春归"句结上，又与下句成形式对仗，词意为互文兼反衬："秣陵""建康"同指一地，"春归""人客"可互换（"人客""秣陵树"，即人为秣陵树之客），此为互文；"春归"对"人客"、春和景明对客居凄然，此为反衬，尤显春日异乡飘零之悲苦。

上片结句词笔落到自身客居境况，下片承此意脉，感慨身世。"感月"句追昔，无限往事尽在吟风咏月中；"如今"句叹今，而今年华老去，一事无成。此情亦如其《渔家傲》（天接云涛连晓雾）所叹："学诗谩有惊人句！""感月吟风"，诗词惊人，终归徒然。"谁怜"句补足"老去无成"之凄凉境遇。一番身世感慨后，笔调重回眼前："试灯""踏雪"，为今日事，亦为往昔所历，归属"感月吟风多少事"，然而物是人非，而今憔悴凋零之身，再无心情赏灯踏雪、寻诗觅句，只愿独守深深庭院，栖身雾阁云窗中。

　　按词中"建康城"，一作"建安城"（建安，宋县名，古郡名，治所在今福建建瓯市），因而学界有作于建康、建安二说。黄墨谷《重辑李清照集》、徐培均《李清照集笺注》谓作于建康，时在建炎三年初春，词人将随夫离开建康。王仲闻《李清照集校注》则认为词作感旧伤今，"与在建康时情境不甚相合，不似从明诚居建康时作。疑从《词学丛书》本《乐府雅词》作'建安'为是。清照似曾至闽，其时赵明诚已死，与张汝舟已离异，流离飘泊"。此说颇合词中凄婉情调，"如今老去无成""谁怜憔悴更凋零"，确似晚年孤零漂泊之语。若作"人客建安城"，合上句"春归秣陵树"，乃两地相思语，如杜甫《春日忆李白》之"渭北春天树，江东日暮云"，则似可解读为词人客居建安，（《福建通志》卷五十二《流寓·泉州府》载赵明诚兄存诚、思诚绍兴初移家泉州。易安或曾经建安往泉州亦未可知。）思念亡夫（赵明诚病故并葬于建康）之作。若作"人客建康城"或"人老建康城"，则疑词人避难安定后，因思念亡夫曾客居建康。本词即其时所作，非从夫居建康时所作。

临江仙[1]

庭院深深深几许，云窗雾阁春迟[2]。为谁憔悴损[3]芳姿。夜来清梦好，应是发南枝[4]。　　玉瘦檀轻[5]无限恨，南楼羌管休吹[6]。浓香吹[7]尽有谁知。暖风迟日也，别到杏花肥[8]。

注释

[1] 此词，《梅苑》题作"曾夫人子宣妻"，即曾布妻魏夫人，李祖年校本作"李易安"。《花草粹编》《历代诗余》作李清照词。按，前词序云"用其语作'庭院深深'数阕"，其"谁怜憔悴更凋零"与本词"为谁憔悴损芳姿""玉瘦檀轻无限恨""浓香吹尽有谁知"情调相近，二词当同为李清照作。

② 春迟：春日和融舒缓。《诗经·豳风·七月》："春日迟迟，采蘩祁祁。"郑玄注："迟迟，舒缓也。"

③ 损：一作"瘦"。

④ 南枝：指梅枝。李峤《梅》："大庾敛寒光，南枝独早芳。"白居易《白孔六帖》卷九十九《梅》"南枝"："大庾岭上梅，南枝落，北枝开。"

⑤ 玉瘦檀轻：喻梅花凋零。范成大《范村梅谱》："蜡梅凡三种……最先开，色深黄如紫檀，花密香浓，名檀香梅。此品最佳。"

⑥ "南楼"句：南楼，原指武昌南楼，后为楼阁之雅称。《世说新语·容止》载东晋庾亮镇武昌时，秋夜与僚属登南楼歌咏欢赏。羌管，即羌笛。笛曲有《梅花落》。郭茂倩《乐府诗集》卷二十四《汉横吹曲·梅花落》："《梅花落》，本笛中曲也。"黄庭坚《撼庭竹》："呜咽南楼吹落梅。"

⑦ 吹：一作"开"。

⑧ 肥：一作"时"。

译文

庭院深深，

不知深几许。

春和日融融，

窗阁缭绕云雾。

芳姿瘦损，

为谁憔悴惆怅？

昨夜清梦好，

应是枝头早梅绽放。

寒梅飘零无限恨，

南楼莫要吹羌笛。

笛怨香尽有谁知?

风和日丽，

别有杏花呈艳美。

赏析

这是一首咏梅寄怀词作。起笔三句即将梅之身影、人之情怀融为一体，勾画出寂寞深院中、"云窗雾阁"下、漫漫春日里芳姿瘦损的残梅图景，而庭院、"深几许"、窗阁、"为谁憔悴"等用语则隐含寂寞深闺人憔悴之情境。"夜来"二句为虚笔，假托残梅在清梦中追忆早梅初发情景，寄寓词人对昔日美好时光的恋念深情。

下片承"憔悴损芳姿"，怅叹梅花凋零，玉损香消，寂寞无人知。过片"玉瘦檀轻无限恨"，笔墨浓重，直抒惜梅伤怀之情。"南楼"二句叹惋花落香消无人惜。黄庭坚《撼庭竹》云："呜咽南楼吹落梅。"此反其意云"南楼羌管休吹"。"休吹"与下句"吹尽"相呼应，以跌宕笔致抒发对梅花寂寞凋零的深深伤悲。末二句承"有谁知"，以风和日丽下绚烂丰润的杏花反衬残梅凋零之孤寂。凋零中的梅花与绽放中的杏花实则同享"暖风迟日"，而词人用"别到"一语，言"暖风迟日"别残梅而去拂照艳美绽放的杏花，其笔调乃寄寓词人对自身孤寂凄凉境遇的自怜自悲，其情状颇似《永遇乐》（落日镕金）所述："元宵佳节，融和天气""如今憔悴，风鬟霜鬓，怕见夜间出去。不如向帘儿底下，听人笑语"，令读者不禁怅叹："斯人独憔悴！"

本词与前一首为一时之作，旨趣同为感慨身世，但构思及笔法有别，前词直抒情怀，笔调显豁；此词则托物寓情，笔致婉曲。

残梅

满庭芳

小阁藏春[1]，闲窗锁昼，画堂[2]无限深幽。篆香[3]烧尽，日影下帘钩。手种江梅更好，又何必临水登楼。无人到，寂寥浑似，何逊在扬州[4]。　　从来知韵胜[5]，难堪雨藉，不耐风揉[6]。更谁家横笛，吹动浓愁[7]。莫恨香销雪减，须信道扫迹情留[8]。难言处，良宵淡月，疏影尚风流[9]。

注释

[1] 小阁藏春: 指阁中植梅。苏轼有词《浣溪沙·徐州藏春阁园中》。

[2] 画堂: 原指绘画装饰的堂阁，后为堂室之美称。崔颢《古意》:
"十五嫁王昌，盈盈入画堂。"

③ 篆香：盘香。洪刍《香谱》卷下："香篆，镂木以为之，以范
　香尘为篆文，然于饮席或佛像前，往往有至二三尺径者。"

④ 何逊在扬州：南朝梁何逊任扬州（治所在今江苏南京）法曹，"廨
　舍有梅花一枝，逊吟咏其下。后居洛思梅花，再请其任。从之。
　抵扬州，花方盛。逊对花彷徨"（陈景沂《全芳备祖》前集卷一"梅
　花"）。何逊有诗《咏早梅》（又题作《扬州法曹梅花盛开》）云：
　"兔园标物序，惊时最是梅。衔霜当路发，映雪拟寒开。枝横
　却月观，花绕凌风台。朝洒长门泣，夕驻临邛杯。应知早飘落，
　故逐上春来。"杜甫《和裴迪登蜀州东亭送客逢早梅相忆见寄》：
　"东阁官梅动诗兴，还如何逊在扬州。"

⑤ "从来"句：言梅花从来以韵胜为人所知。崔道融《梅花》："香
　中别有韵，清极不知寒。"范成大《〈范村梅谱〉后序》："梅
　以韵胜，以格高，故以横斜疏瘦与老枝怪奇者为贵。"

⑥ "难堪"二句：不堪风雨摧损。藉，践踏。

⑦ "更谁家"二句：言更有人吹奏笛曲，愁情深浓。笛曲有《梅花落》，
　声情愁怨，刘长卿《祭董兵马使文》："落梅笛怨，细柳营空。"
　武元衡《奉酬淮南中书相公见寄》："江长梅笛怨，天远桂轮孤。"

⑧ "须信道"句：当知道梅花谢后情不尽。须信道，当知道。柳永《瑞
　鹧鸪》（宝髻瑶簪）："须信道，缘情寄意，别有知音。"扫迹，

指梅花凋零无迹。南朝齐孔稚珪《北山移文》："乍低枝而扫迹。"

⑨ "良宵"二句：言良宵淡月，梅枝疏影，风姿绰约。林逋《山园小梅》："疏影横斜水清浅，暗香浮动月黄昏。"

译文

小阁植梅藏春色，
昼日闲静闭窗牖。
画堂无限深幽。
篆香燃尽，
日影斜落下帘钩。
手种野梅更美妙。
又何必为赏梅，
临水且登楼。
寂寥无人到，
甚似何逊在扬州。

从来清韵绝胜名世，
不堪雨打风摧揉。
何人更吹横笛，
声曲荡深愁。
莫恨花落香销，
当知道，
花谢无迹情尚留。
难言表，
良宵淡月，
梅枝疏影，
绰约风姿依旧。

赏析

　　词咏残梅，而从梅未残落笔。"小阁藏春"即言阁中梅花报春，"藏"字与下文"锁""深幽"，展现出楼阁深闭闲静之场景。"昼"字与"篆香"二句呼应，点出时间，昼日直至香燃尽、日西下。整日深居画堂，品赏"手种江梅"之美妙风韵，自不必"临水登楼"，访梅寻芳，然而无人共赏，亦不无些许寂寥，如"何逊在扬州"，"吟咏其下"，"对花彷徨"。

　　上片言"小阁藏春"，独赏孤芳，人居幽深画堂，梅呈幽韵清骨。过片"韵胜"二字承上作结，"难堪"二句转笔落到梅之凋残。"雨藉""风揉"，梅花受尽摧损。风雨落花，令人伤悲，更有横笛吹怨，飘荡浓愁。悲愁至极，"莫恨"句以下反转，言不必为梅残而悲恨，梅之色香逝去，其情韵不曾消逝，良宵淡月下，梅枝疏影依旧风姿绰约，情韵悠然，令人难以言表。

　　本词一大特色是构思立意不同凡俗，咏残梅，立意却不在伤悲，而在颂赞梅之韵胜，舍形取神，形色凋残而情韵犹存。词笔铺垫转折，跌宕有致。

转调满庭芳①

芳草池塘②,绿阴庭院,晚晴寒透窗纱。谁开③金锁,管是客来呀④。寂寞樽前席上,惟愁⑤海角天涯。能留否,酴醾落尽,犹赖有残葩⑥。　　当年曾胜赏⑦,生香⑧熏袖,活火分茶⑨。尽如龙骄马,流水轻车⑩。不怕风狂雨骤,恰才称⑪、煮酒笺花⑫。如今也,不成怀抱⑬,得似⑭旧时那。

注释

① 王奕清等《词谱》卷十三录曾觌《踏莎行》附注:"转调者,摊破句法,添入衬字,转换宫调,自成新声耳。"

② 芳草池塘:谢灵运《登池上楼》:"池塘生春草,园柳变鸣禽。"

③ 谁开:此二字或缺,或作"玉钩"。此从陆三强校点本《乐府雅词》

（辽宁教育出版社 1997 年版）。

④"管是"句：准是有客来到。管是，准是。吵，句末语气助词。曾觌《醉落魄》（情深恨切）："管是前生，曾负你冤业。"

⑤惟愁：或作"惟□□"，或作"春归去"。此从文津阁《四库全书》本《乐府雅词》。

⑥残蕊：一作"梨花"。此从陆三强校点本《乐府雅词》。王仲闻《李清照集校注》云："文津阁《四库全书》本《乐府雅词》作'梨花'。按季节，酴醿花开在梨花之后。江南有二十四番花信风，酴醿亦在梨花之后，此处作'梨花'不妥。"

⑦胜赏：欢赏。欧阳修《渔家傲》（一派潺湲流碧涨）："酒美宾嘉真胜赏。"

⑧生香：未蒸之花香。陈敬《陈氏香谱》卷一"南方花"条："南方花皆可合香。……凡是生香，蒸过为佳。每四时遇花之香者，皆次次蒸之。……他日爇之，则群花之香毕备。"

⑨活火分茶：活火，燃起火苗之炭火。分茶，煎茶时搅动茶汤使水纹变幻出各种物象。赵璘《因话录》卷二载李约"天性惟嗜茶，能自煎，谓人曰：'茶须缓火炙，活火煎。'活火，谓炭火之焰者也"。苏轼《汲江煎茶》："活水还须活火烹，自临钓石取深清。"杨万里《澹庵坐上观显上人分茶》："分茶何似煎

茶好，煎茶不似分茶巧。"

⑩"尽如"二句：化用《后汉书·皇后纪》语："车如流水，马如游龙。"李煜《望江南》（多少恨）："还是旧时游上苑，车如流水马如龙。""尽如"，诸本缺。此从文澜阁《四库全书》本《乐府雅词》。王仲闻《李清照集校注》云："文津阁《四库全书》本《乐府雅词》作'极目犹'。赵万里辑《漱玉词》云：'与律不合，盖出馆臣臆改。'"

⑪恰才称：恰称；正适合。李清照《蝶恋花》（永夜厌厌欢意少）："酒美梅酸，恰称人怀抱。"高观国《御阶行》（藤筠巧织花纹细）："红红白白簇花枝，恰称得、寻春芳意。"

⑫煮酒笺花：指把酒赋词咏落花。煮酒，温酒。笺，一作"残"，一作"看"。此从四印斋本校记："别作'牋'。"牋，同"笺"。晏几道《清平乐》（可怜娇小）："红烛泪前低语，绿笺花里新词。"李濬《松窗杂录》载唐玄宗携贵妃夜赏木芍药，"命龟年持金花笺，宣赐翰林学士李白进《清平调》词三章"。

⑬不成怀抱：意谓情怀寥落无兴致。

⑭得似：怎得似。赵长卿《朝中措》（别来无事不思量）："寄语行人知否，梅花得似人香？"

译文

芳草映池塘，

绿荫掩庭院，   当年曾欢赏，

晚晴寒透纱窗。   活火煎茶，

谁开金锁？   花香薰袖。

准是有客来访。   满目骄马似游龙，

席上对酒默无语，   轻车如水流。

但愁天涯飘荡。   风狂雨骤全不怕，

能否留下，   正好把酒咏落花。

酴醾凋零殆尽，   如今怅然意寥落，

尚有残花。   怎比得昔时好年华！

赏析

　　词云"惟愁海角天涯"，当作于建炎末、绍兴初避难流离浙东期间。离乱时代，暮春时节，他乡遇客，抚今追昔，不胜感慨。此即本词所述情事。起笔三句铺垫场景，"池塘""庭

院""窗纱""芳草""绿阴""晚晴",绘就江南院落春晴傍晚之清幽闲静图景。"谁开"二句,开门迎客。其疑问、揣度笔调透露出寂寥客居中对"客来"的期待心理。"寂寞"二句,樽酒待客。据下片追忆"当年胜赏",此客当为故人。他乡遇故知,又值乱离,无限感慨难以言表,把酒寂寞相对,惟叹飘零天涯之悲。"能留否"三句,深情留客。"酴醾不争春,寂寞开最晚。"(苏轼《杜沂游武昌以酴醾花菩萨泉见饷》)"酴醾落尽"则一春花事殆尽,何以留客赏?仍言"犹赖有残葩",其留客之情真意切见于言外。

上片说尽迎客、待客、留客。春归花落尽,残葩能否留客心?实则留客无关花之有无,全在主客之情同意合。下片承留客之情意,追忆当年春日之同游共赏。百花盛开,袖染芳香,细品春茶,赏览车水马龙;雨骤风狂,百花凋零,绿肥红瘦,则对酒展笺咏落花。春来春去,花开花谢,尽在欢赏中。如今情怀寥落,兴致全无,往事怎堪回首!词在追昔叹惋中结笔,余韵不尽。

南歌子

天上星河转^①，人间帘幕垂。凉生枕簟泪痕滋。起解罗衣，聊问夜何其^②？

翠贴莲蓬小，金销藕叶稀^③。旧时天气旧时衣。只有情怀不似旧家^④时。

注释

① 星河转：星河，即银河。星河转，指夜深近晓时分。苏轼《菩萨蛮·七夕》："风回仙驭云开扇。更阑月坠星河转。"李清照《渔家傲》："天接云涛连晓雾。星河欲转千帆舞。"

② 夜何其：深夜何时。《诗经·小雅·庭燎》："夜如何其？夜未央。"

③ "翠贴"二句：言罗衣上彩线贴绣出小小莲蓬、稀疏荷叶。翠贴、金销，亦称贴翠、销金，均指彩绣。

④ 旧家：往日；从前。周邦彦《瑞龙吟》（章台路）："唯有旧家秋娘，声价如故。"

译文

天上银河暗转，
人间帘幕低垂。
凉透枕席泪涟涟。
起身换下薄罗衣，
黯然叹问：
长夜还有几多时？

衣上贴翠销金绣彩图：
小小莲蓬，
荷叶稀疏。
天气今如昔，
衣是旧时衣，
唯有情怀非昔时。

赏析

此词抒写秋夜孤寂追思之愁苦。起笔以对偶句铺设场景：从"天上"到"人间"，见空间之浩阔；"星河转""帘幕垂"，时当夜深人静，暗示出长夜无眠、隔帘凝望星河之人。"凉生枕簟"三句，笔触落到词中人。"泪痕滋"，言泪流不断，显露凄苦暗泣之悲。"凉生枕簟""起解罗衣"，盖和衣欹枕，悲思饮泣，夜阑寒侵，罗衣怯寒，故起身脱下，或入被，或换上厚衣。"聊问夜何其"，因"凉生"而意识到夜深，遂发问"夜何其"，同时也透露出长夜凄凉难耐之情，"聊"字则见出怅然无奈之情。

过片承前"罗衣"，工笔细描，言外见出凝视沉思之状。"旧时"二句承上抒写睹衣追思之情，"天气"遥应"天上"二句，"衣"字远应"罗衣"，近承"翠贴"二句，"旧时"之重复，循环唱叹出无尽的追昔深情，为末句作反衬：天气、罗衣一如旧时，引入对旧时欢聚情事的追忆，更增今日孤寂悲苦之情，"只有情怀不似旧家时"，叹惋笔调中蕴含着难以言尽的伤感无奈情怀。

词作章法细密，情调凄婉，若为词人自抒情怀，大概作于其夫君赵明诚病故后。又词中言及"星河"，且以"天上""人间"相对言，或为七夕触景伤怀，追思亡夫之作。

念奴娇

萧条庭院，又斜风细雨①，重门须闭②。宠柳娇花寒食近③，种种恼人天气④。险韵⑤诗成，扶头酒醒⑥，别是闲滋味。征鸿过尽⑦，万千心事难寄⑧。　　楼上几日春寒⑨，帘垂四面⑩，玉阑干慵倚⑪。被冷香销新梦觉⑫，不许愁人不起。清露晨流，新桐初引⑬，多少游春意。日高烟敛，更看今日晴未。

注释

① 斜风细雨：张志和《渔父》（西塞山前白鹭飞）："斜风细雨不须归。"

② 须闭：一作"深闭"。

③ "宠柳"句：言寒食节临近，花柳受宠娇柔。花，一作"莺"。寒食，节日名，见《浣溪沙》（淡荡春光寒食天）注①。

④ 恼人天气：晏殊《浣溪沙》（三月和风满上林）："恼人天气又春阴。"

⑤ 险韵：险僻难押的诗韵。苏轼《次韵曾子开从驾》："险韵清诗苦斗新。"

⑥ "扶头"句：酒醉醒来。扶头，指醉态。戴叔伦《白苎词》："吴王扶头酒初醒，秉烛张筵乐清景。"杜牧《醉题》："醉头扶不起，三丈日还高。"

⑦ 征鸿过尽：征，一作"飞"。冯延巳《鹊踏枝》（梅落繁枝千万片）："过尽征鸿，暮景烟深浅。"

⑧ 难寄：一作"谁寄"。

⑨ 春寒：一作"寒浓"。

⑩ 四面：一作"三面"。

⑪ 玉阑干慵倚：一作"慵拍阑干倚"。

⑫ "被冷"句：觉，一作"断"。张君房《丽情集》"燕子楼"条载白居易和盼盼诗："满窗明月满帘霜，被冷香销独卧床。"

⑬ "清露"二句：新，一作"疏"。《世说新语·赏誉》："于时清露晨流，新桐初引。"引，萌发。

译文

庭院凄清冷寂，

又是斜风细雨，

重门须掩闭。

寒食临近，

花柳受宠呈娇美。

种种恼人光景。

赋诗押险韵，

酒醉初醒，

别生闲愁滋味。

飞鸿尽远去，

万千心事难传寄。

数日春寒，

楼上帘幕低垂，

慵倚玉阑干。

被冷香消，

新梦惊断，

愁怀催人起。

清晨玉露流泻，

梧桐新芽初发，

心生无限春兴。

日高烟敛雾散，

还看今日能否放晴。

此词或题作"春情",或题作"春日闺情""春恨""春思"等,均与词情相符。词作抒写临近寒食,数日风雨春寒之愁怨,以及雨后新晴之春兴。

词末云"日高烟敛,更看今日晴未",知为雨后新晴之旭日初升时所作。上片追述几日来的风雨恼人情状。起笔三句自述所居场景:重门掩闭,窗外斜风细雨,庭院凄清冷落。"又"字见出非一日也;"须"字见出风雨所迫。此二字与"萧条"语,透出闺中人之愁闷无奈。"宠柳娇花",斜风细雨中花柳娇美,却不能出门游赏,遂怨恨"恼人天气"。赋诗醉酒皆为遣愁之举,而诗成酒醒,更觉闲愁难遣,百无聊赖,所谓"闲滋味"。"征鸿"二句荡开笔路,目送飞鸿过尽,"万千心事难寄",一开一合,重归愁怀难展,更添相思怀远之悲苦。

下片前三句承上收束:上片所述即"几日春寒"愁居楼上之情形;"帘垂四面"应"重门须闭";"萧条庭院""斜风细雨""宠柳娇花""征鸿过尽"等景象均归入"玉阑干慵倚"所见。"被冷"句以下叙述今日梦醒晨起所见所感。言"不许愁人不起"，有"被冷"之故，更因愁思郁积，即"愁人"，难以静卧。"清露"二句为《世说新语》成句，自然清雅，描述晨起所见雨后春露滋润、生机萌发的景象，令人顿生无限游赏意兴。"日高"二句承"游春意"作结，游春须晴日，"日高烟敛"即显放晴迹象，而数日来的风雨又让人心生疑虑，期待中观望"今日晴未"。

本词笔法之基本特色是情景交错，而又体现为不同方式，取法切当。其呈现数日风雨春寒情境，以词中人之举止（如赋诗醉酒、阑干慵倚）情怀（"种种"句、"别是"句、"万千"句）连贯场景画面（"萧条庭院""楼上""斜风细雨""宠柳娇花""征鸿过尽"），景散而情聚；描述今日之新晴则以时间为序，从梦醒晨起到"日高烟敛"，人在其中，触景生情，前后相贯。

菩萨蛮

　　风柔日暮春犹早。夹衫乍著①心情好。睡起觉微寒，梅花鬓上残②。　　故乡何处是。忘了除非醉。沉水③卧时烧，香消酒未消。

注释

①　夹衫乍著：初换夹衫。乍著，初穿。曹勋《木兰花慢》（断虹收霁雨）："更乍著轻纱，凉摇素羽，翠点清池。"

②　"梅花"句：鬓上所簪梅花已残损。

③　沉水：见《浣溪沙》（淡荡春光寒食天）注②。

译文

日暮风柔，
新春尚乍到。
冬衣初换薄夹衫，
心情甚好。
睡起轻寒袭身，
鬓上梅花残损。

何处是故乡？
故乡怎能忘！
除非入醉乡。
醉眠沉香缭绕，
沉香散尽酒未消。

赏析

　　这是一首早春思乡词作。起笔二句言寒冬去，春初到，脱下寒衣，初换夹衫，心情亦随春转好。"心情好"，情调高扬。接下"睡起"二句，情调转趋低落：冬去余寒未尽，鬓上梅花残损。"梅花"句堪为全词眼目："梅花""残"，应和节序；言鬓上花残，映衬出词人之落寞境遇，亦令读者想见其对镜凝视中的怅然愁思情状。前人有折梅赠友寄相思之举，（《太平御览》卷九百七十引《荆州记》载南朝陆凯在江南，思念长安友人范晔，寄梅一枝并赠诗云："折梅逢驿使，寄与陇头人。江南无所有，聊赠一枝春。"）词人则见梅花惨败而思念沦陷中的故乡，过片即直抒此情：茫茫天地间，故乡不可见，故有"何处是"之问，而此问更寄寓回乡不可期之怅叹。望不见，回不成，忘不了，思乡愁苦之极，唯有借酒浇愁。结末"沉水"二句承"醉"，言酣醉而眠，沉香缭绕，晓来沉香燃尽，余醉尚存。"酒未消"，见出痛饮深醉，更见出悲愁无奈之至。然而醉酒终将消解，乡愁则终归难消。此亦未尽之言外余意。

　　词作章法上融贯明、暗两条脉络。明者为词情变化脉络：由"心情好"而转为慨叹（"睡起"二句）、愁极（"故乡"二句），归于无奈怅然。暗者为生活情事脉络：日暮睡起，对镜理妆，见所簪梅花残损，感慨身世，触发思乡愁情，痛饮酣醉，醒来"香消酒未消"。明、暗二脉相融一体，事隐情显，承转跌宕而意脉贯通。

菩萨蛮

归鸿声断残云碧。背窗雪落炉烟直。烛底凤钗①明。钗头人胜②轻。　　角声催晓漏③。曙色回牛斗④。春意看花难。西风留旧寒。

注释

① 凤钗：见《蝶恋花》（暖日和风初破冻）注⑤。

② 人胜：剪彩或镂金箔而成的人形饰物。宗懔《荆楚岁时记》载人日（正月初七）："剪彩为人，或镂金箔为人，以贴屏风，亦戴之头鬓。又造华胜以相遗。"唐宋时立春日亦有此俗。温庭筠《菩萨蛮》（水晶帘里颇黎枕）："藕丝秋色浅。人胜参差剪。"

③ 角声催晓漏：言拂晓角声、漏声相催。角，画角，一种吹奏乐器。

古时军营及城市吹角以示昏晓。李贺《雁门太守行》："角声满天秋色里，塞上燕脂凝夜紫。"秦观《满庭芳》："山抹微云，天粘衰草，画角声断谯门。"漏，古代计时器，铜制，有孔及刻度，滴水或漏沙以计时。

④ 曙色回牛斗：言天色近晓，牛、斗星移。牛斗，指牛宿、斗宿。李珣《定风波》（帘外烟和月满庭）："斗转更阑心杳杳。将晓。银釭斜照绮琴横。"

译文

归雁声断，
残云浮碧。
窗外雪飞，
窗里炉香烟缕缕。
烛光凤钗相辉映，
钗头人胜轻拂。

声声画角催晓漏，
斗转星横曙光现。
春意初透，
春花难见。
西风吹来，
余寒不散。

赏析

　　词作抒写闺思。起笔展现日暮碧云飘零、归雁声断景象，颇似前人怨别名句"日暮碧云合，佳人殊未来"（江淹《休上人怨别》），相思相盼，昼尽夜来，音信杳无。"背窗"三句，顺承进入长夜相思无眠情状，仍出以客观描述笔调：窗外春雪纷纷，窗里炉烟缕缕，烛光映照凤钗，钗头人胜轻拂。闺中孤寂愁思之人呼之欲出。

　　夜尽昼来，过片描写拂晓景象，可呼应起句，均从声、色二端落笔。"角声"句状声：角声、漏声相催促。"曙色"句绘色：曙光显露，星光暗淡沉落。曙色开启又一个白昼，与上片所述日暮、长夜形成昼夜循环不止，闺中人之愁思悲苦亦随之绵延无尽。末二句笔调跳出昼夜，落到节候，言春意初显，然余寒未尽，赏花踏青事难成。此又天时再添人愁，怅然无奈之情溢于言外。章法上，"春意"句关合上片"人胜"，"西风"句关合上片"雪落"，亦可谓往而能返，去而不离。

　　本词笔法上的特色为寄情于景，融情于境，全词仅"春意看花难"一句为主观抒写，余皆客观描述，"断""直""明""轻""催""留"等用字浅易而切当。此乃易安用语之特色。

庆清朝

　　禁幄①低张，雕栏②巧护，就中独占残春③。容华淡伫④，绰约⑤俱见天真。待得群花过后，一番风露晓妆新⑥。妖娆态，妒风笑月，长殢⑦东君。　　东城边，南陌上，正日烘⑧池馆，竞走香轮⑨。绮筵⑩散日，谁人可继芳尘⑪。更好明光宫⑫里，几枝先向日边匀⑬。金尊⑭倒，拚了⑮画烛，不管黄昏。

注释

① 禁幄：禁苑帷幄。陈著《声声慢·次韵黄子羽咏凤花》："珍丛凤舞。曾是宣和，春风送归禁幄。"韩元吉《依韵和御制秋晚曲宴诗》："禁幄云深开晓色，上林风迥起秋声。"

②雕栏：一作"彤栏"。

③独占残春：言芍药独占暮春花事。张泌《芍药》："香清粉澹
怨残春，蝶翅蜂须恋蕊尘。"陈师道《谢赵生惠芍药》："九十
风光次第分，天怜独得殿残春。"陶谷《清异录》卷上"婪尾春"
条："桑维翰曰：唐末文人有谓芍药为'婪尾春'者，婪尾酒
乃最后之杯，芍药殿春，亦得是名。"

④容华淡伫：花貌素淡。容华，容颜。淡伫，素淡。苏舜钦《水
调歌头·沧浪亭》："潇洒太湖岸，淡伫洞庭山。"晁补之《凤
凰台上忆吹箫》（千里相思）："又正是梅初淡伫，禽未绵蛮。"

⑤绰约：婉约柔美。《庄子·逍遥游》："藐姑射之山，有神人居焉，
肌肤若冰雪，绰约若处子。"

⑥晓妆新：言芍药如佳人新妆。又芍药品种有名"晓妆新"者。
王观《扬州芍药谱》："晓妆新，白缬子也，如小旋心状，顶
上四向。叶端点小，殷红色。每一朵上或三点，或四点，或五点，
象衣中之点缬也。"

⑦殢（tì）：纠缠；沉溺。张昇《满江红》（无利无名）："待春来、
携酒殢东风，眠芳草。"

⑧日烘：日照如烘。贺铸《清平乐》："阴晴未定。薄日烘云影。"

⑨香轮：香车。欧阳修《蓦山溪》（新正初破）："驾香轮，停宝马，

只待金乌晚。"

⑩ 绮筵：盛筵。陈子昂《春夜别友人》："银烛吐清烟，金樽
对绮筵。"

⑪ 芳尘：指落花。沈约《会圃临春风》："鸣珠帘于绣户，散芳
尘于绮席。"毛滂《鹊桥仙》（水精帘外）："百花何处避芳尘，
便独自、将春占却。"

⑫ 明光宫：汉代宫殿名。此泛指宫殿。高适《塞下曲》："画图
麒麟阁，入朝明光宫。"

⑬ 先向日边匀：指先在帝宫绽放。日边，指帝王左右。匀，均匀涂染。
此指花蕾绽开。《竹书纪年》卷上："伊挚将应汤命，梦乘舟
过日月之旁。"李白《行路难》："闲来垂钓碧溪上，忽复乘
舟梦日边。"王禹偁《芍药诗》："满院匀开似赤城，帝乡齐
点上元灯。"

⑭ 尊：同"樽"。

⑮ 拚了：不顾惜；舍弃。欧阳修《洞仙歌令》（楼前乱草）："也
拚了一生，为伊成病。"

译文

禁苑低设帷幄，

巧置雕栏围护，

中有芍药独殿春。

花容素淡，

绰约尽显天然风韵。

待到群花谢后，

一番风露沐浴展新妆。

姿态妖娆，

羡煞春风，

笑迎明月，

缠绕春神久徜徉。

东城边，

南陌上，

晴日如烘照池馆。

宝马香车竞逐。

游宴绮席散罢，

花落何人能续？

明光宫里花更好，

数枝争向君王吐芬芳。

金樽美酒花前倒，

黄昏日暮又何妨，

画烛辉映尽欢赏。

赏析

    此词题咏禁苑木芍药,一说咏牡丹,实则同物异名,李濬《松窗杂录》:"开元中,禁中初重木芍药,即今牡丹也。"

    词作上片描述禁苑所植木芍药之淡雅婉美风韵。起笔"禁幄"二句言养护之精致,见出花之高贵。"就中"句亮出所咏之物,"独占残春"点明木芍药之独特品性:孤芳殿三春。"容华"句以下正笔描状木芍药,舍形取神:以绰约仙子为喻,言其天然高洁;以新妆佳人为喻,言其娇柔婉美。"待得群花过后""长殢东君",呼应"独占残春","群花过后"为"残春",赖有此花沐浴春风雨露,以其清雅柔美风姿令春神沉醉忘归。

    禁苑木芍药如此娇美脱俗,自当引人观赏。词作下片即言赏花,但其笔调并非直入禁苑,而以京城春日赏花盛况作铺垫,即"东城边"四句所勾画出的景况:城里城外,园林池馆,晴光烘照,宝马香车,竞逐游赏。此乃百花烂漫之胜赏,待到"绮筵散日",即花谢宴游散后,"谁人可继芳尘"?此一问转笔入禁中:"更好"二句言禁中芍药争吐芬芳;"金尊倒"三句,言宫中日夜赏花宴欢。"明光宫"呼应起句"禁幄",首尾缩合。

　　词作以咏物展现承平气象，其构思立意或源自《松窗杂录》所载唐玄宗月夜"赏名花，对妃子"之事：开元间，唐玄宗于兴庆宫沉香亭前植木芍药，花盛时节，月夜携贵妃等同赏，诏李白赋《清平调》词三章。"上命梨园弟子约略调抚丝竹，遂促龟年以歌。太真妃持颇梨七宝杯，酌西凉州蒲萄酒，笑领意甚厚。"词中"妖娆态"云云、"更好明光宫里"云云，盖暗用此事。又词中用语亦有与李白《清平调》略相仿佛者，如"容华淡伫，绰约俱见天真""一番风露晓妆新"之于"云想衣裳花想容，春风拂槛露华浓。若非群玉山头见，会向瑶台月下逢""一枝红艳露凝香""可怜飞燕倚新妆"，"妖娆态，妒风笑月，长殢东君""几枝先向日边匀"之于"名花倾国两相欢，长得君王带笑看。解释春风无限恨，沉香亭北倚阑干"，其意趣情韵可谓相谐相融。

清平乐

年年雪里，常插梅花醉①。挼尽梅花无好意②，赢得③满衣清泪。 今年海角天涯，萧萧④两鬓生华。看取晚来风势，故应难看梅花⑤。

注释

① "年年"二句：言年年雪里折梅簪发，把酒醉饮。朱敦儒《鹧鸪天》（我是清都山水郎）："玉楼金阙慵归去，且插梅花醉洛阳。"

② "挼尽"句：言情怀不佳，搓揉梅花殆尽。挼，搓揉。

③ 赢得：落得。韩偓《五更》："光景旋消惆怅在，一生赢得是凄凉。"

④ 萧萧：稀疏。欧阳修《久在病告近方赴直偶成拙诗》："岁华忽忽双流矢，鬓发萧萧一病翁。"

⑤"看取"二句：意谓晚来风急，梅花当随风飘零，无以观赏。看取，试看。苏轼《西江月》（世事一场大梦）："夜来风叶已鸣廊。看取眉头鬓上。"

译文

年年雪里，
折梅簪发常沉醉。
梅花揉尽，
情怀怅然，
落得衣襟点点清泪。

今年漂泊到天涯，
两鬓华发萧萧。
试看晚来风起势，
想必难见梅花在枝梢。

赏析

　　词云"今年海角天涯"，当作于词人夫君赵明诚病故后的建炎末、绍兴初避难流离浙东期间，咏梅而寄寓身世悲慨。

　　词作上片回顾近几年来雪里傍梅醉饮，摘花簪发，情怀怅怅，手接花蕊，泪满衣襟。举止情态显露出深深的无奈悲苦之情。过片词笔转到"今年"，与起首"年年"呼应对衬：天涯漂泊，鬓发斑白，身世境遇更趋凄苦，更何况晚风劲吹，年年都曾相伴的梅花必将随风飘零，难觅身影，其年华迟暮、孤苦流离中的凄楚伤悲可以想见。结末"故应难看梅花"，揣度料定语调中蕴涵叹惋和无助。年年的花前沉醉，摘花插发，接尽花蕊，似乎已成习惯，未尝不是一种无言的倾诉和寄托。如今人与梅花同飘零，相对花落枝空，深深的自我哀怜中又添无尽的叹花惜花之情。

　　本词咏物而取人物交融、今昔对比手法，抒写悲愈悲、愁更愁之身世情怀，沉郁怅叹，情韵深婉。

青玉案

一年春事都来几，早过了，三之二。绿暗红嫣浑可事①。绿杨庭院，暖风帘幕，有个人憔悴。　买花载酒长安市②，争似家山见桃李③。不枉东风吹客泪④。相思难表，梦魂无据，唯有归来是。

① "绿暗"句：花繁叶茂，一如寻常。嫣，美好貌。浑，全然。可事，寻常事。柳永《定风波》："自春来、惨绿愁红，芳心是事可可。"
② "买花"句：言京城春游宴欢。长安，汉唐都城，今陕西西安。后代指京城。黄庭坚《蓦山溪》（鸳鸯翡翠）："寻花载酒。肯落他人后。"

③"争似"句：怎如家乡观赏桃红李白。争似，怎似。家山，家乡。

④"不枉"句：意谓别枉教东风吹拂游子思乡泪。不枉，一作"不

住"。毛滂《遍地花·孙守席上咏牡丹》（白玉栏边自凝伫）：

"莫与他、西子精神，不枉了、东君雨露。"

译文

一年春日光景有几多？

早已过了三之二。　　　　买花载酒游帝京，

花繁叶茂，　　　　　　　怎如家乡赏桃李？

都是寻常事。　　　　　　莫教东风枉吹游子泪。

绿杨掩映庭院，　　　　　相思情，难言表，

暖风轻拂帘幕，　　　　　相思梦，不可依，

有个人儿身影憔悴。　　　唯有归来才能解相思。

赏析

此词又题欧阳修作，今从徐培均《李清照集笺注》作李清

照词。

词作抒写春日闺中相思盼归之情。上片描述季春景象，情融其中。起拍三句言春日无多，笔法婉荡，感慨怅叹。"绿暗红嫣"，花繁叶茂，花事盛极将衰；"浑可事"，一如寻常，见出意兴黯然，颇似柳永《定风波》所言"芳心是事可可"。"绿杨"三句，由庭院、帘幕引出闺中怨别愁思之人。其情境与晏殊《蝶恋花》之"帘幕风轻双语燕。午醉醒来，柳絮飞撩乱"相类，风拂帘幕，柳絮撩乱，伤春怨别人憔悴。

下片盼归。前三句为闺中人置身游子境地，劝其归来。"买花"二句，言京城游乐不如归家赏春。前句既可作写实解读，也可作泛言解读，则所思之人在他乡，但不一定在京城。"不枉"句，承前笔意，劝游子归来，别枉教东风吹拂思乡泪。结笔"相思"三句为闺中人自述，盼游子归来。"相思难表"，相思之情难言表，则书信难以寄相思；"梦魂无据"，相思之梦无凭依，则梦中难相聚，梦中相聚亦为虚。末句承前推进归结：唯有归来才能解相思。

词中"不枉"，一作"不住"，疑为形近所致。然作"不住"，句意也通，言东风不停地拂去游子思乡泪，但合上二句当为游子自述，非闺妇劝归语调，与其后"相思"三句衔接突兀，笔路欠畅。

青玉案

送别①

征鞍不见邯郸路②。莫便匆匆归去。秋正萧条何以度。明窗小酌，暗灯清话，最好留连处。　　相逢各自伤迟暮③。犹把新词诵奇句。盐絮家风④人所许。如今憔悴，但余双泪，一似黄梅雨⑤。

注释

① 一题作"用黄山谷韵"。黄山谷，即黄庭坚（1045—1105），字鲁直，号山谷道人，洪州分宁（治所在今江西修水）人。其词作《青玉案·至宜州次韵上酬七兄》（烟中一线来时路）乃次韵贺铸《青玉案》（凌波不过横塘路）。

② 邯郸路：指东去之路。程大昌《雍录》卷七《郡县·新丰》："汉文帝指新丰示慎夫人而曰：'此走邯郸路也。'言东出而向邯郸，此其趋东之始也。"张耒《崇化寺》："零落宫墙官树秋，

行人东去路悠悠。只应楼下邯郸路，亦有离人对此愁。"

③ 迟暮：指年华老去。屈原《离骚》："惟草木之零落兮，恐美
人之迟暮。"杜甫《寓目》："自伤迟暮眼，丧乱饱经过。"

④ 盐絮家风：指家传诗风。《世说新语·言语》："谢太傅寒雪
日内集，与儿女讲论文义。俄而雪骤，公欣然曰：'白雪纷纷
何所似？'兄子胡儿曰：'撒盐空中差可拟。'兄女曰：'未
若柳絮因风起。'公大笑乐。"按易安之父李格非工词章，受
知于苏轼，为苏门后四学士之一，著有《洛阳名园记》。易安
本人之才华亦为时所重，王灼《碧鸡漫志》卷二称其"自少年
便有诗名，才力华赡逼近前辈，在士大夫中已不多得，若本朝
妇人当推词采第一"。

⑤ 黄梅雨：指春夏之交梅子黄熟时雨。陆佃《埤雅》卷十三《释
木·梅》："今江湘二浙四五月之间，梅欲黄落则水润土溽，
础壁皆汗，蒸郁成雨，其霏如雾，谓之梅雨，沾衣服皆败黦。"
庾信《奉和夏日应令》："麦随风里熟，梅逐雨中黄。"倪璠注：
"《风俗通》曰：夏至霖霪，至前为黄梅，先时为迎梅雨，及
时为梅雨，后之为送梅雨。"白居易《送客之湖南》："帆开
青草湖中去，衣湿黄梅雨里行。"贺铸《青玉案》（凌波不过
横塘路）："试问闲愁都几许？一川烟草，满城风絮，梅子黄
时雨。"

译文

杳无人影东去路，
莫要匆匆归去。
萧萧秋日何以度？
明净窗下小酌，
昏淡灯前清话，
最是令人流连处。

相逢各自伤迟暮，
犹诵新词妙句。
诗词家风享赞誉。
如今身心憔悴，
但有双泪流不尽，
直似黄梅时节雨。

賞析

　　这是一首秋日送别词作。词云"各自伤迟暮""盐絮家风"，当为南渡后送别年岁相当的家族亲人，或谓送别其弟李远（见唐玲玲《论易安体》），可备一说。

　　词作上片劝留，从去路落笔，言茫茫不见人影，则路途令人担忧，遂劝其"莫便匆匆归去"。"秋正萧条何以度"，又从秋日伤别之情劝留，正如柳永《雨霖铃》所言："多情自古伤离别。更那堪、冷落清秋节。""明窗"三句再以相聚小酌夜话之温馨情事劝留，笔意又可应和上句"何以度"，言窗下对酌，灯前夜话，最堪流连，足可遣送萧萧秋日。

　　下片抒写身世感慨。乱离时世，迟暮相逢，怅然伤悲，唯有新词妙句寄情怀。吟诗诵词，不禁相与追忆自少习染诗词家风，颇获赞誉。然而"学诗谩有惊人句"（《渔家傲》"天接云涛连晓雾"），如今孤零憔悴，徒有泪流不尽如梅雨。

　　词作送别而于劝留及身世感慨中见出亲人间的相依相知深情，婉切动人。

如梦令

　　常记溪亭[①]日暮。沉醉不知归路。兴尽晚回舟，误入藕花深处。争渡[②]。争渡。惊起一滩鸥鹭。

注释

① 溪亭：地名，在济南城西。苏辙任济南府掌书记时有诗《题徐正权秀才城西溪亭》："竹林分径水通渠，真与幽人作隐居。溪上路穷惟画舫，城中客至有蓸鱼。东来只为林泉好，野外从教簿领疏。"元于钦《齐乘》卷二《济南水·大明湖》载历下名泉中有溪亭，或即苏辙诗题中之"城西溪亭"。

② 争渡：急渡。孟浩然《夜归鹿门山歌》："山寺钟鸣昼已昏，渔梁渡头争渡喧。"

译文

常常记起溪亭欢游，

日暮人醉，

不辨归路。

游兴尽，荡舟回，

误入荷花深处。

奋力急渡，

奋力急渡，

惊飞一滩鸥鹭。

赏析

　　这首词作追忆往昔溪亭游历，而笔墨却凝聚于"兴尽晚回舟"，其整日畅饮欢游情状则隐含于"日暮""沉醉""兴尽"六字中，令人不难想象其"日暮""沉醉""兴尽"之前的激情欢赏，可谓寓动于静，动极而静。"误入藕花深处"后的归舟急渡、鸥鹭惊飞画面亦映衬出当日游赏醉欢场景。"争渡"

之重叠，颇为传神，极具画面感。

　　词作构思精妙，一整日的欢游醉赏难以尽言，一首三十余字的小令更无法言尽。词人采取不言而言、言而不言手法，无尽之意寄于言外。其笔意之呼应，自然合理：日已暮，故称"晚回舟"；"沉醉不知归路"，故而"误入藕花深处"；时已晚，迷归路，遂心急"争渡"；日暮鸥鹭已归栖，归舟"争渡"遂"惊起一滩鸥鹭"。其章法上，日暮沉醉，兴尽而归舟，迷路而误入，均平平叙述，作铺垫蓄势；结末"争渡"三句，振笔挥舞，画面激荡，为溪亭一日游历留下无尽回味，令词人难以忘怀，故而一落笔即言"常记溪亭日暮"。

如梦令

昨夜雨疏风骤①。浓睡②不消残酒。试问卷帘人，却道海棠依旧。知否？知否？应是绿肥红瘦③。

注释

① 雨疏风骤：指风雨交加。杨炯《和酬虢州李司法》："昔我芝兰契，悠然云雨疏。"贾岛《冬月长安雨中见终南雪》："秋节新已尽，雨疏露山雪。"

② 浓睡：深睡；酣睡。崔珏《美人尝茶行》："闲教鹦鹉啄窗响，和娇扶起浓睡人。"晏殊《清平乐》（金风细细）："绿酒初尝人易醉。一枕小窗浓睡。"苏轼《殢人娇》（满院桃花）："浓睡起，惊飞乱红千片。"

③ 绿肥红瘦：绿叶丰腴润泽，红花凋萎零落。林逋《春日寄钱都使》："桃花枝重肉红垂，萱草抽苗抹绿肥。"

译文

昨夜风雨交加，
酣睡初醒，
残醉尚未消。
试问卷帘侍女，
她则答道：
海棠花依然如故。

你可知否？
你可知否？
绿叶定然润泽丰腴，
红花定然凋萎稀少。

赏析

　　词作抒写惜春情怀，首尾"雨疏风骤""绿肥红瘦"相呼应，即见出词情基调：风雨送春归，雨润绿叶丰茂，风吹落红飘零。伤春惜春之情融于其中。"雨疏"，见出春雨润物之细柔和缓，可照应"绿肥"；"风骤"，春风落花之粗暴迅急，可照应"红瘦"。此与欧阳修《蝶恋花》（庭院深深深几许）之"雨横风

126

狂三月暮"不尽相同，亦见出易安炼字之精细。

起、结均为描写暮春景象，融情于景，可自然衔接。其间则叙述人事，场景生动，有人物，有独白，有对话，有潜台词，宛如一幕生活剧：词人醉眠初醒，自言自语道："昨夜雨疏风骤。浓睡不消残酒。"见侍女卷帘，便询问窗外海棠情状。侍女答道："海棠依旧。"词人则不以为然道："知否？知否？应是绿肥红瘦。""应是"为揣度语，词人尚未见到窗外景象，只是据"昨夜雨疏风骤"推定其景。另则，侍女所答"海棠依旧"，略无伤春之意，出乎词人所料，遂引发词人惜春叹惋："应是绿肥红瘦！""却"字、叠用"知否"，显露慨叹情怀。"知否"叠问，且将对话推进一层："绿肥红瘦"，指海棠，亦概言春花春叶，归结于惜花伤春之情。此幕自然完整的生活剧中，尚有两处潜台词：一是"残酒"，暗示出词人昨夜灯下醉饮，听窗外风雨交集，情境意蕴无尽；二是"试问卷帘人"，并未明说所问何事，卷帘侍女之答语则暗示出词人所问即窗外海棠情状。

除了上述词情词境、章法笔调，本词尚有两点可略作解析。一是"卷帘人"何所指。一说指词人夫君赵明诚（见吴小如《诗词札丛》），虽事理可通，但雨夜醉饮，惜花伤春，与别离中的女子情怀更契合。又有谓"卷帘人"指词人自己，则"试问"云云，为自问自答，事理不通。此外，就唐宋诗词用例看，言"卷帘"，多为作者自述，其例不胜枚举，张枢《瑞鹤仙》之"卷帘人睡起。放燕子归来，商量春事"，亦属此类，首句当读作"卷帘／人睡起"，意谓人起床后卷上珠帘；言"卷帘人"者，用例不多，如辛弃疾《生查子》（去年燕子来）："不见卷帘人，一阵黄昏雨。"元、明、清词人用例稍多，如谢宗可《卖花声》："忽被卷帘人唤住，蝶蜂随担过墙阴。"周星誉《踏莎行》（珠幕闲垂）："绿芜池馆闭春阴，卷帘人比东风懒。"沈星炜《蝶恋花》（竹影摇摇清漏短）："卷帘人在深深院。"均指闺中人或侍女。易安本词"卷帘人"所指当以侍女为妥。

二是"绿肥红瘦"之解读。此为传诵佳句，袭用者甚多，南宋词人就有朱淑真（《西江月》："已觉绿肥红浅。"）、魏了翁（《水龙吟》："重来已是，绿肥红瘦。"）、黄机（《谒金门》："风雨后。枝上绿肥红瘦。"）、吴潜（《摸鱼儿》："满园林、瘦红肥绿，休休春事无几。"）赵师侠（《满江红》："春去也，红销芳径，绿肥江树。"）、赵长卿（《鹧鸪天》："绿肥红瘦春归去，恨逼愁侵酒怎宽。"）、赵善括（《好事近》："是处绿肥红瘦，怨东君情薄。"）吴礼之（《桃源忆故人》：

"红瘦绿肥春暮。")等。此句之妙,一在新巧而自然,即胡仔所评"此语甚新"(《苕溪渔隐丛话》前集卷六十),王士禛所称"人工天巧,可称绝唱"(《花草蒙拾》)。易安之前,林逋有诗句"萱草抽苗抹绿肥"(《春日寄钱都使》),而以"瘦"状花,似无人用及。此其生新处,然其佳妙更在"肥""瘦"二字描状风雨过后绿叶丰腴润泽、红花凋零败落,用语寻常浅易而贴切形象。以雅丽论,"绿肥红瘦"不及"柳腴花瘦"(汤恢《八声甘州》),故而亦有人称其"造句虽工,然非大雅"(陈廷焯《白雨斋词话》卷六)。其二,此句状物而寓情。历代诗词中描花绘叶用语,如绿暗、绿深、绿浓、绿稠、绿密、绿茂、红浅、红稀等,均止于客观描状。"绿肥红瘦"则以拟人手法寄寓伤春叹花情怀,"绿肥"反衬"红瘦",凸显花之憔悴伤损情态,映衬出词人怜惜叹惋之情。此即前人所评"无限凄婉,却又妙在含蓄"(黄氏《蓼园词评》)。"瘦"字不止于客观描状,更在于暗示情怀。南宋李曾伯有诗云:"海棠浥雨正红肥。"(《庚戌题雪观用方孚若韵》)雨后海棠,或红瘦,或红肥,因情而异,景语即情语也。

山花子

病起萧萧两鬓华①。卧看残月上窗纱。豆蔻连梢煮熟水②，莫分茶③。　　枕上诗书闲处好，门前风景雨来佳。终日向人多蕴藉④，木樨花⑤。

注释

① "病起"句：病起，卧病初起，指初愈。萧萧，稀疏。华，花白。杜甫《赠李八秘书别三十韵》："莫话清溪发，萧萧白映梳。"苏轼《南歌子》："苒苒中秋过，萧萧两鬓华。"

② "豆蔻"句：段成式《酉阳杂俎》卷十八："白豆蔻，出伽古罗国，呼为多骨。形如芭蕉，叶似杜若，长八九尺，冬夏不凋。花浅黄色，子作朵如蒲萄。其子初出微青，熟则变白。七月采。"陈元靓《事

林广记》别集卷七"诸品熟水"："夏月，凡造熟水，先倾百煎滚汤在瓶器内，然后将所用之物投入，密封瓶口，则香倍矣。若以汤泡之，则不甚香"，"豆蔻熟水，白豆蔻壳拣净，投入沸汤瓶中，密封片时，用之极妙。每次用七个足矣，不可多用，多则香浊"。

③分茶：煎茶时搅动茶汤使水纹变幻出各种物象。陶谷《清异录》卷四"生成盏"条："馔茶而幻出物象于汤面者，茶匠通神之艺也。""茶百戏"条："茶至唐始盛，近世有下汤运匕，别施妙诀，使汤纹水脉成物象者，禽兽虫鱼花草之属，纤巧如画，但须臾即就散灭。此茶之变也，时人谓之茶百戏。"杨万里《澹庵坐上观显上人分茶》："分茶何似煎茶好，煎茶不似分茶巧。蒸水老禅弄泉手，隆兴元春新玉爪。二者相遭兔瓯面，怪怪奇奇真善幻。纷如擘絮行太空，影落寒江能万变。"

④蕴藉：温婉含蓄。周邦彦《六丑·蔷薇谢后作》（正单衣试酒）："终不似一朵钗头颤袅，向人欹侧。"

⑤木樨花：即桂花。

山花子

译文

卧病初起，
稀稀落落两鬓华。
卧看残月映窗纱。
豆蔻熟水连梢煮，
且莫分茶。

枕上闲暇，
诗书细品兴味佳。
门前风景，
雨中奇妙难描画。
终日温情绵婉相伴守，
是那木樨花。

赏析

词人《金石录后序》自述建炎三年（1129）八月，夫君赵明诚病逝后，"余又大病，仅存喘息。事势日迫，念侯有妹婿任兵部侍郎，从卫在洪州。遂遣二故吏，先部送行李往投之。

冬十二月，金人陷洪州，遂尽委弃。所谓连舻渡江之书，又散为云烟矣。独余少轻小卷轴书帖、写本李杜韩柳集、《世说》《盐铁论》、汉唐石刻副本数十轴、三代鼎鼐十数事、南唐写本书数箧，偶病中把玩，搬在卧内者，岿然独存。"或谓本词即当时所作。此可备一说，但无确证。

词作落笔点明卧病初愈，"萧萧两鬓华"，自画病损憔悴情状，言语间蕴含几许慨叹。"卧看残月上窗纱"，承前情景交融：一孤寡病妇，鬓发稀疏斑白，卧看残月映照窗纱，无限凄楚尽在不言中。然而此亦人生之无奈，感慨叹惋，徒自悲伤，不妨好自将养病余之身，怡然安心于日常之境。"豆蔻"二句即言服药将养，笔调简净，全无伤感。下片细述日常闲处之欣然情怀。"枕上诗书"乃病中无奈之举，本非惬意之事。门前秋雨淅沥，亦非美妙之景。然一言"好"，一言"佳"，实乃闲静洒脱之心境所致，超然忘怀病体之身、萧瑟之秋。以此心境品味诗书、观赏雨景，遂深觉其佳妙！终日相伴的木樨花，尤觉其温婉多情！

山花子

揉破黄金万点轻①。剪成碧玉叶层层②。风度精神如彦辅，太鲜明③。　梅蕊重重何俗甚。丁香千结苦粗生④。熏透愁人千里梦，却无情。

注释

① "揉破"句：言桂花盛开似揉碎的万点黄金闪烁轻灵。

② "剪成"句：贺知章《咏柳》："碧玉妆成一树高，万条垂下绿丝绦。不知细叶谁裁出，二月春风似剪刀。"

③ "风度"二句：彦辅，即乐广，南阳淯阳（治所在今河南南阳）人。西晋名士，与王衍（字夷甫）并以清谈玄言闻名于世。《晋

书》本传称其"性冲约，有远识，寡嗜欲，与物无竞。尤善谈论，每以约言析理，以厌人之心"，卫瓘誉为"人之水镜，见之莹然，若披云雾而睹青天也"。《世说新语·赏誉》载刘纳（字令言）评洛中名士云："王夷甫太解（鲜）明，乐彦辅我所敬。"《晋书·刘隗传》作"王夷甫太鲜明"。清照词云"如彦辅，太鲜明"，当为误记。

④ "丁香"句：丁香千结，言丁香花蕾密集。粗生，粗拙。生，语助词。毛文锡《更漏子》（春夜阑）"偏怨别。是芳节。庭下丁香千结。"吕本中《衢州路中》："阿童浑似汝，只是太粗生。"

译文

花似碎金万点，
闪烁轻灵。
叶如碧玉剪成，
层层掩映。
神情风韵犹如乐彦辅，
那般皎洁鲜明。

寒梅花蕾重重，
何其平庸！
丁香花繁千簇，
亦嫌粗俗。
金桂飘香，
熏破离人相思梦，
却无些许同情。

赏析

这首咏桂词作，上片正笔描述，形神兼备。"揉破"二句状其形色，"黄金万点"喻金桂，"碧玉层层"喻绿叶，花叶掩映似金玉生辉，高贵脱俗而轻盈灵动。"风度"二句言金桂之神韵，以西晋名士风度相比拟，称赏其超然于尘杂之外的皎洁明澈。史载王夷甫（衍）被赞"太鲜明"，此谓乐彦辅（广），当属误记。然卫瓘称乐广为"人之水镜，见之莹然，若披云雾而睹青天也"，亦堪当"鲜明"之誉。

下片"梅蕊"二句转以对比笔法，借"梅蕊重重""丁香千结"之"俗""粗"突显金桂之精妙雅致。梅花、丁香均以繁密绚烂迥别于桂花之金光点缀于绿叶丛中，就此特点而别其雅俗，未尝不可。实则梅花不可谓之俗，丁香亦不可谓之粗，词人称其"何俗甚""苦粗生"，不无戏谑意趣，而旨在反衬桂花之清雅。末二句笔调回到桂花，言其馨香馥郁，熏破离人千里相思梦。此与词人《诉衷情·枕畔闻残梅喷香》之"酒醒熏破春睡，梦断不成归"同一思路，而笔法有别。"梦断不成归"乃顺承"熏破春睡"意脉申发，笔触落在"春睡"之人，情调叹惋！本词并未承"熏透千里梦"言"愁人"梦断情状，而将笔触落到"熏透"者，言其熏破人间相思梦却冷漠无情。"却无情"三字，情调怨恼，见出桂花不通俗世人情，也正显露其超凡脱俗之本性，非如梅花寄相思、丁香结愁怨。

声声慢

　　寻寻觅觅，冷冷清清，凄凄惨惨戚戚①。乍暖还寒时候，最难将息②。三杯两盏淡酒，怎敌他、晓来风急③。雁过也，正伤心，却是旧时相识。　　满地黄花堆积，憔悴损，如今有谁忺④摘。守著窗儿，独自怎生得黑⑤。梧桐更兼细雨，到黄昏、点点滴滴⑥。这次第，怎一个愁字了得⑦。

注释

① 戚戚：忧伤的样子。《论语·述而》："君子坦荡荡，小人长戚戚。"

② 将息：养息。唐宋时口语，王建《留别张广文》："千万求方好将息，杏花寒食约同行。"柳永《法曲献仙音》（追想秦楼心事）："记取盟言，少孜煎、剩好将息。"

③ 晓来风急：晓，一作"晚"；急，一作"力"。

④ 忺（xiān）：一作"堪"。忺，意欲；想。《增修互注礼部韵略》卷二"杴"："《方言》：青、齐呼意所好为杴，俗作忺。"

⑤ 怎生得黑：如何挨到天黑。怎生，怎样。欧阳修《南乡子》（凤髻金泥带）："笑问双鸳鸯字、怎生书。"

⑥ "梧桐"二句：白居易《长恨歌》："梧桐秋雨叶落时。"温庭筠《更漏子》（玉炉香）："梧桐树，三更雨。不道离情正苦。一叶叶，一声声，空阶滴到明。"

⑦ "这次第"二句：次第，情形；境况。了得，了结。

译文

寻寻觅觅，

冷冷清清，　　　　　菊花满地堆积，

凄凄惨惨戚戚。　　　憔悴凋零，

乍暖还寒时节，　　　如今有谁愿摘?

最难养息。　　　　　寂寞独守窗下，

三杯两盏淡酒，　　　如何捱到天黑?

怎抵御得了清晓风急。　到了黄昏，

正自伤心，　　　　　梧桐细雨，

大雁飞过，　　　　　点点滴滴。

却是旧时曾相识。　　此情此境，

　　　　　　　　　　一个愁字怎能说尽道明!

赏析

　　这首词或题作"秋情"，大概为后人所拟，与词情尚合。词作抒写秋日凄凉悲苦情怀。起笔十四个叠字总摄全词情调："寻觅"，人之举止思绪兼而言之，人有所失，失而难忘，尚存期待，故而"寻觅"；"冷清"，言物境；"凄凄"句，言心境。三者交融一体，浓墨重笔呈现出孤寂冷清中苦苦寻觅而无望无助之凄楚情境，如梁启勋所评"一种茕独凄惶之景况，动人魂魄"（《词学》）。其叠字之运用可谓造语奇隽而无斧凿痕，前人或比作"公孙大娘舞剑手"（张端义《贵耳集》卷上），或喻为"大珠小珠落玉盘"（徐釚《词苑丛谈》卷三），而更值得称赏的是其声情与词情相得益彰。周济《介存斋论词杂著》评"凄凄惨惨戚戚"云："三叠韵，六双声，是锻炼出来，非偶然拈得也。"此言其声韵锻炼，"六双声"指三组叠字声母相同（"凄""惨""戚"同属"清"组）。细究此七组叠字之声母、韵母，"寻""清""凄""惨""戚"五字声母同属齿音（前四字声母相同）；韵母除"惨"字外均为开口度较小的三、四等音（依宋代等韵学，明清称细音），又"觅"

与"戚"押韵(依词谱,首句不必入韵),"寻"与"惨""冷"与"清"韵相近(上古音属同韵部)。再就字声而言,没有去声字(万树《词律·发凡》谓"去声激厉劲远,其腔高"),三组平声("寻寻""清清""凄凄")、两组上声("冷冷""惨惨")、两组入声("觅觅""戚戚"),错落相间。其声韵字声之调配组合所产生的声情婉荡幽咽,与词情相称相得,自然贴切。若言情韵节律,此十四叠字则又不同于公孙大娘舞《剑器》之"浏漓顿挫":"煜如羿射九日落,矫如群帝骖龙翔。来如雷霆收震怒,罢如江海凝清光。"(杜甫《观公孙大娘弟子舞剑器行并序》)

　　一连串叠字自述凄苦境况后,再交代节候:"乍暖还寒",深秋气候,冷暖不定,最易伤身,更何况心已伤悲!"最难将息"四字,感怆深切!词笔至此为总述铺垫,下文则具体呈现一日内从清晓到黄昏的几个场景("晓来风急""雁过伤心""满地黄花憔悴""梧桐""细雨""到黄昏"),人在境中,以情驭景,又触景伤情,笔调沉郁跌宕。"三杯"二句言秋风。晓来饮酒为卯酒,白居易有诗云:"卯酒善消愁。"(《府西池北新葺水斋即事招宾偶题十六韵》)此言酒淡难敌风急,实谓难消浓愁。秋风肃杀,物华凋零,伤心人更添悲秋。"雁过也"

142

三句言秋雁。孤寂流离之人目送大雁飞过，思乡念故，怅然伤悲。"旧时相识"，更增忆旧伤今之悲。"满地"三句言秋菊。菊花枯萎，自无人愿摘，"憔悴"语及"如今"句之反诘，寄寓人与花同情相怜之意，亦如"人似黄花瘦"。"守著"二句承前由花及人：花在寂寞中憔悴，人在孤寂中度日如年。"梧桐"二句言秋雨。其语意似应解作"到黄昏、更兼梧桐细雨，点点滴滴"。"到黄昏"承"怎生得黑"，挨到黄昏，更闻窗外梧桐细雨声凄厉。梧桐雨声寄悲愁，屡见于前人及时人诗词，如白居易《长恨歌》之"秋雨梧桐叶落时"、温庭筠《更漏子》（玉炉香）之"梧桐树，三更雨。不道离情正苦。一叶叶，一声声，空阶滴到明"、孙光宪《生查子》（寂寞掩朱门）之"暗澹小庭中，滴滴梧桐雨"、汪藻《小重山》（月下潮生红蓼汀）之"梧桐雨，还恨不同听"、蔡伸《长相思》（锦衾香）之"风撼梧桐雨洒窗。今宵好夜长"等，均不及此二句沉郁幽咽，笔力内敛。整日孤独悲愁，到得黄昏，想必情怀已凄苦至极，所谓"恶滋味、最是黄昏"（晏几道《两同心》"楚乡春晚"）。以此心境更闻梧桐雨声，"这次第，怎一个愁字了得！"词情脉络自然。细究其字声锻炼，结末四句与起拍十四叠字相较，相同之处有：声母亦多齿音（夏承焘《李清照词的艺术特色》指出"二十多

日晚倦梳头
——李清照选集

个字里舌齿两声交相重叠"），韵母亦多为开口度较小的细音；字声组合上，"点点滴滴"与"惨惨戚戚"相同，均为上上入入。其不同之处主要在平仄四声方面，此四句二十三字大多为仄声，尤其是末二句十字仅"愁"字为平声，且前后均为去声字（"个""字"）；仄声字中不少去声字，尤其是"这次第"连用三去声；字声组合上，仅"梧桐""黄昏"为平平，且与去声字（"更""到"）相连，句末均为仄声组合（"细雨"为去上、"滴滴"为入入、"次第"为去去、"了得"为上入）。故其声情较比起首十四叠字，同其幽咽，婉荡不及而激荡过之，吴梅称"收二语颇有伧气"（《词学通论》第七章），即缘于此。

本词为传诵名作，善用叠字而外，其特色尚有以下几方面：其一是多用齿声字。上文分析起结数句字声时提及这一点，而全词亦然。夏承焘《李清照词的艺术特色》统计出全词"用舌声的共十五字，用齿声的四十二字"，称"这应是有意用啮齿叮咛的口吻，写自己忧郁悃悦的心情"。梁启超谓其"一字一泪，都是咬着牙根咽下"（《中国韵文里头所表现的情感》）。其二是押入声韵。易安《词论》谓《声声慢》"既押平声韵，又押入声韵"。本词选用入声韵，且较常格多用两韵，即上下片起句均入韵。其三是句首、句末多用仄声字。依《词谱》，此体句末多仄声字（非韵脚凡十一处，八处须用仄声字），句首则有十四处可平可仄，本词选用仄声字有十处（冷、乍、最、雁、正、却、满、守、独、这），全词句首用仄声者凡十三句。其四是屡用反诘句。全词有四个反诘句，上片一句（"怎敌他"句）、下片三句（"如今"句、"独自"句及结句），显示出词情渐趋促迫之势。这些声律、句法因素成就了其声情及笔调上的沉郁敛抑，梁启超称其"最得咽字诀"（梁令娴《艺蘅馆词选》乙卷）。

最后附带说说两处异文。一是"晓来风急"，或作"晚来风急"。此异文疑因形近所致。作"晓"，与下片"怎生得黑""到黄昏"，时间连贯，语意顺畅。若作"晚"，则与下片"黄昏"语意重复，且言"晚"即已近天黑，则与"怎生得黑"语意矛盾。二是"有谁忺摘"，或作"有谁堪摘"。若作"堪"，则"有谁"当解作"有何"，如叶梦得《应天长》（杜陵秋已老）："便细雨斜风，有谁拘束。"但"谁"大多指人，作"何"解较少。

诉衷情

枕畔闻梅香

夜来①沉醉卸妆迟。梅萼插残枝。酒醒熏破春睡,梦远不成归②。　　人悄悄③,月依依。翠帘垂。更挼④残蕊,更撚⑤余香,更得些时。

① 夜来:昨夜。欧阳修《玉楼春》(东风本是开花信):"夜来风雨转离披,满眼凄凉愁不尽。"

② "酒醒"二句:一作"酒醒熏破,惜春梦远,又不成归"。

③ 悄悄:忧愁貌。《诗经·邶风·柏舟》:"忧心悄悄,愠于群小。"

④ 挼(ruó):揉搓。冯延巳《谒金门》(风乍起):"手挼红杏蕊。"

⑤ 撚(niǎn)余香:撚,同"捻",捏搓。张泌《浣溪沙》(依约残眉理旧黄):"闲折海棠看又撚,玉纤无力惹余香。"

译文

昨夜沉醉，
醒后卸妆迟。　　　　离人心忧，
鬓上梅枝残蕊。　　　明月依依。
芳熏酒醒春睡觉，　　翠帘低垂。
梦寻千里，　　　　　搓揉细捻，
故乡不能归。　　　　残梅余香，
　　　　　　　　　　留得些许时。

赏析

夜间醉饮，未卸妆而入眠，酒醒梦断，鬓上簪梅，花损芳熏。感而赋词，题曰“枕畔闻梅香”。起笔追述此前沉醉而眠，醒后才卸妆，故曰“卸妆迟”。“梅萼”句，卸妆时见簪戴的梅花只剩残枝。花落枕边，芳香浓郁，故曰“熏破春睡”。“梦远”句为醉醒梦后之感慨：梦里远寻故乡，梦后怅叹归难成。“不成归”亦即“夜来沉醉”之缘由，词情呼应。

过片承上片结句，故乡难归，黯然心忧，倚帘望月，思乡情依依。末三句落到词题“梅香”，呼应上片“梅萼残枝”“熏破春睡”，以排比复沓句式展现出轻挼细捻惜余香之举止情态，与怅然望月思乡之情融洽无间，余韵不尽。

从词作章法笔调看，上片前两句、下片后三句脉络遥接，言醉眠醒后卸妆，取下鬓上梅枝，手挼残蕊，心恋余香；笔法以叙述为主，情融其中。下片前三句与上片后两句意脉贯通，抒情为主，亦为全词情境所在。此外，本词句法用语上的一大特点是下片多用叠字句、排比句，唱叹悠然，情韵无尽。

殢人娇

后庭①梅开有感

玉瘦香浓，檀深雪散②。今年恨、探梅又晚③。江楼楚馆④。云闲水远。清昼永、凭栏翠帘低卷。　　坐上客来，樽中酒满。歌声共、水流云断。南枝⑤可插，更须频剪。莫直待、西楼数声羌管⑥。

注释

① 后庭：一作"后亭"。

② "玉瘦"二句：言檀香梅花落似雪，花香浓郁。范成大《范村梅谱》：蜡梅凡三种，"最先开，色深黄如紫檀，花密香秾，名檀香梅。此品最佳"。

③ 又晚：一作"较晚"。

④ 江楼楚馆：指江淮间楼馆。欧阳修《送京西提刑赵学士》："楚

馆尚看淮月色，嵩云应过虎关迎。"

⑤ 南枝：指早梅。见《临江仙》（庭院深深深几许）注④。

⑥ 数声羌管：数声笛曲。羌管，即羌笛。笛曲有《梅花落》，郭
　　茂倩《乐府诗集》卷二十三《汉横吹曲·梅花落》："《梅花落》，
　　本笛中曲也。"

译文

色深似檀，

香浓花瘦，　　　　　　客来宴欢，

飘飞如雪散。　　　　　　杯中酒满。

叹恨今年访梅又晚。　　　歌声飘荡水云间。

江淮楼馆，　　　　　　　早梅可插戴，

云水悠悠渺远。　　　　　更须频剪取，

长日清静，　　　　　　　莫待西楼奏笛曲，

翠帘低卷闲倚栏。　　　　《梅花落》，声声怨。

赏析

范成大《范村梅谱》云："蜡梅本非梅类，以其与梅同时，香又相近，色酷似蜜脾，故名蜡梅，凡三种。……最先开，色深黄如紫檀，花密香秾，名檀香梅。此品最佳。蜡梅香极清芳，殆过梅香，初不以形状贵也，故难题咏。"本词即题咏蜡梅中的檀香梅，因其"不以形状贵"，故而全词状梅之正笔只有起首"玉瘦香浓，檀深雪散"八字。"香浓""檀深"亦即"色深黄如紫檀，花密香秾"。此梅"最先开"，则凋零亦早，"雪散"言其飘零之状似雪，非谓其色如雪。繁花渐谢，故曰"玉瘦"，与"红瘦"同一炼字思路。"探梅又晚"承"玉瘦""雪散"笔意。"江楼"三句，承"探梅"作侧笔渲染烘托，乃避实就虚之法。江淮云水荡漾，悠然渺远，映衬梅花芳香幽渺清润。漫长清昼，卷帘凭栏，梅之清芳，云水共影，尽在赏览中。

上片言独自凭栏清赏，下片言与客宴欢共赏。"歌声共、水流云断"呼应上片"江楼"二句，亦烘染赏梅氛围，情境颇似李煜《玉楼春》（晚妆初了明肌雪）之"凤箫声断水云闲"。"南枝"三句归结于咏梅题旨，笔意应和起首，言此梅早开早飘零，当及时剪取插戴，莫待花落空闻羌笛怨。

　　词题"梅开有感"，落笔切题，呈现梅花盛开而渐衰之状，"有感"二字隐含其中，既赏其盛开（"檀深""香浓"），又叹其飘零（"玉瘦""雪散"）。"云闲水远""歌声共、水流云断"，既可解读为实景，烘染境界，又可摄其神理，与梅花之清香幽韵同其悠然飘渺。此亦落实"有感"。"今年恨"句及结末均感慨梅花零落。词笔咏物而不为物象所缚，意趣重在"有感"，虚实相融，开合灵动。

添字丑奴儿

窗前谁种①芭蕉树，阴满中庭②。阴满中庭。叶叶心心、舒卷有余情③。　　伤心枕上三更雨，点滴凄清。点滴凄清④。愁损北人⑤、不惯起来听。

注释

① 谁种：一作"种得"。

② 中庭：庭院。王安石《浣溪沙》："百亩中庭半是苔。"

③ "叶叶"句：言芭蕉树叶或舒展，或卷缩，流露深情。李商隐《代赠》："芭蕉不展丁香结，同向春风各自愁。"

④ "伤心"三句：凄清，一作"霖霪"。温庭筠《更漏子》（玉炉香）："梧桐树。三更雨。不道离情正苦。一叶叶，一声声。空阶滴到明。"

⑤愁损北人：愁损，忧愁伤损。北人，一作"离人"。朱敦儒《采
　　桑子》（扁舟去作江南客）："愁损辞乡去国人。"

译文

窗前芭蕉知谁种，
树荫布满中庭。
树荫布满中庭。
叶叶舒展，
心心卷缩，
透露无限情。

伤心枕上人，
窗外芭蕉三更雨，
点点滴滴声凄清。
点点滴滴声凄清。
北人南来不适应，
愁损难眠起身听。

赏析

词云"谁种芭蕉树""伤心枕上""愁损北人、不惯起来听"，
大概作于词人夫君病故后的建炎末、绍兴初避难浙东期间，题

咏芭蕉，抒写流离悲苦之情。

词作上片描写窗前芭蕉树。起句点题，"谁种"二字见出客地初居，芭蕉非自种。若作"种得"，则为自家所种，与词中情形不合。"阴满中庭"叠句，浓墨重笔，言树荫，折射出树之茂盛高大。"叶叶"句，细笔描状芭蕉树叶舒卷情态，移情于物，笔意侧重于叶卷成心，即李商隐《代赠》所言"芭蕉不展"。"叶叶心心"，叠字更见其情深重。

下片写伤心无眠，夜听雨打芭蕉。过片"伤心"二字与上片结句"心心""余情"相贯通，芭蕉心中情即词人心中情。枕上伤心人，窗外三更雨，凄凉何堪！"点滴凄清"叠句，笔意承"三更雨"，凄苦难言之情，较"一叶叶，一声声。空阶滴到明"（温庭筠《更漏子》）更沉重有力。末言起身听雨，戛然而止，余韵不尽。笔脉呼应自然，"愁损"应"伤心枕上"；"起来听"承"三更雨""点滴凄清"；"北人不惯"，点明漂泊江南之境遇，似曲终自述身份，有怅然自叹情味。

词作章法，上片状物为下片抒情作铺垫，过片衔接顺当。句法用语上的叠句叠字，往复唱叹，错落相应，情韵跌宕。

春晚

武陵春

　　风住尘香花已尽①，日晚倦梳头②。物是人非事事休③。欲语泪先流。　　闻说双溪④春尚好，也拟泛轻舟。只恐双溪舴艋舟⑤，载不动许多愁⑥。

注释

① "风住"句：言风过花落尽，尘土飘香。花：一作"春"。杨巨源《酬于驸马》："绮陌尘香曙色分，碧山如画又逢君。"

② "日晚"句：言日高晚起，梳洗慵懒。温庭筠《菩萨蛮》（小山重叠金明灭）："懒起画蛾眉，弄妆梳洗迟。"晚，一作"落"，一作"晓"。

③"物是"句：曹丕《与朝歌令吴质书》："节同时异，物是人非，我劳如何。"释惠洪《寄题达轩》："袖手归来事事休。"

④双溪：在金华（今属浙江）城南。顾祖禹《读史方舆纪要》卷九十三《浙江五》"金华府"："东阳江在府城南，即婺港也，亦曰双溪。双溪者，一为东溪，亦名东港；一为南溪，亦名南港。东港源出东阳县大盆山……南港源出处州府缙云县雪峰山……绕府南五里之屏山，西北流，与东港会于城下，故曰双溪。"

⑤舴艋舟：小船。皮日休《送从弟皮崇归复州》："车螯近岸无妨取，舴艋随风不费牵。"

⑥"载不动"句：郑文宝《柳枝词》："不管烟波与风雨，载将离恨过江南。"贺铸《南柯子·别恨》："斗酒才供泪，扁舟只载愁。"

译文

风静花落尽，

尘土芬芳，

日高晚起懒梳头。

物是人非，

万事俱休。

欲说泪先流。

听说双溪春色尚美好，

也想荡舟去泛游。

只怕双溪小船，

载不动如此多的忧愁。

这首暮春伤怀词作写于绍兴五年（1135）词人避难金华期间，词情之眼目即"物是人非事事休"。起句言暮春花谢，"风住""花尽"，以静寓动，透出"休"字。"日晚"句，词中人日高晚起，情态慵倦，无言中透出无尽的忧愁，自然引发下句之感慨怅叹："物是人非"，世事人生之变故；"事事休"，偏指难以忘怀的美好往事，事已休，情难忘，故而感慨伤怀，"欲语泪先流"，欲语而难言表，欲语而无人听，唯有默默泪流。

过片词笔回到暮春花事，呼应起首。他处"花已尽"，"双溪春尚好"，本应泛舟一游，然而愁绪萦怀，了无兴致。"闻说"二句笔意顺承，听说双溪花未谢，游人自是不少，我"也拟泛轻舟"；"只恐"二句笔顺承而意反转，"双溪舴艋舟"承上"双溪""轻舟"，"载"承"舟"，其意则否定"泛轻舟"。笔调婉转跌宕，略含戏谑之笔调中寄寓难以排遣的沉重愁情。

小重山

春到长门春草青①。江梅些子②破，未开匀。碧云笼碾玉成尘③。留晓梦，惊破一瓯春④。　花影压重门。疏帘铺淡月，好黄昏。二年三度负东君⑤。归来也，著意过今春。

注释

① "春到"句：薛昭蕴《小重山》："春到长门春草青。"长门，汉代宫殿名。汉武帝时，陈皇后失宠，退居长门。后世借指冷宫。此喻指寂寞深闺。

② 些子：少许；一些。范仲淹《剔银灯》（昨夜因看蜀志）："只有中间，些子少年，忍把浮名牵系。"

③ "碧云"句：言碾茶。宋人团茶先碾碎再煮。碧云，喻团茶。笼，

储茶器具。蔡襄《茶录》："碾茶，先以净纸密裹捶碎，然后熟碾。其大要，旋碾则色白，或经宿则色已昏矣"，"茶笼，茶不入焙者，宜密封裹，以箬笼盛之，置高处，不近湿气"。庞元英《文昌杂录》载韩魏公（琦）嗜酒，"不甚喜茶，无精粗，共置一笼。每尽，即取碾，亦不问新旧"。唐庚《春日杂兴》："月团新碾破春醒，赖有归鸿寄好音。"

④ "留晓梦"二句：言煮茶沸腾，惊破晓梦。苏轼《汲江煎茶》："大瓢贮月归春瓮，小杓分江入夜瓶。茶雨已翻煎处脚，松风忽作泻时声。"陆游《寒雨中夜坐》："炉爇松肪如蜡糵，鼎煎茶浪起滩声。"方回《次韵康庆之催借所著及谢见过》："顾肯城南访穷巷，松风时煮一瓯春。"

⑤ 东君：原指日神，后亦指春神。《广雅》卷九："东君，日也。"薛涛《试新服裁制初成》："春风因过东君舍，偷样人间染百花。"

译文

寂寞深闺迎春到，
青青草芬芳。

梅花含苞半吐，

尚未全绽放。

花影叠映重门，

笼中团茶似碧云，

淡月洒照疏帘，

碾茶成粉如玉尘。

花月好黄昏。

留恋晓梦，

相别整两年，

梦破煮茶声。

三度辜负春之神。

归来吧，

今年好好过一春。

赏析

  这首词抒写初春深闺别怨。起句袭用花间词人薛昭蕴同调词句，重复唱叹中蕴含全词旨趣："春到"，春归人未归；"长门"，深闺人孤寂；"春草青"，思念远游人，所谓"王孙游兮不归，春草生兮萋萋"（淮南小山《招隐士》）、"青青河边草，绵绵思远道"（汉乐府《饮马长城窟行》）。"江梅"二句顺承描写初春景致，梅花报春到，同时梅花亦可寄相思。南朝陆凯就曾折梅寄友并附诗云："折梅逢驿使，寄与陇头人。江南无所有，聊赠一枝春。"（盛弘之《荆州记》）"春草""江梅"为昼日外景，"碧云"三句转到室内，言碾茶煮茶、晓梦惊断，情形略似《鹧鸪天》（寒日萧萧上琐窗）所言"酒阑更喜团茶苦，梦断偏宜瑞脑香"。其字面用语如"碾玉成尘""惊破一瓯春"，则透出香消玉损般的伤怨。

上片描述昼日至晓梦情状，下片"花影"三句，词笔落到昼、夜交接之黄昏时刻。"花""重门"照应上片"长门""江梅"，"影"与下句"淡月"呼应。"压""铺"二字切当，一则滞重，一则舒展，颇能暗示出深闺之人以凝愁沉郁之心境面对淡月洒照疏帘之美景。"花明月暗笼轻雾，今宵好向郎边去"（李煜《菩萨蛮》），"月上柳梢头，人约黄昏后"（欧阳修《生查子》"去年元夜时"），此则黄昏人独立，淡月弄花影，且此情此境不知经历多少回："二年三度负东君。"凄凉何堪！孤寂思念之苦实难奈，不禁深情呼唤："归来也，著意过今春。""今春"呼应起句"春到"，首尾环合。

本词章法上取曲终显意之法，结末"二年"三句之前皆为描述笔调，人在词中，情隐言外，至"好黄昏"一句赞叹，为美景所动，情调激扬，又转而直下，落到自身境遇，直抒别离之久、盼归之切。此结令人豁然之后不禁重温细品此前画面场景中的人之情怀，回味悠然。

新荷叶

　　薄露初零①。长宵共、永昼分停②。绕水楼台，高耸万丈蓬瀛③。芝兰为寿④，相辉映，簪笏⑤盈庭。花柔玉净，捧觞别有娉婷⑥。　　鹤瘦松青⑦，精神与、秋月争明⑧。德行文章，素驰日下声名⑨。东山高蹈，虽卿相不足为荣。安石须起，要苏天下苍生⑩。

注释

① 零：落。《诗经·郑风·野有蔓草》："野有蔓草，零露漙兮。"
郑玄笺："零，落也。"

② "长宵"句：言昼夜平分，指秋分，农历八月十四日或十五日，
阳历九月二十三日或二十四日。董仲舒《春秋繁露》卷十二《阴
阳出入上下》云："秋分者，阴阳相半也，故昼夜均而寒暑平。"
分停，即停分，平分。李山甫《项羽庙》："停分天下犹嫌少，
可要行人赠纸钱。"

③ 蓬瀛：传说中的海上神山蓬莱、瀛洲。见《蝶恋花·晚止昌乐
馆寄姊妹》注⑥。

④ 芝兰为寿：言子弟贺寿。芝兰，芷、兰，香草名，此喻佳子弟。
《世说新语·言语》："谢太傅（谢安）问诸子侄：'子弟亦
何预人事，而正欲使其佳？'诸人莫有言者。车骑（谢玄）答曰：
'譬如芝兰玉树，欲使其生于阶庭耳。'"

⑤ 簪笏：古代官员之冠簪和手版，代指官员或仕宦。王勃《滕王
阁诗序》："舍簪笏于百龄，奉晨昏于万里；非谢家之宝树，
接孟氏之芳邻。"王禹偶《送宋灝处士之长安》："簪笏盈门

独纫兰，卧龙潜在八龙间。"

⑥ 娉婷：姿态美妙。此指歌女侍妾。

⑦ 鹤瘦松青：喻高寿。

⑧ "精神"句：情怀明洁如秋月。《史记·屈原贾生列传》赞屈原"其志洁，故其称物芳。……推此志也，虽与日月争光可也"。《世说新语·言语》："刘尹（刘惔）云：'清风朗月，辄思玄度（徐询）。'"黄庭坚《濂溪诗》序称周敦颐"人品甚高，胸中洒落，如光风霁月"。

⑨ "素驰"句：早已驰誉京城。日下，指京城。

⑩ "东山"四句：用谢安典故。谢安（320—385），字安石，陈郡阳夏（今河南太康）人。《世说新语·排调》载其隐居东山（今浙江上虞市西南），屡辞朝命，后出为桓温司马。高灵戏曰："卿屡违朝旨，高卧东山。诸人每相与言：'安石不肯出，将如苍生何？'今亦苍生将如卿何？"高蹈，隐居。苏，缓解。苍生，百姓。

译文

薄露初下，
昼夜均衡。
池水环绕，
万丈楼台高耸，　　　高寿堪比苍松仙鹤，
似蓬瀛。　　　　　　精神可与秋月争明。
子弟贺寿，　　　　　道德文章，
簪笏盈门，　　　　　早已享誉京城。
相辉映。　　　　　　东山隐居，
柔美如花，　　　　　公卿将相不足为荣。
皎洁似玉，　　　　　谢安出山，
劝酒佳人娉婷。　　　只为解救天下苍生。

赏析

　　词云"芝兰为寿""鹤瘦松青"，乃贺寿之作。上片描述庆寿场景。起笔二句点明寿日正值秋分时节。"绕水"二句描状寿主居宅，池水环抱，楼台高耸，犹如神山仙岛。"芝兰"五句展现庆寿之盛况：子弟盈门，簪笏辉映，佳人如花似玉，婀娜捧杯敬贺。

下片词笔落到寿主，为词人贺寿之正笔。苍松、仙鹤、秋月之喻，贴切入神，赞誉寿主品性之刚毅高洁。"德行"二句言其道德文章驰誉京城。"东山"四句拟比谢安，前二句言其脱弃功名，超然退隐，可与上片"绕水楼台"二句呼应；后二句则望其以天下为己任，出山匡济苍生，可与上片"簪笏盈庭"呼应，亦为全词意趣之归宿，可谓曲终奏雅。

本词寿主难以考定，学界有两种推测：一说为朱敦儒（侯健《新发现的李清照词》），一说为晁补之（陈祖美《李清照词》、徐培均《李清照集笺注》）。均不可信。朱敦儒《如梦令》有云"好笑山翁年纪。不觉七十有四。生日近元宵，占早烧灯欢会"，晁补之《一丛花·十二叔节推以无咎生日于此声中为辞依韵和答》有云"碧山无意解银鱼。花底且携壶"，同调《再呈十二叔》有云"凌烟画象云台议，似眼前百草春风"，均与本词所云"薄露初零。长宵共、永昼分停"，时令不合。

行香子

草际鸣蛩①。惊落梧桐。正人间天上愁浓。云阶月地②，关锁千重。纵浮槎③来，浮槎去，不相逢。　　星桥鹊驾，经年才见④，想离情别恨难穷。牵牛织女⑤，莫是离中。甚霎儿晴，霎儿雨，霎儿风。

注释

① 蛩（qióng）：蟋蟀。

② 云阶月地：指天上。杜牧《七夕》："云阶月地一相过，未抵经年别恨多。最恨明朝洗车雨，不教回脚渡天河。"

③ 浮槎：木筏。张华《博物志》卷十："旧说云天河与海通。近世有人居海滨者，年年八月，有浮槎去来不失期。"此人有异志，

乘槎而去，至天河，见织女，遇牵牛。

④ "星桥"二句：言乌鹊架桥，牛郎织女别离一年才得相见。星桥，即鹊桥。李商隐《七夕》："鸾扇斜分凤幄开，星桥横过鹊飞回。"

⑤ 牵牛织女：本为星辰名，后演变为神话中的夫妻，天河相隔，每年七月七日鹊桥相见。曹丕《燕歌行》："牵牛织女遥相望，尔独何辜限河梁。"

译文

草边蟋蟀啼鸣，
梧桐落叶惊秋。
天上人间正凝愁。
云霄月宫，
关锁重重。
纵使乘槎来去，
也不会相逢。

仙鹊架星桥，
一年才相见，
想必离愁别恨诉难穷。
牛郎织女，
莫非尚在离别中？
为何一会儿晴，
一会儿雨，
一会儿风？

此词为七夕抒怀之作。起笔二句点明节序，寒蛩啼鸣，梧桐叶落，透出秋之萧凉意。"惊"字，既有"惊秋"之意，如李煜《采桑子》之"辘轳金井梧桐晚，几树惊秋"，又承前"鸣蛩"谓梧桐为蛩鸣所惊而落叶。言梧桐之"惊"，实乃词人之惊秋。"正人间"句以下进入秋日感怀，"人间天上"四字总摄词笔脉络，"愁浓"为词情基调。"云阶月地"五句反用八月浮槎通天河典故，言天宫关锁重重，乘槎来去亦无法相见。此盖怅叹天人相隔，或寄寓对亡夫的悼念之情。

下片"星桥"三句，用牛郎、织女鹊桥相会典故，但笔意不在相聚之美妙，如秦观《鹊桥仙》所言"金风玉露一相逢，便胜却人间无数"，而落在久别之离恨难穷。"牵牛织女"句以下，更因眼前七夕之阴晴风雨变化不定，进而揣度牛郎、织女或未能相见。此亦反用典故而寄托人间别离之悲。

词作疑作于词人夫君赵明诚病故后的某年七夕，借浮槎、鹊桥两则可相关联的典故，反其意而用之，寓托对亡夫的深切追思之情。

一剪梅

红藕香残玉簟秋①。轻解罗裳，独上兰舟②。云中谁寄锦书来，雁字回时③，月满西楼。　　花自飘零水自流。一种相思，两处闲愁。此情无计可消除，才下眉头，却上心头。

注释

① "红藕"句：言秋来荷花香消，竹席透凉。红藕，红色荷花。玉簟，竹席之美称。簟，竹席。李璟《摊破浣溪沙》："菡萏香消翠叶残。"（菡萏，荷花。）欧阳修《珠帘卷》："香断锦屏新别，人闲玉簟初秋。"张耒《飞萤词》："翠屏玉簟起凉思，一点秋心从此生。"

② 兰舟：木兰舟。后为舟之美称。柳永《雨霖铃》（寒蝉凄切）：

"留恋处、兰舟催发。"晏几道《生查子》(长恨涉江遥):"闲荡木兰舟,卧入双鸳浦。"

③ "云中"二句:言空中大雁归来,不知为谁捎来书信。此用大雁传书典故。《汉书·苏武传》载苏武出使匈奴被扣留十余年。后汉与匈奴和亲,请求放归苏武,匈奴谎称苏武已死。汉使知情,乃向匈奴单于佯言汉天子射获大雁,雁足系有书信,说苏武等人在大漠中。单于信以为真,遂放归苏武。

译文

荷花香消,
竹席透凉秋。
轻手换下薄罗裳,
独自上兰舟。
云中大雁归,
不知谁寄锦书来,
明月照西楼。

落花自飘零,
东西任水流。
两心相念同相思,
两地相望各自愁。
此愁无法去消除,
眉头愁才散,
心头愁又满。

赏析

　　这是一首佳人相思怨别词作。起句点明节序，语简而意丰。"红藕香残"四字含有"菡萏香消翠叶残"之意，"西风愁起绿波间"（李璟《摊破浣溪沙》）亦在言外。"玉簟秋"三字，有秋来玉簟凉之意，此外尚可解读出诸多"玉簟"与"秋"相关联的情事，如"凉叶寒生玉簟风"（杨巨源《酬于驸马》）、"玉簟寒凄凄，延想心恻恻"（卢仝《自君之出矣》）"香断锦屏新别，人间玉簟初秋"（欧阳修《珠帘卷》）、"翠屏玉簟起凉思，一点秋心从此生"（张耒《飞萤词》）、"玉簟新凉。数尽更筹夜更长"（叶梦得《减字木兰花》"黄花渐老"）、"玉簟怯秋眠未稳"（周端臣《古断肠曲》）等。荷花凋零、玉簟生凉，明示秋之到来，隐含佳人秋日愁思。俞平伯先生《唐宋词选释》云："船上盖亦有枕簟的铺设。若释为一般的室内光景，则下文'轻解罗裳，独上兰舟'，即颇觉突兀。"此亦未必，词中情事不妨释为佳人午后愁眠，玉簟透凉，睡梦惊醒，卷帘望见荷塘花残香消，换下罗裳，登上小船，去荷塘散心遣愁，直到月上西楼，或舍船归来后，倚楼望月，一声雁鸣触发内心深深的别离相思之情。大雁传书为虚，相思情深为实，"谁寄锦书来"一问，无理而有情，问而无答，无限期盼、怅惘之情随云中雁字弥漫月空。

上片叙述，笔调轻婉蕴藉，蓄而未发；下片抒怀，笔调婉转唱叹，发而无尽。过片呼应起句"红藕香残"。落花飘零，流水东西，乃自然、自在之事，与人事无干，只因人之多情，见花之凋零而自叹华年流逝，见水流不尽而自叹愁绪无极，甚而感慨落花、流水不顾念人之伤悲："花自飘零水自流。""自"字兼有相关联的自然、自顾二义，重复运用，循环唱叹，情韵悠然。同时，水流花谢亦可喻示伤离怨别，意脉贯通下文："一种相思"二句，直言天各一方，相思愁苦；"此情"三句，直言相思愁苦缠绕眉间心头，无法排遣。笔调句法亦呈回环缠绕之态。

忆秦娥

临高阁。乱山平野烟光薄①。烟光薄。栖鸦归后，暮天闻角②。　　断香残酒③情怀恶。西风催衬④梧桐落。梧桐落。又还秋色⑤，又还寂寞。

注释

① "临高阁"二句：言高阁临眺，平野乱山横，烟光淡薄缥缈。张绖《水龙吟》（琐窗睡起门重闭）："望天涯、万叠关山，烟草连天，远凭高阁。"

② 闻角：一作"吹角"，一作"残角"。

③ 残酒：残醉。李清照《如梦令》："昨夜雨疏风骤。浓睡不消残酒。"

④ 催衬：犹催趱，催促。苏辙《谢人惠千叶牡丹》："东风催趱

百花新,不出门庭一老人。"叶梦得《水龙吟》(对花常欲留春):

"先催趁、朱颜老。"

⑤又还秋色:一作"又还愁也",一作"天还秋色"。

译文

高阁临眺,

平野茫茫乱山横,

淡烟浮光缥缈。

淡烟浮光缥缈。

鸦鹊归栖后,

暮色霭霭听画角。

残醉未消,

炉香烟断,

情怀落寞。

西风吹扫,

梧桐叶落。

梧桐叶落。

又是秋色凄凉,

又是寂寞惆怅。

赏析

　　这是一首秋日伤怀词作。上片描写临高望秋之景：平野茫茫，乱山如带，轻烟浮光飘荡。暮鸦归飞，画角声声。词境如画，高阁眺望者之情怀隐于言外，寄寓画中。过片即承此言外画中之情而直言"情怀恶"，笔调转为以情驭景，谓"西风催衬梧桐落"。西风落叶乃自然节序变化，本无意志欲念，而"催衬"一语则赋予西风以欲念，谓其催促梧桐叶落凋零，见出秋风之肃杀无情、梧桐之萧疏凄凉，透露出词人的悲秋情怀。末二句"秋色"收束词中景，"寂寞"收束词中情，情景双结，笔调唱叹，情韵沉郁。

忆王孙

湖上风来波浩渺①。秋已暮、红稀香少。水光山色与人亲，说不尽、无穷好。　　莲子已成荷叶老。清露洗、蘋②花汀草。眠沙鸥鹭不回头，似也③恨，人归早。

注释

① "湖上"句：一作"云锁重楼帘幕晓"。

② 蘋：水草名，又称大萍、田字草。夏秋间开小白花。

③ 似也：一作"应也"，一作"也应"。

译文

风漾湖面，
波光浩渺。
暮秋时节，
红衰香消。
水光山色相亲近，
美妙无限难言尽。

莲子已结成，
荷叶渐枯老。
清露润洗蘋花汀草。
沙上鸥鹭闲眠不回头，
似也埋怨游人归去早。

赏析

　　这首秋日纪游词作，笔调清雅闲适。上片粗笔勾画全景：暮秋时节，红衰香消，清风拂掠，湖面烟波浩渺，水光山色相融相映，置身其境，妙不可言。"水光山色与人亲"一句不言人亲近山水，而言山水与人亲近，真切抒写出会心于山水之妙趣，如梁简文帝所言："会心处不必在远，翳然林水，便自有濠濮间想也，觉鸟兽禽鱼自来亲人。"（《世说新语·言语》）

　　下片细笔描述湖上秋荷、沙汀水草鸥鹭。过片承上片"红稀香少"，意同"菡萏香消翠叶残"（李璟《摊破浣溪沙》），然此用"稀""少""老"等字则毫无盛衰伤感之情，乃表现客观自然之变化。莲蓬结子，荷叶老去，蘋花水草沐浴清露，沙汀鸥鹭恬然闲眠，透出清婉秀实、和洽闲静之秋韵。末笔打趣鸥鹭，言其怨游人归早而不回头。此与上片"水光山色与人亲"相反相成，或亲或恨，显露出人与山水花鸟相知相赏之美妙情韵。

元
宵

永遇乐

　　落日镕金^①，暮云合璧，人在何处^②。染柳烟浓，吹梅笛怨^③，春意知几许。元宵佳节，融和天气，次第岂无风雨^④。来相召，香车宝马^⑤，谢他酒朋诗侣。　　中州^⑥盛日，闺门多暇，记得偏重三五^⑦。铺翠冠儿^⑧，捻金雪柳^⑨，簇带争济楚^⑩。如今憔悴，风鬟霜鬓^⑪，怕见夜间出去^⑫。不如向帘儿底下，听人笑语。

注释

....

①落日镕金：言落日映水似镕金。廖世美《好事近·夕景》："落日水镕金，天淡暮烟凝碧。"张孝祥《西江月》："落日镕金

万顷，晴岚洗剑双峰。"

② "暮云"二句：江淹《休上人怨别》："日暮碧云合，佳人殊
未来。"又《丽色赋》："赏以双珠，赐以合璧。"

③ "吹梅"句：吹奏哀怨的笛曲《梅花落》。郭茂倩《乐府诗集》
卷二十四《横吹曲辞·汉横吹曲》："《梅花落》，本笛中曲也。"

④ "次第"句：岂知下一刻不会有风雨？次第，接续；依次。欧
阳修《渔家傲》（二月春耕昌杏密）："百花次第争先出。"

⑤ 香车宝马：王维《同比部杨员外十五夜游有怀静者季》："香
车宝马共喧阗，个里多情侠少年。"

⑥ 中州：古豫州（今河南一带），居九州之中，故称。此指北宋
都城汴京（今河南开封）。

⑦ 三五：农历每月十五。此指正月十五日，即元宵节。《古诗
十九首·孟冬寒气至》："三五明月满，四五蟾兔缺。"柳永《倾
杯乐》（禁漏花深）："元宵三五，银蟾光满。"

⑧ 铺翠冠儿：以翡翠羽毛装饰的帽子。曾慥《类说》卷五三引《谈
苑》："魏国长主常衣贴绣铺翠襦，太祖曰：'自今勿复为饰。'
主笑曰：'所用翠羽几何？'"李攸《宋朝事实》卷十三载高
宗绍兴二十七年手诏："自今后，宫中首饰衣服，并不许铺翠、
销金。"

⑨ 捻金雪柳：金线捻丝装饰的绢、纸花。雪柳，绢或纸制成的头花。周密《武林旧事》卷二："元夕节物，妇人皆带珠翠、闹蛾、玉梅、雪柳……"曾觌《点绛唇》（璧月香风）："闹蛾雪柳。人似梅花瘦。"辛弃疾《青玉案》（东风夜放花千树）："蛾儿雪柳黄金缕。"

⑩ 簇带争济楚：插戴争相比美。簇带，满满插戴。济楚，美丽。柳永《木兰花》（心娘自小能歌舞）："举意动容皆济楚。"

⑪ 风鬟霜鬓：鬟发斑白凌乱。霜，一作"雾"。韩驹《念奴娇》（海天向晚）："雾鬓风鬟何处问，云雨巫山六六。"

⑫ "怕见"句：一作"怕向花间重去"。怕见，怕。见，助词，无义。

落日映水似镕金，

暮云环合如玉璧，

心念之人在何处。

垂柳烟雾缭绕，

笛曲《梅花》幽怨，

春意知几许。

元宵佳节，

天气和融，

岂知转眼不会有风雨？

香车宝马来相邀，

婉谢那酒朋诗侣。

汴京盛平时日，

闺门多闲暇，

记得看重元夕。

翠羽装饰花冠，

金线白绢缠头花，

插戴满满争靓丽。

如今身心憔悴，

鬓发斑白凌乱，

害怕夜间出去。

不如独守帘儿底下，

静听他人笑语。

　　这是一首元宵伤今怀旧词作。张端义《贵耳集》卷上称易安"南渡以来，常怀京洛旧事。晚年赋元宵《永遇乐》词云'落日镕金，暮云合璧'，已自工致。至于'染柳烟轻，吹梅笛怨，春意知几许'，气象更好"。所评"落日"二句之"工致"，乃言其对仗极为工整，而其画面意蕴亦堪品味。一言落日映水之金波荡漾，一言天空暮云环合如璧，绚丽消逝而转归夜色沉沉，何尝不是词人所历家国变故之情状。"暮云"二句显属化用江淹《休上人怨别》之"日暮碧云合，佳人殊未来"，而用"合璧"二字似又隐含美满团聚之意，反衬人之孤零，与下句"人在何处"之怅问，意脉暗通。此"人"指其已故夫君赵明诚及其他亲人。寂寞黄昏，追念已故亲人，黯然神伤，又见烟笼垂柳，又闻幽怨笛曲，能感受到几许春意？"吹梅"句言吹笛，又言梅花，梅柳逗春。春来天气和暖，又值元宵佳节，本当欢欣游赏，遂有"来相召，香车宝马"；然词人想到的是"次第岂无风雨"，乃其历经人生风雨变故后的心理惯性所致，便无心游乐，故而"谢他酒朋诗侣"。

　　上片"人在"句、"春意"句、"次第"句均以反诘语气抒写情怀，跌宕有致，结末归于独守寂寞。过片转入孤寂中的忆旧，回想昔日汴京元宵，闺门欢游情状。"中州"三句叙述引入，"铺翠"三句择取女子头饰作浓墨描画，其游乐盛况尽在不言中。"如今"二字从回忆转到现实，"憔悴"兼言身心，"风鬟霜鬓"与前"铺翠"数句在对比反差中突显今日之凄苦寥落，更无勇气置身于元夜群欢中，所谓"怕见夜间出去"，亦呼应上片结句。"不如"二句语意承前推进，一位鬓发斑白凌乱的孤寡妇人，元宵之夜独守窗下，静听他人欢笑，其情境之悲凉难以尽言。

渔家傲

雪里已知春信至①。寒梅点缀琼枝②腻。香脸半开娇旖旎③。当庭际④。玉人浴出新妆洗⑤。　　造化⑥可能偏有意。故教明月玲珑地⑦。共赏金尊沉绿蚁⑧。莫辞醉。此花不与群花比。

① "雪里"句：言雪里梅花报春信。

② 琼枝：玉枝，喻雪中梅枝。李端《长安书事寄薛戴》："千里寄琼枝，梦寐青山郭。"

③ 娇旖旎：娇柔妩媚。魏承班《玉楼春》（轻敛翠蛾呈皓齿）："春风筵上贯珠匀，艳色韶颜娇旖旎。"

④ 庭际：庭前。《后汉书·何敞传》："今异鸟翔于殿屋，怪草生于庭际，不可不察。"

⑤ "玉人"句：言梅花如佳人出浴新妆。白居易《长恨歌》："春寒赐浴华清池，温泉水滑洗凝脂。"赵光远《咏手》："妆成皓腕洗凝脂。"

⑥ 造化：自然天工。杜甫《望岳》："造化钟神秀，阴阳割昏晓。"

⑦ 玲珑地：皎洁明亮。地，词尾助词。李白《玉阶怨》："却下水精帘，玲珑望秋月。"柳永《满江红》（万恨千愁）："添伤感，将何计。空只恁厌厌地。"

⑧ "共赏"句：沉，疑为"浮"之误。绿蚁，本指酒面漂浮的绿色泡沫，后代指酒。谢朓《在郡卧病呈沈尚书诗》："嘉鲂聊可荐，绿蚁方独持。"王勃《夏日宴宋五官宅观画障序》："樽浮绿蚁，每披仙雾之文。"张舜民《过山阳有怀》："但有酒杯浮绿蚁，却无赋笔写游龙。"

译文

雪里梅花，
已报春消息。
琼枝润泽，
寒梅点缀。
芳颊半掩，
娇柔妩媚。
庭前玉立，
似美人出浴，
新妆洗凝脂。

天公或许偏爱梅，
故教明月映照，
玲珑生光辉。
共欢赏，
金樽美酒，
畅饮莫辞醉。
此花幽独，
不与群花比美。

赏析

这首咏梅词作，选取雪中梅、月下梅两种场景展现梅花之美。上片描写雪中梅花，起句直笔切入，言雪里梅花报春。"寒梅"句顺承落实，"寒梅点缀琼枝"即为"雪里春信至"，笔法由叙述转为描状，字词琢炼，"点缀"，梅花初绽点点而非繁花压枝；"琼枝腻"，雪凝花枝，润泽如玉。此二句为总笔概述，言寒梅报春，迎雪绽放。下三句为细笔描画，以美人为喻。"香脸"句，点描梅花欲开还敛之情态，似佳人芳颊半掩，娇婉妩媚。"当庭际"二句，勾画出梅花庭前玉立之风姿，似美人出浴新妆，清新亮丽。

上片以正笔描绘为主，下片写月下梅花，转以侧笔烘托为主，而其意脉理路则相贯通。"造化偏有意"与上片所状梅花之美，可互为缘由，梅花因造化偏爱而美，造化因梅花之美而偏爱。"明月玲珑地"，描写月色皎洁，月下梅花之美妙风姿隐于言外，而读者又不难想见，因为有了上片的描状，以及"共赏"二句所述人之傍花对月、把酒欢醉的情形。琼枝缀玉，花蕾半吐，娇柔清丽似美人出浴新妆。如此雪中梅映照玲珑月色，置身其境，妙不可言，但求金樽美酒花前醉。醉赏之余，一句"此花不与群花比"作结，既是品评，也是叹赏，言语浅易而意蕴深厚，寒梅之孤高品性尽在不言中。就章法而言，此语收束全词亦称自然切当。

渔家傲

天接云涛连晓雾。星河①欲转千帆舞。仿佛梦魂归帝所②。闻天语③。殷勤问我归何处④。　　我报路长嗟日暮⑤。学诗谩有惊人句⑥。九万里风鹏正举⑦。风休住。蓬舟吹取三山去⑧。

注释

① 星河：银河。见《南歌子》（天上星河转）注①。

② 帝所：天帝居所。《史记·扁鹊仓公列传》载秦穆公、赵简子都曾病中昏迷数日，醒后有言"我之帝所甚乐"。

③ 天语：天帝之语。李白《飞龙引》："造天关，闻天语，长云河车载玉女。"

④ "殷勤"句：言天帝关切地问我归向何处。

⑤ 路长嗟日暮：嗟叹日已暮，路漫漫。此合用屈原《离骚》"路
　漫漫其修远兮""日忽忽其将暮"语意。

⑥ "学诗"句：言空有惊人诗才。杜甫《江上值水如海势聊短述》：
　"为人性僻耽佳句，语不惊人死不休。"

⑦ "九万里"句：言大鹏正展翅高飞，狂风冲霄九万里。《庄子·逍
　遥游》："鹏之徙于南冥也，水击三千里，抟扶摇而上者九万里。"

⑧ "蓬舟"句：意谓扁舟乘风到仙山。蓬舟，即小舟，状若飘蓬，
　故称。三山，见《蝶恋花·晚止昌乐馆寄姊妹》注⑥。

译文

涛如云涌，
天水相连迷晓雾。
星河欲转，
千帆竞舞。
仿佛梦魂飞归天帝居所。
聆听天帝言语，
殷切问我欲归何处。

我且答道：
前路慢慢，
嗟叹日已暮。
徒有诗才能作惊人句。
狂风九万里，
大鹏展翅正高飞。
风莫停，
吹我扁舟飘向三山去。

> 赏析

　　词作借想象中的梦境寄寓前路迷茫、期盼超举入仙之情怀。起笔二句呈现出拂晓时分天水相连、波涛涌荡、云雾弥漫、千帆竞舞的景象，为实景。"仿佛"一语转入想象，"梦魂归帝所"，即梦入帝所，为梦境，又非真梦境，乃想象之梦境。下文均承此构想，叙述与天帝间的问答。《史记·扁鹊仓公列传》载秦穆公、赵简子都曾病中昏迷数日，魂归帝所，获听天帝预告人间事。又赵与时《宾退录》卷六载宣和三年，陈伯修寓居京口（今江苏镇江），"一日昼寝，梦至帝所，如人间上殿之仪。帝曰：'卿平生所上章疏，可叙录进呈。'"然均无与天帝问答对话。易安则别出新意，设想出天帝"殷勤问我归何处"，实乃假托天帝之问抒写自身前路迷茫之境况，亦可理解为自我追问。

　　下片承上"问我归何处"。"我报"二字紧接"问"字，嗟叹"路长日暮"，"路漫漫其修远""日忽忽其将暮"（屈原《离骚》），怅惘无奈之情溢于言表。起笔言"晓雾"，此言"日暮"，前为实境，此为虚境，然境虚情真。"学诗"句直抒情怀，自叹徒有诗才堪惊人，无奈"路长日暮"何！"九万里"句,从叹惋中振笔腾天,大鹏展翅高飞,狂风冲霄九万里,令人心潮激荡。此景可呼应起首。"风休住"三字命令语气,断然有力,笔势语意则引出末句:为何要令"风休住"?我欲乘风荡舟往三山。此句亦关合上片结句"殷勤问我归何处",章法井然。

这首词作构思奇幻,飞想入天,笔调豪放,在易安存世词作中别具一格,故梁启超云:"此绝似苏、辛派,不类《漱玉集》中语。"然易安本具女中豪杰性情,"生当作人杰,死亦为鬼雄"(《乌江》),绝非柔弱女子所能吟出之诗句。沈曾植称"易安倜傥,有丈夫气,乃闺阁中之苏、辛","闺房之秀,固文士之豪也"(《菌阁琐谈》),颇具见地,本词堪为显著例证。按易安《金石录后序》自述建炎四年(1130)追随宋高宗御舟避难经历:"走黄岩(今属浙江台州),雇舟入海,奔行朝,时驻跸章安(在今浙江台州)。从御舟海道之温(今浙江温州),又之越(今浙江绍兴)。"本词或即当时所作,赵明诚病逝后第二年,易安以四十七岁孤寡妇人,避难海道,怅叹"路长日暮",幻想安身于海上神山,诚为情理中事。

玉楼春

红梅

红酥肯放琼苞碎①。探著南枝②开遍未。不知蕴藉③几多香，但见包藏无限意。　　道人④憔悴春窗底。闷损⑤阑干愁不倚。要来小酌便来休，未必明朝风不起⑥。

①"红酥"句：言红梅花苞绽放。红酥，脂粉。此喻红梅。元稹《杂忆》："忆得双文衫子薄，钿头云映褪红酥。"李弥逊《清平乐》（推愁何计）："日上南枝春有意，已讶红酥如缀。"刘几《梅花曲》（汉宫中侍女）："不为藉我作和羹，肯放结子花狂。"

琼苞，指花苞。

② 南枝：见《临江仙》（庭院深深深几许）注④。

③ 蕴藉：蕴涵。

④ 道人：得道之人，多指僧人道士。此为词人自称。张元幹《南歌子》（远树留残雪）："道人元自没心情。"张孝祥《踏莎行》（旋葺荒园）："道人随处成幽兴。"

⑤ 闷损：一作"闲损"。

⑥ "要来"二句：此乃拟设梅花招邀词人小酌之语。白居易《花前叹》："南州桃李北州梅，且喜年年作花主。花前置酒谁相劝，容坐唱歌满起舞。……欲散重拈花细看，争知明日无风雨。"
休：句末语气助词。朱敦儒《相见欢》（泷州几番清秋）："人间事。如何是。去来休。"

198

译文

花苞绽放，
红梅吐艳。
探看南枝，
梅花是否开遍。
不知蕴涵几多幽香，
但觉深藏情意无限。

春来窗下独憔悴，
愁怀伤损，
阑干无心倚。
花前小酌趁时来，
明朝未必无风雨。

赏析

词咏红梅。上片状物，起句扣题，工笔描绘花苞绽开，红
梅吐艳。"红酥""琼苞"，用语瑰丽；"肯放"，拟人笔调，
言红梅肯让花苞裂开；"碎"，显露出花蕾怒放之力度。"探
著"句，承前由点及面，探询笔调与"肯放琼苞碎"相呼应，

日 晚 倦 梳 头
——李清照选集

见出梅花初绽渐盛之过程。此二句为一层意，言红梅绽放渐满枝头。"不知"二句为一层意，由表及里，因形入神，言红梅朵朵，蕴涵无限幽香情意。此二句语意交融互补，而句法相反相成。

词作下片述情，与上片末句"无限意"相承，由梅及人。上片为人赏梅，下片转而拟设为梅观人。过片"道人"，乃梅花称词人之谓，亦隐含词人自称意味，犹"居士"之称，此又与梅之品性相谐。"憔悴春窗底""阑干愁不倚"，语意笔调交互往复，无心倚阑，窗底独自憔悴。此情与上片所状乐景（红梅绽放遍南枝，幽香馥郁）相对衬，其转折关纽在"但见包藏无限意"一句人与梅之情感交融。结末"要来"二句再次落笔于人与梅之情感交流，其笔调则为梅花招邀口吻，言把酒赏花当及时，明朝风起花飘零。此亦呼应上片结句"包藏无限意"，风雨难料，花开花落，繁华衰歇，人生世事，亦复如此。

词作咏物寓情，物我交心，构思巧妙，章法井然，笔调或沉滞有力（上下片前两句），或婉转跌宕（上下片后两句），错落有致。

怨王孙

帝里①春晚。重门深院。草绿阶前，暮天雁断。楼上远信谁传。恨绵绵②。　　多情自是多沾惹③。难拚舍④。又是寒食⑤也。秋千巷陌，人静皎月初斜。浸梨花⑥。

注释

①帝里：京城。此指东京开封。

②恨绵绵：白居易《长恨歌》："此恨绵绵无绝期。"

③沾惹：牵缠。柳永《斗百花》（满搦宫腰纤细）："刚被风流沾惹，与合垂杨双髻。"

④拚舍：割舍。

⑤寒食：节日名，在清明节前一日或二日。见《浣溪沙》（淡荡

春光寒食天）注①。

⑥ "人静"二句：晏殊《无题》："梨花院落溶溶月，柳絮池塘淡淡风。"欧阳修《蝶恋花》（面旋落花风荡漾）："寂寞起来褰绣幌，月明正在梨花上。"释道潜《梅花寄章仲释法曹》："月浸繁枝香冉冉。"谢逸《南歌子》（雨洗溪光净）："帘外一眉新月、浸梨花。"

译文

京城春晚。

重门深院。

阶前芳草绿，

暮天雁群迹断。

高楼临望，

谁为传远信？

相思恨绵绵。

多情自是多牵系，

难舍弃。

又到寒食。

巷陌秋千闲立。

夜深人静，

皎皎明月初斜，

浸润梨花。

赏析

　　词作抒写暮春闺怨。起笔三句展现场景，"帝里""重门深院""阶前"，由大趋小，闺中思妇隐于其中。"草绿"应"春晚"，亦透露怀远之情，所谓"王孙游兮不归，春草生兮萋萋"（淮南小山《招隐士》）。"暮天"三句，顺承直抒黄昏相思之情。倚楼愁望，暮天雁尽，音书难传，别恨绵绵。

　　过片承"恨绵绵"而反思感叹，本自多情，故而思念萦怀难割舍。何况又到寒食时节，难忘昔日的欢聚游赏，而今独守寂寞，愁对秋千冷落，月映梨花。以景结情，花月相映的皎洁夜色中蕴涵无尽的相思愁苦。

怨王孙

梦断漏悄。愁浓酒恼①。宝枕②生寒，翠屏向晓。门外谁扫残红。夜来风③。　　玉箫声断人何处④。春又去。忍把归期负。此情此恨，此际拟托行云，问东君⑤。

注释

① 酒恼：指残醉。李清照《忆秦娥》（临高阁）"断香残酒情怀恶。"

② 宝枕：枕之美称，犹言玉枕。李贺《春怀引》："宝枕垂云选春梦，钿合碧寒龙脑冻。"李清照《醉花阴》（薄雾浓云愁永昼）："玉枕纱厨，半夜凉初透。"

③ "门外"二句：孟浩然《春晓》："夜来风雨声，花落知多少。"夜来，昨夜。

④"玉箫"句：化用萧史、弄玉吹箫典故。见《孤雁儿》（藤床纸帐）
　　注④。柳永《笛家弄》（花发西园）："岂知秦楼，玉箫声断，
　　前事难重偶。"
⑤东君：指春神。

译文

梦断更漏声歇，
愁浓残醉未消。
玉枕透寒，
翠屏临晓。
门外残花谁扫？
昨夜风呼啸。

玉箫声断，
人在何处？
春又归去。
怎忍把归期延误！
此情此恨，
此刻欲托行云问春神。

赏析

　　词云"玉箫声断人何处"，与《孤雁儿》（藤床纸帐）之"吹箫人去玉楼空"、《永遇乐》（落日镕金）之"人在何处"，情调相同，盖亦为追念亡夫之作。上片描述梦醒临晓情景。起句连用三个去声字"梦断漏"，振笔起势。"愁浓"句承"梦断"，重笔抒写怅然愁苦之情；"宝枕"二句笔意承"漏悄"，夜阑更尽，玉枕透寒，独倚翠屏待晓。"门外"二句言晓来残花落尽，寄寓伤春之情，景象有似孟浩然《春晓》之"夜来风雨声，花落知多少"，笔调有别，自问自答，提顿跌宕，用语滞重。

　　过片由伤春转入悼亡，用语及笔意均堪呼应起句"梦断"。"春又去"，照应"扫残红"，言"又去"，则追念亡夫已非一春。"忍把"句为追念入痴语，拟想亡夫乃远游未归，怨其忍负归期。"此情此恨"，亦如"此恨绵绵无绝期"（白居易《长恨歌》）。末二句"托""问"二字顺承"忍把归期负"，问其何以负归期；"行云""东君"二语意则显示天人相隔，归结于悼亡，亦可关合过片"人何处"之问。

鹧鸪天

暗淡轻黄体性柔。情疏迹远只香留。
何须浅碧深红色①，自是花中第一流②。
梅定妒，菊应羞。画阑开处冠中秋③。
骚人可煞无情思，何事当年不见收④。

注释

① 浅碧深红色：元稹《莺莺诗》："殷红浅碧旧衣裳。"孟郊《济
　源春》："深红缕草木，浅碧珩溯洄。"

② 花中第一流：梅尧臣《延義阁牡丹》："花中第一品，天上
　见应难。"

③ "画阑"句：李贺《金铜仙人辞汉歌》："画栏桂树悬秋香，

三十六宫土花碧。"

④ "骚人"二句：言当年屈原是否对桂花没有情思，为何不见咏桂之作。骚人，指屈原。可煞，亦作"可杀"，可是；是否。周邦彦《花心动》（帘卷青楼）："问伊可煞于人厚。"杨万里《归云》："可杀归云也爱山，夜来都宿好山间。"

译文

花色轻黄暗淡，
体性和婉温柔。
与人情疏迹远，
唯有清香长留。
何须浅碧深红色，
自是花中第一流。

梅花定当嫉妒，
菊花必将愧羞。
画阑外金桂绽放，
美妙冠绝中秋。
屈子赏桂是否无情思，
为何当年未能入赋笔。

208

赏析

　　桂花有月桂、仙桂等美名，咏桂者或想入月宫，笔染仙气。这首咏桂词作则属本色题咏。起笔二句正笔描述桂花之色香体性，体物真切。"暗淡轻黄"，所状乃茂密的桂枝绿叶掩映中的桂花；"情疏迹远只香留"，闻其香而难觅其形，此亦金桂飘香之特色。虽无绚烂艳丽之外表形色，却蕴涵柔美体性、沁人芳香，其品堪当"花中第一流"。"何须"二句即言此意，承前引出品评，"何须""自是"二语，一反诘，一断定，跌宕有力。

　　下片前三句笔意承"花中第一流"而申发，揽梅、菊为衬托。以品性享有嘉誉之梅、菊尚且或"妒"或"羞"，则群花更不必言，桂花自当品居第一。"画阑"句言桂花倚阑绽开，照应"妒""羞"二字，"冠中秋"仍呼应"第一流"。花品第一，自当获得文人墨客之青睐，然而历来咏桂之作并不多，远不及咏梅、咏菊。词作结末二句即落笔于此，举出最早的大诗人屈原为例，疑其对桂花"无情思"，故而诗笔未及题咏。

　　词作上片正笔为主，下片侧笔为主，结笔落到咏桂，章法上有绾合全词之效。

鹧鸪天

寒日萧萧上琐窗①。梧桐应恨夜来霜。

酒阑更喜团茶苦②，梦断偏宜瑞脑香③。

秋已尽，日犹长。仲宣④怀远更凄凉。

不如随分⑤尊前醉，莫负东篱⑥菊蕊黄。

注释

① "寒日"句：萧萧，寂静。琐窗，镂有连环图案的窗户。

② "酒阑"句：酒阑，酒尽。团茶，宋代用圆模制成的茶饼，有
龙团、凤团、小团等不同种类。

③ 偏宜瑞脑香：正宜瑞脑香缭绕。偏宜，正适合。欧阳修《采桑
子》（天容水色西湖好）："风清月白偏宜夜，一片琼田。"
瑞脑香，见《浣溪沙》（莫许杯深琥珀浓）注③。

④仲宣: 汉末王粲(177—217), 字仲宣, 山阳高平(今山东邹城)人。建安年间避乱荆州, 登江陵城楼, 怀归而作《登楼赋》云: "登兹楼以四望兮, 聊暇日以销忧。……虽信美而非吾土兮, 曾何足以少留。"

⑤随分: 随意; 任意。柳永《迎新春》(嶰管变青律): "堪随分良聚。对此争忍, 独醒归去。"

⑥东篱: 陶潜《饮酒》: "采菊东篱下, 悠然见南山。"

译文

寒秋朝日初升,
静静映射琐窗。
梧桐定当怨恨昨夜严霜。
酒尽更喜团茶味苦,
梦醒正宜瑞脑袅袅香。

三秋已过,
昼日仍漫长。
王粲登楼怀归更凄凉。
不如尽情畅饮醉樽前,
莫要辜负东篱菊花黄。

赏析

　　词中言及汉末避乱荆州、登楼怀乡的王粲（"仲宣怀远"），当作于避难南渡之后，或谓建炎二年（1128）作于江宁（参见徐培均《李清照集笺注》）。此说并无确证。按是年赵明诚知江宁府（次年改名建康府），周辉《清波杂志》卷八载易安族人言："明诚在建康日，易安每值天大雪，即顶笠披蓑，循城远览以寻诗。得句，必邀其夫赓和。明诚每苦之。"此与本词情调迥别。又词中"梧桐应恨夜来霜"似化用贺铸悼亡词《鹧鸪天》（重过阊门万事非）之"梧桐半死清霜后"，盖作于赵明诚去世之后，确切年月不详。

　　深秋一夜寒霜过后，日上琐窗，亦映照着梧桐枝头的白霜。"寒日"与"夜来霜"相应，"萧萧"，透出物华衰歇后的寂静。梧桐在寒霜中凋零，未免心生怨恨。"应恨"，乃词人揣度语，寓有自身情怀。落笔二句为晨起所见所感，"酒阑"二句追述昨夜酒阑、梦断情形。言"更喜团茶苦""偏宜瑞脑香"，盖因茶苦味长如酒，炉香袅袅似梦，实则醉饮遣愁，酒醒梦断，怅然迷惘。

　　下片词笔承接起首，回到昼日。秋分之后，日渐短，夜渐长。此言秋已到尽头，而昼日依旧漫长，乃因忧愁而觉日长，如其《醉花阴》所言"薄雾浓云愁永昼"。"仲宣"句借典事寓托避难怀乡之凄凉情怀。末二句笔调反荡，以东篱赏菊、痛饮酣醉之举寄托沉郁无奈之深愁。

醉花阴

薄雾浓云^①愁永昼。瑞脑销金兽^②。佳节又重阳^③，玉枕纱厨^④，半夜凉初透。

东篱把酒^⑤黄昏后。有暗香盈袖^⑥。莫道不销魂，帘卷西风^⑦，人似黄花瘦^⑧。

注释

① 薄雾浓云：云，一作"雾"。汉中山王刘胜《文木赋》："奔电屯云，薄雾浓雾。"欧阳修《蝶恋花》（帘幕风轻双语燕）："薄雨浓云，抵死遮人面。"

② "瑞脑"句：言炉香燃尽。瑞脑，香名，见《浣溪沙》（莫许杯深琥珀浓）注③。金兽，指香炉。洪刍《香谱》卷下："香

兽，以涂金为狻猊、麒麟、凫鸭之状，空中以然香，使烟自口出，以为玩好。"

③ 重阳：节日名，又称重九，指农历九月九日。古以九为阳数之极，故称九月九日为重阳。

④ 纱厨：纱帐。

⑤ 东篱把酒：酒，一作"菊"。陶潜《饮酒》："采菊东篱下，悠然见南山。"《宋书·隐逸传》载潜"尝九月九日无酒，出宅边菊丛中坐久，值（王）弘送酒至，即便就酌，醉而后归"。

⑥ 暗香盈袖：《古诗十九首·庭中有奇树》："馨香盈怀袖，路远莫致之。"

⑦ 帘卷西风：韦应物《寄杨协律》："舟泊南池雨，帘卷北楼风。"谢逸《醉落魄》（霜砧声急）："帘卷黄昏，一阵西风入。"

⑧ 人似黄花瘦：言人如菊花憔悴。似，一作"比"。黄花，菊花。《礼记·月令》："季秋之月……鞠有黄华。"鞠，通"菊"。华，同"花"。

译文

昼日漫长，
愁对云雾浮荡。
炉香消散，
又到佳节重阳。
玉枕纱帐，
半夜初透秋凉。

黄昏后，
把酒傍东篱，
暗香漫衣袖。
莫说心无忧，
风卷帘幕，
人似菊花消瘦。

赏析

词作抒写闺中秋怨。上片笔调疏朗，前两句言昼日情状，"佳节"句点明节序，"玉枕"二句言半夜凉透枕帐。脉络清晰，笔势利落，情寓其中。起句情景交融，人在境中，总摄全词情调。"薄雾浓云"状昼日室外天色阴沉，合下句"瑞脑销金兽"，又可喻闺中炉香烟雾飘散，闺中人愁绪萦怀，独守空闺已在不言中。重阳佳节，佳节倍思亲，本应亲友相携登高赏秋，如今却"薄雾浓云愁永昼"，其怅然无奈之情见于言外。

"又重阳"之"又"字见出别离之久,去年重阳别恨今又至。愁苦无眠,夜深秋寒侵袭。

上片叙写"永昼"及"半夜"情境,下片词笔落到黄昏。其构思似从渊明"采菊东篱下"及"九月九日无酒,出宅边菊丛中坐久"生发推进:渊明嗜酒而重阳无酒,独坐菊丛中,想必心中难免怅怅。此言"东篱把酒""暗香盈袖",则当意惬神闲,萧然无忧,即"不销魂",然而"莫道"二字反转,笔势突起,"莫""不"二字双重否定,强调"销魂"。此语切合别离,所谓"黯然销魂者,惟别而已矣"(江淹《别赋》),又承应"黄昏后",离人难捱是黄昏,所谓"恶滋味、最是黄昏"(晏几道《两同心》"楚乡春晚")、"王孙一去杳无音,断肠最是黄昏后"(李之仪《踏莎行》"紫燕衔泥")。销魂何如?憔悴瘦损,恰似西风中凋萎的菊花。末二句词情承应上句,"黄花"近承"东篱""暗香",遥应"佳节重阳"。其句法用语亦堪细究:西风卷帘,而作"帘卷西风",一则合律;二则句法倒置而遒劲,与前后句笔力相称;三则符合感官逻辑,见帘卷而觉西风。"人似黄花瘦",人物同情相怜,韵味较"人比黄花瘦"为胜,清人许昂霄《词综偶评》谓其从"人与绿杨俱瘦"(秦观《如梦令》"莺嘴啄花红溜")脱出,虽亦未必,但情韵确实相同。

浯溪中兴颂诗和张文潜①

五十年功如电扫②，华清花柳咸阳草③。五坊供奉斗鸡儿④，酒肉堆⑤中不知老。胡兵忽自天上来⑥，逆胡亦是奸雄才⑦。勤政楼前走胡马⑧，珠翠踏尽香尘埃⑨。何为出战辄披靡⑩，传置荔枝多马死⑪。尧功舜德本如天⑫，安用区区纪文字⑬。著碑铭德⑭真陋哉，乃令神鬼磨山崖。子仪光弼不自猜⑮，天心悔祸人心开⑯。夏为殷鉴当深戒⑰，简策汗青⑱今具在。君不见当时张说最多机，虽生已被姚崇卖⑲。

注释

① 浯溪，在今湖南祁阳县西南。元结《浯溪铭》序云："浯溪在
湘水之南，北汇于湘。爱其胜异，遂家溪畔。溪，世无名称者也，
为自爱之，故命曰浯溪。"元结上元二年(761)作《大唐中兴颂》：
"天宝十四载，安禄山陷洛阳。明年，陷长安，天子幸蜀，太
子即位于灵武。明年，皇帝移军凤翔。其年复两京。上皇还京师。
於戏，前代帝王有盛德大业者，必见于歌颂。若今歌颂大业，
刻之金石，非老于文学，其谁宜为。颂曰：'噫嘻前朝，孽臣
奸骄，为昏为妖。边将骋兵，毒乱国经，群生失宁。大驾南巡，
百僚窜身，奉贼称臣。天将昌唐，繁晓我皇，匹马北方。独立
一呼，千麾万旟，我卒前驱。我师其东，储皇抚戎，荡攘群凶。
复复指期，曾不逾时，有国无之。事有至难，宗庙再安，二圣
重欢。地辟天开，蠲除妖灾，瑞庆大来。凶徒逆俦，涵濡天休，
死生堪羞。功劳位尊，忠烈名存，泽流子孙。盛德之兴，山高
日升，万福是膺。能令大君，声容沄沄，不在斯文。湘江东西，
中直浯溪，石崖天齐。可磨可镌，刊此颂焉，何千万年。"大
历六年(771)，颜真卿正书刻于浯溪崖壁。欧阳修《集古录》

卷七《唐中兴颂》（大历六年）："右《大唐中兴颂》，元结撰，颜真卿书。书字尤奇伟，而文辞古雅，世多模以黄绢为图障。碑在永州，磨崖石而刻之。"赵明诚《金石录》卷八著录《唐中兴颂》（上、中、下）："元结撰，颜真卿正书，大历六年六月。在永州。"张耒（1054—1114），字文潜，号柯山，楚州淮阴（今属江苏）人。其《读中兴颂碑》："玉环妖血无人扫，渔阳马厌长安草。潼关战骨高于山，万里君王蜀中老。金戈铁马从西来，郭公凛凛英雄才。举旗为风偃为雨，洒扫九庙无尘埃。元功高名谁与纪，风雅不继骚人死。水部胸中星斗文，太师笔下蛟龙字。天遣二子传将来，高山十丈磨苍崖。谁持此碑入我室，使我一见昏眸开。百年废兴增叹慨，当时数子今安在。君不见荒凉浯水弃不收，时有游人打碑卖。"按，此诗或谓秦观所作，托名张耒。徐培均《李清照集笺注》云："总之此诗作者应为少游。清照当时不知真相，故作'和张文潜'。"此说尚可商榷。考此说盖始于与李清照大略同时的韩驹（字子苍），胡仔《苕溪渔隐丛话》后集卷三十一引《复斋漫录》云："韩子苍言张文潜集中载《中兴颂诗》，疑秦少游作。不惟浯溪有少游字刻，兼详味诗意，亦似少游语也。"其后曾敏行认定此诗为秦观所赋而自书托名张耒，其《独醒杂志》卷五云：

"秦少游所赋《浯溪中兴诗》，过崖下时盖未曾题石也。既行，次永州，因纵步入市中，见一士人家门户稍修洁，遂直造焉，谓其主人曰：'我秦少游也，子以纸笔借我，当写诗以赠。'主人仓卒未能具，时廊庑间有一木机莹然。少游即笔书于其上，题曰'张耒文潜作'，而以其名书之。宣和间其木机尚存，今此诗亦勒崖下矣。"但韩、曾二人均无确凿证据，亦未言个中缘由。谢维新《古今合璧事类备要》前集卷六十四"丧纪门"引录《江邻几杂志》作如此解释："秦少游初过浯溪，题诗云'玉环妖血无人扫'，以被责忧畏，又方持丧，手书此诗，借文潜之名。后人遂以为文潜，非也。"元人盛如梓承袭此说："《题浯溪中兴颂》'玉环妖血无人扫'，世以为张文潜作，实少游笔也。时被谪忧畏，又持丧，乃托名文潜以名书耳。"（《庶斋老学丛谈》卷中下）实则此说不可凭信。其一，情理难通。张耒与秦观同属"苏门四学士"，同坐元祐党籍被贬。谓秦观作诗怕招祸而托名同样"被责忧畏"的好友张耒，不可信。秦观当无此不义之举。再说居丧不应作诗（当指非悼念之诗），若作诗而托名他人，则其居丧之心非诚。秦观当无此不孝之举。其二，此说出处存疑。《江邻几杂志》（又称《江邻几杂录》）作者江休复（字邻几）卒于嘉祐五年（1060）（见欧阳修《江邻几墓志铭》），秦观当时年仅十二岁，则《杂志》所载此事显属后人误入。就现有相关资料判断，此诗仍归张耒所作为妥。其一，如前所引《复斋漫录》，韩驹卒年较张耒仅晚二十一年，其所见张耒集收录此诗。黄庭坚崇宁三年（1104）三月与诸友游浯溪赋诗，见崖壁所勒秦观书张耒诗，叹惜"秦少游已下世，不得此妙墨劚之崖石耳"（《中兴颂诗引并行记》），即自叹其诗不能如张耒诗得少游"妙墨劚之崖石"。前引胡仔《苕溪渔隐丛话》转录韩驹之说后驳正曰："余游浯溪，观磨崖碑之侧有此诗刻石，前云'读中兴颂张耒文潜'，后云'秦观少游书'，当以刻石为正。不知子苍亦何所据而言邪。"后世著录或提及此诗大都归属张耒。其二，秦观亲见摩崖石刻，张耒则未曾到过浯溪，所见乃碑刻之拓本，故诗云"谁持此碑入我室，使我一见昏眸开"。

② "五十年"句：五十年，指玄宗在位年限（712—756），言其成数。《新唐书·李辅国传》载高力士称玄宗为"五十年太平天子"。温庭筠《华清宫和杜舍人》："五十年天子，离宫旧粉墙。"曾慥《类说》卷二十七引《逸史》："明皇潜龙时，见僧万回曰：'五十年天子，愿自爱。'"袁弘《后汉纪·后汉孝灵皇帝纪》："旬月之间，神兵电扫。"王安石《拟寒山

拾得二十首》其十四："见之亦何有，歘然如电扫。"

③ "华清"句：华清，华清宫，在今陕西西安市临潼区东南骊山北麓。李吉甫《元和郡县图志》卷一《京兆府·长安县》："华清宫在骊山上。开元十一年初置温泉宫，天宝六年改为华清宫。"宋敏求《长安志》卷十五："骊山上下益治汤井为池，台殿环列山谷。明皇岁幸焉。"咸阳，今属陕西。《三秦记》："咸阳，秦所都也。在九嵕山南、渭水北，山水俱阳，故名。"白居易《梦微之》："漳浦老身三度病，咸阳宿草八回秋。"按天宝十五载（756）春，安禄山破潼关，进逼长安。唐玄宗率杨国忠等随从出逃，经咸阳道，至马嵬驿，被迫杀杨国忠，赐杨贵妃自尽。

④ "五坊"句：五坊供奉，指掌管饲养御用猎鹰、猎犬的官员。《新唐书·百官志》《殿中省》："闲厩使，押五坊以供时狩：一曰雕坊，二曰鹘坊，三曰鹞坊，四曰鹰坊，五曰狗坊。"斗鸡，以鸡相斗之博戏。始于先秦，唐代尤盛。陈鸿《东城父老传》："玄宗在藩邸时，乐民间清明节斗鸡戏。及即位，治鸡坊于两宫间，长安雄鸡金毫铁距高冠昂尾千数养于鸡坊，选六军小儿五百人使驯扰教饲。"

⑤ 酒肉堆：《史记·殷本纪》载殷纣王"大聚乐戏于沙丘，以酒为池，悬肉为林"。

⑥ "胡兵"句：指安史之乱爆发。白居易《长恨歌》："渔阳鼙
鼓动地来，惊破霓裳羽衣曲。"胡兵，指安、史叛军。安禄山、
史思明均为胡人。

⑦ 奸雄才：奸诈雄强之才。《荀子·非相篇》："听其言则辞辩
而无统……足以为奇伟偃却之属，夫是之谓奸人之雄。"《汉
书·王贡两龚鲍传》："方阳侯孙宠、宜陵侯息夫躬，辩足以
移众，强可用独立，奸人之雄。"《三国志·魏书·武帝纪》
裴松之注引孙盛《异同杂语》载许子将（攸）称曹操为"治世
之能臣，乱世之奸雄"。

⑧ "勤政楼"句：勤政楼，即勤政务本之楼，在兴庆宫。《旧唐书·睿
宗诸子列传》："玄宗于兴庆宫西、南置楼，西面题曰'花萼
相辉之楼'，南面题曰'勤政务本之楼'。玄宗时登楼，闻诸
王音乐之声，咸召登楼，同榻宴谑。"李白《古风》"西上莲
花山"："俯视洛阳川，茫茫走胡兵。"

⑨ "珠翠"句：指安、史叛军抢掠宫中金玉珠宝。《资治通鉴》
卷二百十八载天宝十五载六月，潼关失守，唐玄宗率杨国忠、
韦见素及杨贵妃等仓皇奔蜀，"王公士民四出逃窜山谷，细民
争入宫禁及王公第舍盗取金宝，或乘驴上殿，又焚左藏大盈库"。
后安禄山叛军入长安，"日夜纵酒，专以声色宝贿为事"。"禄

山闻向日百姓乘乱多盗库物。既得长安，命大索三日，并其私财尽掠之。"韦庄《秦妇吟》述唐末黄巢起义军攻占长安："内库烧为锦绣灰，天街踏尽公卿骨。"

⑩ 披靡：溃败。《史记·项羽本纪》："于是项王大呼驰下，汉军皆披靡。"

⑪ "传置"句：《新唐书·杨贵妃传》："妃嗜荔支，必欲生致之。乃置骑传送走数千里，味未变已至京师。"杜甫《病橘》："忆昔南海使，奔腾献荔支。百马死山谷，到今耆旧悲。"李肇《唐国史补》卷上："杨贵妃生于蜀，好食荔枝。南海所生尤胜蜀者，故每岁飞驰以进。"

⑫ "尧功"句：唐尧、虞舜，古史传说中的圣明君王。《周易·系辞下》："黄帝尧舜，垂衣裳而天下治。"

⑬ 区区纪文字：详细记载于文字。

⑭ 著碑铭德：撰写碑文铭记功德。

⑮ "子仪"句：言郭子仪、李光弼之间坦诚无猜疑。子仪，指郭子仪（697—781），华州郑县（治所在今陕西华县）人。光弼，指李光弼（708—764），营州柳城（今辽宁朝阳）人，契丹族。二人均为平定安、史叛乱之功臣。《新唐书·郭子仪传》载："子仪事上诚，御下恕，赏罚必信。遭幸臣程元振、鱼朝恩短毁，

方时多虞，握兵处外，然诏至即日就道，无纤介顾望，故谗间不行。"《李光弼传》载其为鱼朝恩、程元振所忌恨。"吐蕃寇京师，代宗诏入援，光弼畏祸，迁延不敢行。及帝幸陕，犹倚以为重，数存问其母，以解嫌疑。帝还长安，因拜东都留守，察其去就。……光弼用兵，谋定而后战，能以少覆众。治师训整，天下服其威名，军中指顾，诸将不敢仰视。初与郭子仪齐名，世称'李郭'，而战功推为中兴第一。"

⑯ "天心"句：上天悔悟，乱平民欢。此指平定安史之乱。元结《大唐中兴颂》："天将昌唐，繄晓我皇。"《旧唐书·玄宗本纪下》载至德元年八月，玄宗下罪己诏云："朕以薄德，嗣守神器。每乾乾惕厉，勤念生灵。一物失所，无忘罪己。聿来四纪，人亦小康。推心于人，不疑于物。而奸臣凶竖，弃义背恩，割剥黎元，扰乱区夏，皆朕不明之过也。今巡抚巴蜀，训厉师徒，仍令太子诸王，搜兵重镇，诛夷凶丑，以谢昊穹。思与群臣，重弘理道，可大赦天下。"《肃宗本纪》载其即位灵武，下制有云"乃者羯胡乱常，京阙失守，天未悔祸，群凶尚扇"。《左传》隐公十一年："郑伯使许大夫百里奉许叔以居许东偏，曰：'天祸许国，鬼神实不逞于许君，而假手于我寡人以讨许。……吾子其奉许叔以抚柔此民也。吾将使获也佐吾子。若寡人得没

于地以寿终，天其以礼悔祸于许，无宁兹许公复奉其社稷。'"
杜预注："言天加礼于许而悔祸之。"

⑰"夏为"句：言夏桀之亡国，为殷商之鉴，后世当深以为戒。"夏为殷鉴"，一作"夏商有鉴"。《诗经·大雅·荡》："殷鉴不远，在夏后之世。"郑玄笺："此言殷之明镜不远也，近在夏后之世，谓汤诛桀也。后武王诛纣，今之王者何以不用为戒。"

⑱简策汗青：指文献史料。简策，即简册，竹简编为册，指典籍。汗青，本指烘烤青竹去其水分，制成竹简以供书写，可免虫蛀。后代指史册。《太平御览》卷六百六引《风俗通》曰："刘向《别录》：'杀青者，宜治竹作简书之耳。'新竹有汁，善朽蠹，凡作简者皆于火上炙干之。陈、楚间谓之汗，汗者，去其汁也。吴、越曰杀，亦治也。"

⑲"君不见"二句：张说（667—730），字道济，一字说之。原籍范阳（治所在今河北涿县），家居洛阳。唐玄宗开元间官至右丞相，尚书左仆射，封燕国公。与苏颋（封许国公）俱以骈文名世，并称"燕许大手笔"。《新唐书》本传载："说敦气节，立然许，喜推藉后进，于君臣朋友大义甚笃。帝（玄宗）在东宫，所与秘谋密计甚众。后卒为宗臣，朝廷大述作多出其手。帝好文辞，有所为必使视草。善用人之长，多引天下知名士以

佐佑王化，粉泽典章，成一王法。天子尊尚经术，开馆置学士，修太宗之政，皆说倡之。"姚崇（650—721），本名元崇，又易名元之，陕州硖石（治所在今河南三门峡市）人。唐玄宗开元间名相，与宋璟并称"姚宋"。《太平广记》卷一百七十引《明皇杂录》载："姚元崇与张说同为宰辅，颇怀疑阻，屡以事相侵。张衔之颇切。姚既病，诫诸子曰：'张丞相与吾不叶，衅隙甚深。然其人少怀奢侈，尤好服玩。吾身殁之后，以吾尝同僚，当来吊。汝其盛陈吾平生服玩宝带重器罗列于帐前。若不顾，汝速计家事，举族无类矣。目此，吾属无所虞。便当录其玩用致于张公，仍以神道碑为请。既获其文，登时便写进，仍先砻石以待之，便令镌刻。张丞相见事迟于我，数日之后必当悔。若却征碑文，以刊削为辞，当引使视其镌刻，仍告以闻上讫。'姚既殁，张果至，目其玩服三四。姚氏诸孤悉如教诫。不数日，文成，叙述该详，时为极笔。其略曰：'八柱承天，高明之位列；四时成岁，亭毒之功存。'后数日，果使使取文本，以为词未周密，欲重加删改。姚氏诸子乃引使者示其碑，仍告以奏御。使者复命。悔恨拊膺曰：'死姚崇犹能算生张说，吾今日方知才之不及也远矣。"

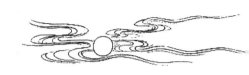

译文

五十年帝业逝如闪电，
华清宫里花笑柳依依，
咸阳道边芳草萋萋。
五坊供奉尽是斗鸡小儿，
酒肉堆中不觉年华渐逝。
安、史叛军忽从天降，
叛逆胡贼亦是奸雄才。
勤政楼前胡马奔驰，
掠尽珠宝香染尘埃。
何为交战便溃败？
传送荔枝马尽死。

圣君功德高大本如天，
何用详细载录在文字。
立碑铭德真乃太卑俗，
遂令鬼工神匠刻山崖。
子仪、光弼心无猜疑，
天心悔过止祸人心开。
夏为殷鉴当作后世戒，
书史典籍如今都存在。
君不见当年张说最称机智，
活着却遭临死之姚崇算计。

赏析

元结亲历安史之乱，其《大唐中兴颂》旨在颂赞唐肃宗及其忠臣烈士平定叛乱、中兴唐室之大功，其痛斥"孽臣奸骄，为昏为妖。边将骋兵，毒乱国经""百僚窜身，奉贼称臣"，悲悯"群生失宁"，均为衬垫之笔，突显平乱中兴之盛德大业可歌可颂，堪当刻之金石，传之万年。此乃颂体之当然。三百多年后的张耒读此颂碑，感慨废兴而外，尤能客观冷静地重温历史，拈出潼关失守、玄宗幸蜀、马嵬兵变、郭子仪收复二京等关键史实，再现平乱中兴之历程，"玉环妖血无人扫""潼关战骨高于山""郭公凛凛英雄才"等笔调，褒贬寄寓其中。李清照和诗二首，确如周辉《清波杂志》卷八所言"深有思致"。较比张耒原诗，本诗可谓承其话题而别具识见，大略体现在三点：其一，言及安史之乱，"华清花柳""五坊供奉斗鸡儿，酒肉堆中不知老""何为出战辄披靡，传置荔枝多马死"等诗句，揭示了唐玄宗宠幸杨贵妃、奢靡享乐乃导致安史叛乱之根源；"胡兵忽自天上来，逆胡亦是奸雄才。勤政楼前走胡马，珠翠踏尽香尘埃"，描述了安史叛军攻占长安，均较张耒原诗直率深切。其二，言及《中兴颂》碑，则谓唐肃宗中兴之功德如天大，无须载诸文字、铭之碑石："著碑铭德真陋哉，乃令神鬼磨山崖。"此与张耒原诗意趣迥别。其三，"子仪光弼不自猜"以下六句，意谓平乱中兴之功成，端赖君臣、臣僚间同心合德，其中"夏为殷鉴当深戒"寓有借古讽今的意味，乃有感于北宋政坛之党争而发。此为张耒原诗所未及。

全诗脉络清晰，层次分明，笔调率直，寓意切实。

其

二

君不见惊人废兴传天宝①，中兴碑②上今生草。不知负国有奸雄③，但说成功尊国老④。谁令妃子天上来，虢秦韩国皆天才⑤。花桑羯鼓玉方响，春风不敢生尘埃⑥。姓名谁复知安史⑦，健儿猛将安眠死⑧。去天尺五抱瓮峰，峰头凿出开元字⑨。时移势去真可哀⑩，奸人心丑深如崖⑪。西蜀万里尚能反⑫，南内一闭何时开⑬。可怜孝德如天大⑭，反使将军称好在⑮。呜呼，奴辈乃不能道辅国用事张后尊⑯，乃能念春荠长安作斤卖⑰。

注释

① "君不见"句：指唐玄宗天宝年间，朝政转衰，终致安、史起兵叛乱，攻陷京城。玄宗西幸，肃宗即位，收复二京，平定叛乱，唐室中兴。《旧唐书·玄宗纪》下："自天宝已还，小人道长，如山有朽坏，虽大必亏；木有蠹虫，其荣易落。以百口百心之谗谄，蔽两目两耳之聪明，苟非铁肠石心，安得不惑？而献可替否，靡闻姚、宋之言；妒贤害功，但有甫、忠之奏。豪猾因兹而睥睨，明哲于是乎卷怀。故禄山之徒，得行其伪；厉阶之作，匪降自天。谋之不臧，前功并弃，惜哉！"

② 中兴碑：指唐元结所撰、颜真卿所书《大唐中兴颂》碑，大历六年（771）刻于浯溪崖壁。

③ 奸雄：指叛乱祸国之安禄山、史思明等。前诗有云"逆胡亦是奸雄才"。

④ "但说"句：国老，国之重臣元老。此指平乱功臣郭子仪、李光弼。据《旧唐书》本传，郭子仪官至太尉兼中书令，封汾阳郡王，德宗尊为"尚父"，诏曰："功至大而不伐，身处高而更安。尚父比吕望之名，为师增周公之位。……以公柱石四朝，藩翰

万里，忠贞悬于日月，宠遇冠于人臣。尊其元老，加以崇号。"李光弼"宝应元年（762）进封临淮王，赐铁券，图形凌烟阁"。元结《大唐中兴颂》："功劳位尊，忠烈名存，泽流子孙。"

⑤ "谁令"二句：妃子，指杨贵妃（719—756），小字玉环，蒲州永乐（治所在今山西芮城）人。蜀州司户参军杨玄琰之女。资质丰艳，善歌舞，通音律。始为玄宗子寿王李瑁妃，后玄宗纳之，天宝四载（745）进册贵妃。十五载（756）六月，安、史叛军破潼关，进逼长安，玄宗等西逃至马嵬坡（在今陕西兴平市马嵬镇），为禁军所迫，赐贵妃自缢而死。《旧唐书》本传载其"有姊三人，皆有才貌。玄宗并封国夫人之号：长曰大姨，封韩国；三姨，封虢国；八姨，封秦国。并承恩泽，出入宫掖，势倾天下"。韩国、秦国夫人被杀于马嵬坡，虢国夫人逃至陈仓（今陕西宝鸡市）被杀。

⑥ "花桑"二句：言花桑羯鼓、方响声曲明净嘹亮。花桑羯鼓，打击乐器，状如漆桶，山桑木为之，"下有小牙床承之。击用两杖，其声喏杀鸣烈，尤宜促曲急破，战杖连碎之声，又宜高楼晚景，明月清风，破空透远，特异众乐"。唐玄宗"洞晓音律"，"尤爱羯鼓、玉笛，常云'八音之领袖'"，自制羯鼓曲《春光好》，曾于"宿雨初晴，景色明丽""柳杏将吐"之时，

命人临轩演奏，"及顾柳杏，皆已发拆"；又作《秋风高》，"每至秋空迥彻，纤翳不起，即奏之，必远风徐来，庭叶随下。其曲绝妙入神，例皆如此"（南卓《羯鼓录》）。方响，打击乐器。《文献通考》卷一百三十四《乐考七》"金之属胡部"："梁有铜磬，盖今方响之类也。方响以铁为之，修八寸，广二寸，圆上方下，架如磬而不设业，倚于架上以代钟磬。"乐史《杨太真外传》卷上载唐玄宗作《紫云回》《凌波曲》二曲，"就按于清元小殿，宁王吹玉笛，上羯鼓，妃琵琶，马仙期方响，李龟年觱篥，张野狐箜篌，贺怀智拍，自旦至午，欢洽异常。时唯妃女弟秦国夫人端坐观之"。

⑦"姓名"句：意谓唐玄宗宫中歌舞行乐，无人留意安禄山、史思明。

⑧"健儿"句：言为国平乱而死去的将士安眠于九泉。

⑨"去天"二句：去天尺五，借用唐时俚语"城南韦杜，去天尺五"，极言其高。杜甫《赠韦七赞善》"时论同归尺五天"自注："俚语曰：城南韦杜，去天尺五。"抱瓮峰，指华山瓮肚峰。郑綮《开天传信记》："华岳云台观中方之上有山崛起，半瓮之状，名曰瓮肚峰。上赏望，嘉其高迥，欲于峰腹大凿'开元'二字，填以白石，令百余里望见。谏官上言，乃止。"

⑩"时移"句：言唐玄宗还京后处境堪悲。史载玄宗还京初居兴

庆宫，后因李辅国谗言矫诏，移居西内甘露殿，“侍卫才数十，皆尪老。……自是太上皇怏怏不豫，至弃天下”（《新唐书·李辅国传》）。

⑪“奸人”句：言李林甫、李辅国等奸诈阴险。《新唐书》本传载李林甫“性阴密，忍诛杀，不见喜怒。面柔令，初若可亲，既崖穽深阻，卒不可得也。公卿不由其门而进必被罪徙，附离者虽小人且为引重”；李辅国“貌儜陋”，“能随事龊龊谨密，取人主亲信，而内深贼未敢肆”。

⑫“西蜀”句：言玄宗幸蜀返京。史载天宝十五载六月，安史叛军破潼关，玄宗西逃入蜀，次年十二月返京。旧题李浚《松窗杂录》：“玄宗幸东都，偶因秋霁，与一行师共登天宫寺阁临眺，久之，上遐顾凄然，发叹数四，谓一行曰：‘吾甲子得终，吾无患乎？’一行进曰：‘陛下行幸万里，圣祚无疆。’及西行初至成都，前望大桥，上举鞭问左右曰：‘是桥何名？’节度使崔圆跃马前进曰：‘万里桥。’上因追叹曰：‘一行之言，今果符之。吾无忧矣。’”李肇《唐国史补》卷上：“蜀郡有万里桥。玄宗至而喜曰：‘吾常自知行地万里则归。’”李吉甫《元和郡县图志》卷三十二《剑南道·成都府》“成都县”：“万里桥，架大江水，在县南八里。蜀使费祎聘吴，诸葛亮祖之，

祎叹曰："万里之路始于此。'桥因以为名。"

⑬"南内"句：南内，即兴庆宫，在大内之南，故称。玄宗幸蜀返京，初居南内。《资治通鉴》卷二百二十一："上皇爱兴庆宫，自蜀归，即居之。"后被李辅国所逼，迁居西内。白居易《长恨歌》："西宫南苑多秋草，宫叶满阶红不扫。"

⑭"可怜"句：言肃宗以孝德称世。《新唐书》本纪称其"性仁孝"；《旧唐书》本纪载其即位灵武，尊玄宗曰"上皇天帝"。"上皇在蜀，每得上表疏，讯其使者，知上涕恋晨省。"后玄宗还京，"上至望贤宫奉迎。上皇御宫南楼，上望楼辟易，下马趋进，楼前再拜，蹈舞称庆。上皇下楼。上匍匐捧上皇足，涕泗呜咽，不能自胜，遂扶侍上皇御殿，亲自进食。自御马以进，上皇上马，又躬揽辔而行，止之后退。上皇曰：'吾享国长久，吾不知贵。见吾子为天子，吾知贵矣。'上乘马前导，自开远门至丹凤门，旗帜烛天，彩棚夹道。士庶舞忭路侧，皆曰：'不图今日再见二圣。'百僚班于含元殿庭。上皇御殿，左相苗晋卿率百辟称贺，人人无不感咽。礼毕，上皇诣长乐殿，谒九庙神主，即日幸兴庆宫。上请归东宫，上皇遣高力士再三慰譬而止"。史臣曰："观其迎上皇于蜀道，陈拜庆于望贤，父子于是感伤，行路为之陨涕。……曾参、孝己，足以拟伦。"曾参，孔子弟子；

孝己，殷高宗武丁之子。二人均以孝名世。

⑮ "反使"句：将军，指宦官高力士（684—762），高州良德（治
所在今广东高州）人。本性冯，宦官高延福养子。开元初为右
监门卫将军，天宝七载累官骠骑大将军。《新唐书》本传云：
"帝或不名而呼将军。"《资治通鉴》卷二百二十一："上皇
爱兴庆宫，自蜀归，即居之。上时自夹城往起居，上皇亦间至
大明宫。左龙武大将军陈玄礼、内侍监高力士久侍卫上皇。上
又命玉真公主、如仙媛、内侍王承恩、魏悦及梨园弟子常娱侍
左右。上皇多御长庆楼，父老过者往往瞻拜呼万岁。上皇常于
楼下置酒食赐之，又尝召将军郭英乂等上楼赐宴。有剑南奏事
官过楼下拜舞，上皇命玉真公主、如仙媛为之作主人。李辅国
素微贱，虽暴贵用事，上皇左右皆轻之。辅国意恨，且欲立奇
功以固其宠，乃言于上曰：'上皇居兴庆宫，日与外人交通，
陈玄礼、高力士谋不利于陛下。今六军将士尽灵武勋臣，皆反
仄不安。臣晓谕不能解，不敢不以闻。'上泣曰：'圣皇慈仁，
岂容有此。'对曰：'上皇固无此意，其如群小何。陛下为天
下主，当为社稷大计消乱于未萌，岂得徇匹夫之孝。且兴庆宫
与闾阎相参，垣墉浅露，非至尊所宜居。大内深严，奉迎居之，
与彼何殊，又得杜绝小人荧惑圣听。如此，上皇享万岁之安，

陛下有三朝之乐，庸何伤乎。'上不听。兴庆宫先有马三百匹。辅国矫敕取之，才留十匹。上皇谓高力士曰：'吾儿为辅国所惑，不得终孝矣。'辅国又令六军将士号哭叩头，请迎上皇居西内。上泣不应，辅国惧。会上不豫，秋七月丁未，辅国矫称上语迎上皇游西内。至睿武门，辅国将射生五百骑露刃遮道，奏曰：'皇帝以兴庆宫湫隘，迎上皇迁居大内。'上皇惊几坠。高力士曰：'李辅国何得无礼。'叱令下马。辅国不得已而下。力士因宣上皇诰曰：'诸将士各好在。'（胡三省注：好在，犹今人言好生，言不得以兵干乘舆也。）将士皆纳刃，再拜万岁。力士又叱辅国与己共执上皇马鞚，侍卫如西内，居甘露殿。辅国帅众而退，所留侍卫兵才尫老数十人。陈玄礼、高力士及旧宫人皆不得留左右。上皇曰：'兴庆宫，吾之王地。吾数以让皇帝，皇帝不受。今日之徙，亦吾志也。'是日辅国与六军大将素服见上请罪。上又迫于诸将，乃劳之曰：'南宫、西内亦复何殊。卿等恐小人荧惑，防微杜渐以安社稷，何所惧也。'刑部尚书颜真卿首帅百僚上表，请问上皇起居。辅国恶之，奏贬蓬州长史。"

⑯"奴辈"句：奴辈，指内侍监高力士，久侍玄宗。李辅国（704—762），本名静忠。天宝中入东宫。《旧唐书》本传载："肃宗即位，擢为太子家令，判元帅府行军司马事，以心腹委之，

仍赐名护国。四方奏事，御前符印军号一以委之。"后改名辅
国。至德二年（757），加开府仪同三司，进封郕国公。"宰
臣百司不时奏事，皆因辅国上决。……府县按鞫，三司制狱，
必诣辅国取决。"张后，指唐肃宗张皇后。《旧唐书》本传载
"皇后宠遇专房，与中官李辅国持权禁中，干预政事，请谒过
当。帝颇不悦，无如之何。"《资治通鉴》卷二百二十二："初，
张后与李辅国相表里，专权用事。"

⑰"乃能"句：高适《感五溪荠菜》："两京作荠卖，五溪无人采。
夷夏虽有殊，气味终不改。"《旧唐书·高力士传》载其为李
辅国所构陷，流放黔中，"至巫州，地多荠而不食，因感伤而
咏之曰：'两京作斤卖，五溪无人采。夷夏虽不同，气味终不
改。'"按此诗又见高适集，题作《感五溪荠菜》，疑高力士
吟高适诗以寄意，然宋人多题作高力士诗。黄庭坚《食笋十韵》：
"尚想高将军，五溪无人采。"

君不见天宝之乱，

唐朝历浩劫而重生世人惊。

如今《中兴颂》碑杂草丛生。

不知祸国罪魁在奸雄，

但知称颂戡乱中兴，

尊奉国之功臣元老。

谁令贵妃如天降，

虢、秦、韩国夫人天赋好才貌。

花桑羯鼓协奏玉方响，

春风拂荡无尘滓。

安、史姓名谁留意？

将士为国捐躯安眠死。

抱瓮峰高耸入云霄，

峰头欲凿"开元"字。

时过境迁真堪哀,

奸臣用心阴险如深崖。

万里幸蜀尚能归,

南内一去不得回。

可叹肃宗孝德大如天,

父皇身陷危急却无奈,

高将军被迫宣诏称"好在"。

呜呼!

张皇后专宠,

李辅国独裁。

内侍竟不能上奏直谏,

只落得谪居黔中,

慨叹长安春荠论斤卖。

赏析

　　此诗为第二首和作，起笔及句法均承张耒原诗之结末"百年废兴增叹慨""君不见"云云，笔墨则落在唐玄宗，慨叹开元、天宝中盛衰兴废（"惊人废兴传天宝""峰头凿出开元字""时移势去真可哀"），立意在奸臣祸国，前言"负国有奸雄"，后再言"奸人心丑深如崖"。此笔此意在宋人题咏《中兴颂》诸多诗作中堪称别具一格。

　　全诗章法上可分作两截，"健儿猛将安眠死"之前揭示天宝之乱、奸雄负国之根源，即"谁令妃子天上来"四句所述唐玄宗与杨贵妃姊妹宫中歌舞行乐，可与前诗"华清花柳""五坊供奉斗鸡儿，酒肉堆中不知老"相辉映，其情状即白居易《长恨歌》所述"天生丽质难自弃，一朝选在君王侧。……春宵苦短日高起，从此君王不早朝。承欢侍宴无闲暇，春从春游夜专夜。……姊妹弟兄皆列土，可怜光彩生门户。……骊宫高处入青云，仙乐风飘处处闻。缓歌慢舞凝丝竹，尽日君王看不足"。君王沉溺享乐，无心朝政，浑然不知安、史蓄谋叛乱。"姓名谁复知安史"呼应"不知负国有奸雄"。"谁令""谁复知"

前后两问，前因后果，颇堪体味。又因"谁复知安史"，故而安、史突发叛乱，朝野仓促无备，官军溃败，"健儿猛将安眠死"。

"去天尺五抱瓮峰"二句提笔重起，"开元"照应"天宝"，合而说尽玄宗在位四十余年之盛衰兴废，"峰头凿出开元字"又与"中兴碑"相映衬。"时移势去"句以下慨叹玄宗还京后境遇堪悲，即被迫自南内迁居西内，凄凉而终（"南内一闭何时开"）。融叙事于怅叹中，亦表达出对个中原由的洞察："奸人心丑深如崖""辅国用事张后尊"，直笔揭示奸人构陷所致；"可怜"二句、"奴辈乃不能道……乃能念"，曲笔暗示肃宗宠幸奸人亦为重要原因。此较黄庭坚《书摩崖碑后》之"内间张后色可否，外间李父颐指挥。南内凄凉几苟活，高将军去事尤危"（南内当为西内），更见笔调委婉而情韵悠长。

分得知字①

学语②三十年，缄口③不求知。谁遣好奇士，相逢说项斯④。

注释

① 分韵赋诗得"知"字韵。

② 学语：陶渊明《和郭主簿》："弱子戏我侧，学语未成音。"刘禹锡《唐故相国赠司空令狐公集纪》谓令狐楚"始学语言，乃协宫徵，故五岁已为诗成章"。

③ 缄口：缄默。《孔子家语》卷三："孔子观周，遂入太祖后稷之庙。庙堂右阶之前有金人焉，三缄其口而铭其背曰：'古之慎言人也。'"

④ "谁遣" 二句: 陆龟蒙《入林屋洞》: "惟君好奇士, 复啸忘情友。" 项斯, 字子迁, 台州乐安（今浙江仙居）人。中唐诗人。早年隐居杭州径山朝阳峰三十余年, 后为杨敬之所称赏, 诗名鹊起, 擢进士第, 官丹徒县尉。李绰《尚书故实》: "杨祭酒敬之爱才公心, 尝知江表之士项斯, 赠诗曰: '处处见诗诗总好, 及观标格过于诗。平生不解藏人善, 到处相逢说项斯。'因此名振, 遂登高科也。"

译文

学会说话已有三十年，
默无声息不求名望。
何来好奇之士，
逢人便为称扬。

赏析

这是一首诗友聚会分韵所作五绝。分韵作诗，多为即席应景之作。大概席间有人称道作者才名远扬，本诗为此回应。前二句自明其志，言三十年来，安静度日，不求闻达。为人所称道而声名传扬，非其所愿，亦非其所料，故云："谁遣好奇士，相逢说项斯。"笔转而意脉贯通。其遣词用语则斟酌得当。客观而言，才华为人所知，有人广为称扬，并非坏事，传扬称道者亦属好意，作者遂以"爱才公心"之杨敬之称扬项斯一事相拟，以"好奇士"指称为己扬名者，非褒非贬。

诗作笔调言语间透出自信自得自足之情怀。腹有才华，缄口不言，自有传者，声名自扬。王灼称易安"自少年便有诗名，才力华赡，逼近前辈，在士大夫中已不多得，若本朝妇人当推词采第一"（《碧鸡漫志》卷二），朱弁谓其"善属文，于诗尤工。晁无咎多对士大夫称之"（《风月堂诗话》卷上）。或谓诗中"好奇士"即指晁无咎等人。按诗云"学语三十年"，乃三十余岁所作，时晁无咎已去世数年。所谓"好奇士"当另有所指。

感怀

　　宣和辛丑八月十日到莱①，独坐一室，平生所见，皆不在目前。几上有《礼韵》②，因信手开之，约以所开为韵作诗。偶得"子"字，因以为韵，作《感怀》诗云。

　　寒窗败几无书史，公路可怜合至此③。青州从事孔方君④，终日纷纷喜生事⑤。作诗谢绝聊闭门，燕寝⑥凝香有佳思。静中我乃得至交，乌有先生子虚子⑦。

注释

① "宣和"句：宣和辛丑，即宋徽宗宣和三年（1121）。莱，莱州，治所在今山东莱州市。

②《礼韵》：指《礼部韵略》。陈振孙《直斋书录解题》卷三："《礼部韵略》五卷、《条式》一卷，雍熙殿中丞丘雍景德、龙图阁待制戚纶所定，景祐知制诰丁度重修，元祐太学博士增补。其曰'略'者，举子诗赋所常用，盖字书声韵之略也。"

③ "公路"句：袁术（？—199），字公路，汝南汝阳（治所在在今河南商水）人。《三国志·魏书·袁术传》裴松之注引《吴书》载："术既为雷薄等所拒，留住三日，士众绝粮，乃还至江亭，去寿春八十里。问厨下，尚有麦屑三十斛。时盛暑，欲得蜜浆，又无蜜。坐棂床上叹息良久，乃大咤曰：'袁术至于此乎！'因顿伏床下，呕血斗余而死。"

④ "青州"句：青州从事，指美酒。孔方兄，指钱币。《世说新语·术解》："桓公有主簿，善别酒，有酒辄令先尝。好者谓青州从事，恶者谓平原督邮。青州有齐郡，平原有鬲县。从事言到脐，督邮言在鬲上住。"《汉书·食货志》"钱圜函方"注：

"孟康曰：外圆而内孔方。"《晋书·鲁褒传》载其《钱神论》：
"钱之为体，有乾坤之象，内则其方，外则其圆。……为世神宝，
亲之如兄，字曰孔方。"

⑤生事：指带来交游应酬等俗事。

⑥燕寝：原指帝王正寝之外的寝宫。后亦指郡斋或泛言闲居之所。
韦应物《郡斋雨中与诸文士燕集》："兵卫森画戟，燕寝凝清香。"

⑦"乌有"句：司马相如《子虚赋》中的两个虚构人物。《史记·司
马相如列传》："相如以'子虚'，虚言也，为楚称。'乌有先生'
者，乌有此事也，为齐难。"

译文

　　宣和辛丑年八月十日来到莱州，独坐一室，平生所见都不在眼前。桌上有一本《礼部韵略》，便随手翻开，约定用翻到的字为韵作诗。偶然翻得"子"字，遂以为韵，作《感怀》诗。

　　寒窗败几，

　　一无书史可读，

　　堪悲袁术哀叹何至此！

　　金钱美酒相伴，

　　终日忙乱多俗事。

　　闭门谢客屏居，

　　吟诗赋词聊度日。

　　闲居清香弥漫，

　　思绪意趣称佳妙。

　　静处沉思默想，

　　子虚、乌有我至交。

赏析

宋徽宗宣和三年（1121）八月，诗人来到夫君赵明诚的任所莱州，结束了夫妻屏居青州十余年金石书史为乐的生活。如今郡斋居室空无所有，独坐寒窗，感怀赋诗。其旨趣在身居清贫而心境坦然。起笔点明客观境遇：所居破败简陋（"寒窗败几"），平生所好眼中全无（"无书史"）。此境令诗人想起汉末袁术兵败途穷，欲往依青州刺史袁谭，道中绝粮，悲叹："袁术至于此乎！"呕血而亡（见《三国志·魏书·袁术传》裴松之注引《吴书》）。诗中谓其"可怜合至此"，盖叹其不善处穷，该当有此可悲结局。接下两联即从正、反两端言其处困顿而心泰然。"青州"一联笔调反转，言金钱美酒之弊，即令人终日俗事缠身，不得清静。"作诗"一联，正笔言独享清贫之妙，即闭门谢客，清香缭绕，作诗赋词，佳思萦怀。尾联借"子虚""乌有"两个虚构人物，自嘲闲居无友。笔调轻松谐谑，又以其字面之义呼应起句。陈善《扪虱新话》卷七："山谷尝言作诗正如作杂剧，初如布置，临了须打诨方是出场。予谓杂剧出场谁不打诨，只难得切题可笑也。"本诗堪称出场打诨而又切题。

乌江①

生当作人杰，死亦为鬼雄②。至今思项羽，不肯过江东③。

注释

① 乌江：在今安徽和县乌江镇。

② "生当"二句：《史记·高祖本纪》载刘邦语："夫运筹策帷帐之中，决胜于千里之外，吾不如子房；镇国家，抚百姓，给馈饷饟，不绝粮道，吾不如萧何；连百万之军，战必胜，攻必取，吾不如韩信。此三者，皆人杰也。"《楚辞·九歌·国殇》："身既死兮神以灵，子魂魄兮为鬼雄。"王逸章句："言国殇既死之后，精神强壮，魂魄武毅，长为百鬼之雄杰也。"

③ "至今"二句：项羽（前232—前202），名籍，秦朝下相（治所在今江苏宿迁）人。举兵灭秦，自立为西楚霸王。后与刘邦

争雄天下，败于垓下（在今安徽固镇县东北），至乌江自杀而亡。《史记·项羽本纪》载其败至乌江，"乌江亭长舣船待，谓项王曰：'江东虽小，地方千里，众数十万人，亦足王也。愿大王急渡，今独臣有船。汉军至，无以渡。'项王笑曰：'天之亡我，我何渡为？且籍与江东子弟八千人渡江而西，今无一人还。纵江东父兄怜而王我，我何面目见之？纵彼不言，籍独不愧于心乎？'乃谓亭长曰：'吾知公长者，吾骑此马五岁，所当无敌，尝一日行千里，不忍杀之，以赐公。'乃令骑皆下马步行，持短兵接战。独籍所杀汉军数百人。项王身亦被十余创，顾见汉骑司马吕马童曰：'若非吾故人乎？'马童面之，指王翳曰：'此项王也。'项王乃曰：'吾闻汉购我头千金，邑万户，吾为若德。'乃自刎而死"。

译文

生前当作人间豪杰，
死后亦为鬼中英雄。
至今思慕项羽，
不肯返归江东。

赏析

　　据诗人《金石录后序》自述，建炎三年（1129）三月，与夫君赵明诚自建康"具舟上芜湖，入姑孰，将卜居赣水上。夏五月，至池阳，被旨知湖州，过阙上殿。遂驻家池阳，独赴召。……至行在，病痁。七月末，书报卧病。余惊怛，念侯性素急，奈何！病痁或热，必服寒药，疾可忧。遂解舟下，一日夜行三百里"。乌江在今安徽和县，为建康至姑孰（今安徽当涂）途经之地。诗人于建炎三年往返两次途经乌江，按其情形，本诗当作于自建康往池阳（今安徽池州）途中，时在四、五月间。

　　这是一首怀古诗作。乌江为当年项羽兵败自刎之地，后世建庙立亭为祀，文人墨客多有题咏，其立意多关涉项羽不肯渡江之举。如李德裕《项王亭赋》序云："舣舟不渡，留骓报德，亦可谓知命矣。"胡曾《乌江》云："乌江不是无船渡，耻向东吴再起兵。"所谓"知命""耻向东吴再起兵"，乃本于项羽自言"天之亡我，我何渡为？……纵江东父兄怜而王我，我何面目见之？纵彼不言，籍独不愧于心乎？"（《史记·项羽本纪》）杜牧则作翻案之说："胜败兵家事不期，包羞忍耻是男儿。江东子弟多才俊，卷土重来未可知。"（《题乌江亭》）

王安石又作驳正："百战疲劳壮士哀，中原一败势难回。江东子弟今虽在，肯与君王卷土来。"（《乌江亭》）这些诗赋均非作于乱离之世，止于就史言史。李清照此诗则不然，乃作于金兵南侵、家国沦陷、南渡避难途中，故而从项羽"不肯过江东"感受到的是英雄豪杰的悲壮之举，即"生当作人杰，死亦为鬼雄"。生为人杰，堪当项羽短暂一生的精当评断，如李白所称"项王气盖世，紫电明双瞳。呼吸八千人，横行起江东。赤精斩白帝，叱咤入关中"（《登广武古战场怀古》），李德裕谓"自汤、武以干戈创业，后之英雄莫高项氏"（《项王亭赋》序）。"死为鬼雄"则展现了项羽面对死亡壮烈无畏的襟怀。史载其垓下突围至东城（治所在今安徽定远县），"乃有二十八骑，汉骑追者数千人。项王自度不得脱。……乃分其骑以为四队，四向。汉军围之数重。……项王大呼驰下，汉军皆披靡。遂斩汉一将。是时赤泉侯为骑将，追项王。项王瞋目而叱之，赤泉侯人马俱惊，辟易数里。与其骑会为三处。汉军不知项王所在，乃分军为三，复围之。项王乃驰，复斩汉一都尉，杀数十百人。……于是项王乃欲东渡乌江"。然想到"与江东子弟八千人渡江而西，今无一人还"，遂不肯渡江，以所骑千里马赠乌江亭长，持短兵接战，复杀汉军数百人，身被十余创，自刎而死。（《史记·项羽本纪》)此番从"自度不得脱"至乌江自刎前的举止,足当"死亦为鬼雄"。

"生作人杰,死为鬼雄",括尽项羽之生死。诗言"当作""亦为",则与下句"思"字意脉贯通。"思"兼有寻思、思慕之意,寻思项羽何以"不肯过江东"。史载项羽从"欲东渡乌江"到不肯渡江,其转变缘由有二:一则坦然认命,所谓"天之亡我,我何渡为!"二则自愧无颜见江东父老。此二端前人题咏均有言及。李清照则从项羽"不肯过江东"之举寻思出"生当作人杰,死亦为鬼雄"之生死观,对项羽心生思慕敬仰之情,思慕中显露出对此生死观的赞赏认同。这实可视作保家卫国之时代强音,亦彰显出诗人堪当女中豪杰之情怀。

从诗作构思脉络看,诗人途经乌江,遥想当年项羽"不肯过江东",思古而抚今,愤然呼号,故而落笔即突兀而起,直抒心声,先声夺人。其行笔章法乃逆构思脉络而成,格局宏阔,有以今摄古之气势,项羽之行事反成诗人壮言之佐证。句法上,前二句对仗工整,庄重有力;后二句非工对,但有流水对之效,灵动而有余味。短短二十字的五绝,笔调错落而有致,境界高远而切实,古今相融,情理兼得,堪为怀古之绝作。

晓梦

　　晓梦随疏钟，飘然蹑云霞①。因缘安期生②，邂逅萼绿华③。秋风正无赖④，吹尽玉井花⑤。共看藕如船⑥，同食枣如瓜⑦。翩翩坐上客，意妙语亦佳。嘲辞斗诡辨，活火分新茶⑧。虽非助帝功⑨，其乐莫可涯⑩。人生能如此，何必归故家。起来敛衣坐，掩耳厌喧哗。心知不可见，念念犹咨嗟。

注释

① "飘然"句：蹑，踩。李白《古风》其十九："西上莲花山，迢迢见明星。素手把芙蓉，虚步蹑太清。霓裳曳广带，飘拂升天行。"

②"因缘"句：因缘，结缘。安期生，琅琊阜乡（今山东胶南）人，先秦方士。《史记·乐毅传》称其学于河上丈人，数传至汉相国曹参。旧题刘向《列仙传》卷上"安期先生"条载其"卖药于东海边，时人皆言千岁翁。秦始皇东游，请见，与语三日三夜，赐金璧，度数千万。出于阜乡亭，皆置去，留书以赤玉舃一双为报，曰：'后数年求我于蓬莱山。'始皇即遣使者徐市、木卢生等数百人入海，未至蓬莱山，辄逢风波而还。立祠阜乡亭海边十数处云"。

③萼绿华：传说中的仙女。陶弘景《真诰》卷一："萼绿华者，自云是南山人，不知是何山也。女子年可二十上下，青衣，颜色绝整，以升平三年十一月十日夜降羊权。自此往来，一月之中辄六过来耳。云本姓杨，赠权诗一篇，并致火澣布手巾一枚，金玉条脱各一枚。条脱似指环而大，异常精好。神女语权：'君慎勿泄我，泄我则彼此获罪。'访问此人，云是九嶷山中得道女罗郁也。宿命时曾为师母毒杀乳妇，玄洲以先罪未灭，故令谪降于臭浊，以偿其过。与权尸解药，今在湘东山。此女已九百岁矣。"

④"秋风"句：无赖，撒泼放肆。李山甫《柳》："无赖秋风斗觉寒，万条烟罩一时干。"

⑤ 玉井花：井里莲花。玉井，井之美称。李觏《和王刑部游仙都观》："几函道藏金壶墨，一片秋容玉井花。"

⑥ 藕如船：韩愈《古意》："太华峰头玉井莲，开花十丈藕如船。"

⑦ "同食"句：《史记·封禅书》载李少君自称"尝游海上见安期生。安期生食巨枣，大如瓜"。

⑧ "活火"句：赵璘《因话录》卷二载李约"约天性惟嗜茶，能自煎，谓人曰：'茶须缓火炙，活火煎。'活火，谓炭火之焰者也。"苏轼《试院煎茶》："君不见昔时李生好客手自煎，贵从活火发新泉。"分新茶，煎新茶时搅动茶汤使水纹变幻出各种物象。见《山花子》（病起萧萧两鬓华）注③。

⑨ 帝功：帝王功业。《吕氏春秋·仲夏纪》"古乐"条载"昔葛天氏之乐，三人操牛尾，投足以歌八阕：……六曰达帝功"。班固《东都赋》："分州土，立市朝，作舟舆，造器械，斯乃轩辕氏之所以开帝功也。"

⑩ "其乐"句：其乐无穷。孟郊《同年春宴》："郁抑忽已尽，亲朋乐无涯。"黄庶《灵井》："瓮盎日夜至，长满莫可涯。"

译文

断续钟声晓梦飞，
飘然漫步在云霞。
结缘仙人安期生，
偶遇仙女萼绿华。
秋风放肆劲吹，
落尽玉井莲花。
共赏仙藕如船，
同食仙枣如瓜。
风度翩翩坐上仙，
妙语如珠意趣佳。

讥嘲诡辩相交锋，
活火煎煮分新茶。
虽非辅佐帝王功，
欢赏清谈乐无涯。
人生能得此乐土，
何必还乡归故家。
起身整衣默坐，
掩耳厌倦喧哗。
心知梦境不可见，
念念不忘复叹嗟。

日晚倦梳头
——李清照选集

赏析

这是一首梦游仙境诗作。诗从入梦起笔，至"活火分新茶"句，描述梦魂伴随断续稀疏的钟声，飘飘然漫步云霞，结缘仙人，一同观赏秋风吹尽莲花后的如船仙藕，品尝硕大如瓜的仙枣，倾听仙客妙语交锋，高义纷呈。"虽非助帝功"四句，收束梦中仙境。前二句言其乐无穷；后二句承上，叹其令人乐不思蜀。结末"起来敛衣坐"四句叙写梦醒后的举止情态：晓梦惊断，起身默坐，窗外喧哗，掩耳不闻，梦境难忘，心中念念，嗟叹怅然。

全诗二十句，每四句为一层次，前十六句写梦境，末四句言梦醒，章法脉络清晰。诗中"虽非助帝功""何必归故家"二句透露时局，当作于南渡避难期间。诗中所述亦非琼楼玉宇、不食人间烟火之境，秋风劲吹，莲花凋尽，相聚游赏，食枣品茶，谈锋交织，妙语如珠，雅意纷呈，全然为升平时代文人雅士之秋日欢会场景。究其旨趣，诗人盖借梦中仙境寄寓超脱现实悲苦之心愿，亦如其词作《渔家傲》(天接云涛连晓雾)中"篷舟吹取三山去"。末尾"心知不可见"二句则走出梦幻，面对现实，心虽念念，终归于对悲辛时世之嗟叹。

上枢密韩公工部尚书胡公并序①

绍兴癸丑②五月，枢密韩公、工部尚书胡公使虏，通两宫③也。有易安室④者，父、祖皆出韩公门下⑤，今家世沦替⑥，子姓⑦寒微，不敢望公之车尘⑧。又贫病，但神明⑨未衰落。见此大号令⑩，不能忘言，作古、律诗各一章，以寄区区⑪之意，以待采诗者云。

三年夏六月，天子视朝⑫久。凝旒望南云⑬，垂衣思北狩⑭。如闻帝若曰⑮，岳牧与群后⑯。贤宁无半千⑰，运已过阳九⑱。勿勒燕然铭⑲，勿种金城柳⑳。岂无纯孝臣㉑，识此霜露悲㉒。何必羹舍肉㉓，便可车载脂㉔。土地非所惜，玉帛如尘泥。谁当可将命㉕，币厚辞益卑。四岳佥曰俞㉖，臣下帝所知。中朝第一人㉗，春官有昌黎㉘。身为百夫特㉙，行足万人师。嘉祐与建中㉚，为政有皋夔㉛。匈奴畏王商㉜，吐蕃尊子仪㉝。夷狄已破胆㉞，将命公所宜。公拜手稽首㉟，受命白玉墀㊱。曰臣敢辞难，此亦何等时。家人安足谋，妻子不必辞㊲。愿奉天地灵，愿奉宗庙威㊳。径持紫泥诏㊴，直入黄龙城㊵。单于定稽颡㊶，侍子㊷当来迎。仁君方博信㊸，狂生休请缨㊹。或取犬马血，与结天日盟㊺。胡公清德人所难㊻，谋同德协心志安。脱衣已被汉恩暖㊼，离歌不道易水寒㊽。皇天久阴后土湿㊾，雨势未回风势急。车声辚辚马萧萧(50)，壮士懦夫俱感泣。闾阎嫠妇(51)亦何知，沥血投书干记室(52)。夷虏从来性虎狼，不虞预备(53)庸何伤。衷甲昔时闻楚幕(54)，乘城前日记平凉(55)。葵丘践土(56)非荒城，勿轻谈士弃儒生(57)。露布词成马犹倚(58)，崤函关出鸡未鸣(59)。巧匠何曾弃樗栎(60)，刍荛之言(61)或有益。不乞隋珠与和璧(62)，只乞乡关新信息。灵光虽在应萧条(63)，草中翁仲(64)今何若。遗氓(65)岂尚种桑麻，残虏(66)如闻保城郭。嫠家父祖生齐鲁[67]，位下名高人比数[68]。当年稷下纵谈时[69]，犹记人挥汗如雨[70]。子孙南渡今几年，飘零遂与流人[71]伍。欲将血泪寄山河，去洒东山一抔土[72]。

注释

① 一题作"上枢密韩肖胄诗"。枢密韩公，指韩肖胄（1075—1150），字似夫，相州安阳（今属河南）人。韩琦曾孙。工部尚书胡公，指胡松年（1087—1146），字茂老，海州怀仁（治所在今江苏赣榆）人。李心传《建炎以来系年要录》卷六十五载：绍兴三年五月"丁卯，尚书吏部侍郎韩肖胄为端明殿学士、同签书枢密院事，充大金军前奉表通问使。给事中胡松年试工部尚书，充副使。"

② 绍兴癸丑：即绍兴三年（1133）。

③ 两宫：指靖康之难中被俘入金的宋徽宗、钦宗父子。

④ 易安室：李清照自称。

⑤ "父、祖"句：据黄盛璋《赵明诚李清照夫妇年谱》，此"韩公"指韩琦（1008—1075），字稚圭。肖胄之曾祖。历仕仁、英、

神宗三朝，嘉祐中任枢密使、同中书门下平章事。英宗即位，拜右仆射，封魏国公。《宋史》本传称其"天资朴忠，折节下士，无贵贱，礼之如一。尤以奖拔人才为急，傥公论所与，虽意所不悦，亦收用之，故得人为多"。又韩琦长子忠彦（1038—1109），肖胄之祖。徽宗朝拜相。清照之父李格非或受知于韩忠彦。

⑥沦替：衰落。李白《答高山人兼呈权顾二侯》："延引故乡人，风义未沦替。"

⑦子姓：子孙。《礼记·丧大记》："卿大夫父兄子姓立于东方。"郑玄注："子姓，谓众子孙也。"

⑧"不敢"句：言不敢攀附韩肖胄。《庄子·田子方》："夫子奔逸绝尘。而回瞠若乎后矣。"

⑨神明：神智思虑。《荀子·解蔽篇》："心者，形之君也，而神明之主也。"

⑩大号令：指韩、胡二人使金之诏令。

⑪区区：微小。

⑫视朝：临朝听政。

⑬"凝旒"句：言宋高宗伫望思念亲人。旒（liú），帝王冠冕前后垂挂的玉串。《礼记·玉藻》："天子玉藻，十有二旒。"

望南云，指思念遥望。陆机《思亲赋》："指南云以寄钦，望归风而效诚。"陈岩肖《庚溪诗话》卷上："诗词中多用'南云'。晏元献公《寄远》诗曰：'一纸短书无寄处，数行征雁入南云。'绍兴庚午岁，余为临安秋赴考试官，同舍有举欧阳公长短句诗曰：'雁过南云，行人回泪眼。'因问曰'南云'其义安在。余答曰：尝见江总诗云：'心逐南云去，身随北雁来。故园篱下菊，今日几花开。'恐出于此耳。昔人临歧执别，回首引望，恋恋不忍遽去而形于诗者，如王摩诘云：'车徒望不见，时见起行尘。'欧阳詹云：'高城已不见，况复城中人。'东坡与其弟子由别云：'登高回首坡陇隔，时见乌帽出复没。'或纪行人已远而故人不复可见，语虽不同，其惜别之意则同。"

⑭"垂衣"句：言宋高宗思念被掳入金的徽宗、钦宗。垂衣，指帝王无为而治。此言宋高宗。《周易·系辞下》："黄帝、尧、舜垂衣裳而天下治，盖取诸乾坤。"高适《古歌行》："天子垂衣方晏如，庙堂拱手无余议。"北狩，婉言徽宗、钦宗被俘北去。《孟子·告子下》："天子适诸侯曰巡狩。"

⑮"如闻"句：仿佛闻听皇上如此说。

⑯"岳牧"句：指群臣。岳，指四岳，传说尧帝时掌管四方诸侯的羲仲、羲叔、和仲、和叔。牧，指州牧，一州之长。群后，

指诸侯。《尚书·舜典》："辑五瑞，既月，乃日觐四岳群牧，班瑞于群后。"《尚书·周官》："唐虞稽古，建官惟百。内有百揆四岳，外有州牧侯伯。"

⑰"贤宁"句：言岂无贤才如员半千者。员半千（625—718），原名余庆，字荣期，齐州全节（治所在今山东章丘）人。《新唐书》本传载其少举童子科，为房玄龄所赏。长师王义方，"以迈秀见赏。义方常曰：'五百岁一贤者生，子宜当之。'因改今名。凡举八科皆中"。官至太子右谕德，兼弘文馆学士，封平原郡公。《孟子·公孙丑下》："五百年必有王者兴，其间必有名世者。"

⑱阳九：厄运。古代术数家以四千六百一十七岁为一元，初入元一百零六岁，内有旱灾九年，谓之"阳九"。《汉书·律历志上》："《易九厄》曰：初入元百六，阳九。"注引孟康曰："所谓阳九之厄，百六之会者也。"晋孙惠《谏齐王冏书》："惠以衰亡之余，遭阳九之运，甘矢石之祸，赴大王之义。"

⑲"勿勒"句：《后汉书·窦宪传》载宪、耿秉于稽落山大败匈奴北单于，"遂登燕然山，去塞三千余里，刻石勒功，纪汉威德，令班固作铭"。燕然山，今蒙古国杭爱山。

⑳"勿种"句：《世说新语·言语》载桓温（312—373）北征，

"经金城，见前为琅琊时种柳，皆已十围，慨然曰：'木犹如此，人何以堪！'攀枝执条，泫然流泪"。金城，在今江苏句容市西北，桓温领南琅琊郡镇于此。许嵩《建康实录》卷九载桓温"累迁至琅琊内史。咸康七年（341），出镇江乘之金城。"原注："案图经：金城，吴筑，在今县城东北五十里。中宗初于此立琅琊郡也。"李吉甫《元和郡县志》卷十三"沂州"："自永嘉之后，琅琊陷于胡寇，成帝于丹阳江乘县界别立南琅琊郡。"

㉑"岂无"句：《左传》隐公元年："君子曰：颍考叔，纯孝也。"杜预注："纯，犹笃也。"按《宋史·韩肖胄传》载其"事母以孝闻"。

㉒"识此"句：指感时念亲之凄怆悲慨。《礼记·祭义》："霜露既降，君子履之，必有凄怆之心，非其寒之谓也；春，雨露既濡，君子履之，必有怵惕之心，如将见之。"郑玄注："'非其寒之谓'，谓凄怆及怵惕皆为感时念亲也。"

㉓"何必"句：《左传》隐公元年载郑庄公因其母姜氏与其弟合谋害之，"遂置姜氏于城颍，而誓之曰：'不及黄泉无相见也。'既而悔之。颍考叔为颍谷封人，闻之，有献于公。公赐之食。食舍肉。公问之，对曰：'小人有母，皆尝小人之食矣，未尝君之羹，请以遗之。'"

㉔车载脂：以油脂润滑车轴。载，语词。《诗经·邶风·泉水》："载脂载辖，还车言迈。"杜甫《赤谷》："乱石无改辙，我车已载脂。"

㉕"谁当"句：在主客间传递话语。将命，奉命传话。《论语·宪问》："阙党童子将命。"何晏集解："马曰：阙党之童子将命者，传宾主之语出入。"

㉖"四岳"句：朝臣皆赞同。四岳，概言朝臣。佥，都。俞，叹词，表示允诺。

㉗"中朝"句：韦绚述《刘宾客嘉话录》："卢新州（杞）为相，令李揆入蕃。……揆既至蕃，蕃长问：'唐家有第一人李揆，公是否？'揆曰：'非也，他那个李揆争肯到此。'恐其拘留，以此诬之也。揆门户第一，文学第一，官职第一。"

㉘"春官"句：春官，指礼部。《周礼·春官宗伯》："惟王建国，辨方正位，体国经野，设官分职，以为民极。乃立春官宗伯，使帅其属而掌邦礼，以佐王和邦国。"刘禹锡《宣上人远寄和礼部王侍郎发榜后诗因而继和》："一日声名遍天下，满城桃李属春官。"昌黎，指韩愈。《新唐书》本传载其卒赠礼部尚书。

㉙"身为"句：《诗经·秦风·黄鸟》："维此奄息，百夫之特。"郑玄笺："百夫之中最雄俊也。"

㉚ "嘉祐"句：嘉祐，宋仁宗年号（1056—1063）；建中，即建中靖国，宋徽宗年号（1101）。韩肖胄曾祖韩琦、祖韩忠彦分别于嘉祐、建中靖国年间拜相。

㉛ "为政"句：舜帝时狱官皋陶和乐官夔。此喻韩琦、韩忠彦。

㉜ "匈奴"句：王商，涿郡蠡吾（治所在今河北博野）人。汉成帝时任丞相。《汉书》本传载："为人多质，有威重，长八尺余，身体鸿大，容貌甚过绝人。河平四年（前25），单于来朝，引见白虎殿。丞相商坐未央廷中。单于前拜谒商。商起离席与言，单于仰视商貌，大畏之，迁延却退。天子闻而叹曰：'此真汉相矣。'"

㉝ "吐蕃"句：《新唐书》本传载永泰元年（765），仆固怀恩举兵叛乱，诱使吐蕃、回纥等入关，京师大震。郭子仪"率铠骑二千出入阵中。回纥怪问：'是谓谁？'报曰：'郭令公。'惊曰：'令公存乎？怀恩言天可汗弃天下，令公即世，中国无主，故我从以来。公今存，天可汗存乎？'报曰：'天子万寿。'回纥悟曰：'彼欺我乎。'子仪使谕虏曰：'昔回纥涉万里戡大憝，助复二京。我与若等休戚同之，今乃弃旧好，助叛臣，一何愚！彼背主弃亲，于回纥何有？'回纥曰：'本谓公云亡，不然何以至此。今诚存，我得见乎？'……子仪以数十骑出，

免胄见其大酋曰:'诸君同艰难久矣,何忽亡忠谊而至是邪?'回纥舍兵下马拜曰:'果吾父也。'子仪即召与饮,遗锦彩,结欢誓好如初"。按韩琦、韩忠彦父子颇受戎狄敬畏。《宋史》本传载韩琦"在魏都久,辽使每过移牒必书名,曰:'以韩公在此故也。'忠彦使辽,辽主问知其貌类父,即命工图之。其见重于外国也如此"。

㉞"夷狄"句:言金人已惧怕。夷狄,古称东方部族为夷,北方部族为狄,合称泛指外族,此指金人。"夷狄已",一作"是时已",一作"见时应"。《宋史·韩肖胄传》载"肖胄至金国。金人知其家世,甚重之"。

㉟"公拜"句:跪拜之礼。《尚书·舜典》:"禹拜稽首,让于稷契暨皋陶。"孔安国传:"稽首,首至地,臣事君之礼。"

㊱白玉墀:宫殿前的玉石台阶,代指朝堂。元稹《酬乐天》(题注:"时乐天摄尉,予为拾遗。"):"顾我何为者,翻侍白玉墀。"

㊲"家人"二句:言不必顾虑家人。《宋史·韩肖胄传》载其奉命使金,"将行,母又语之曰:'汝家世受国恩,当受命即行,勿以我老为念。'帝称为贤母,封荣国夫人"。

㊳宗庙威:先祖神威。指韩琦、韩忠彦。

㊴紫泥诏:指紫泥所封之诏书。《太平御览》卷六百八十二引《汉

旧仪》："皇帝六玺……皆以武都紫泥封。"李白《玉壶吟》：
"凤凰初下紫泥诏，谒帝称觞登御筵。"

⑩黄龙城：即黄龙府，金朝都城，在今吉林农安县。《宋史·岳
飞传》："飞大喜，语其下曰：'直抵黄龙府，与诸君痛饮尔。'"

⑪"单于"句：单于，汉代对匈奴君王的称号，此指金主。稽颡：
跪拜礼，以额触地。

⑫侍子：古代属国君长所遣入侍之子。此指金朝太子。

⑬"仁君"句：一作"圣孝定能达"。

⑭"狂生"句："狂生休"，一作"勿复言"。请缨，自请奉命报国。
《汉书·终军传》："南越与汉和亲，乃遣军使南越，说其王，
欲令入朝，比内诸侯。军自请愿受长缨，必羁南越王而致之阙下。
军遂往，说越王。越王听许，请举国内属。天子大说。"

⑮"或取"二句：指歃血指天结盟。《史记·平原君列传》："毛
遂曰：'从定乎？'楚王曰：'定矣。'毛遂谓楚王之左右曰：
'取鸡狗马之血来。'"索隐："盟之所用牲，贵贱不同。天
子用牛及马，诸侯用犬及貑，大夫已下用鸡。今此总言盟之用血，
故云'取鸡狗马之血来'耳。"

⑯"胡公"句：言胡松年品德清正，人所难能。《宋史·胡松年传》："方
秦桧秉政，天下识与不识，率以疑忌置之死地，故士大夫无不

曲意阿附为自安计。松年独鄙之，至死不通一书。世以此高之。”

㊼“脱衣”句：言深受皇恩。《史记·淮阴侯列传》载韩信称“汉王授我上将军印，予我数万众，解衣衣我，推食食我，言听计用，故吾得以至于此”。

㊽“离歌”句：《战国策·燕策三》载荆轲为燕太子丹刺秦王，别于易水（在今河北易县），“高渐离击筑，荆轲和而歌，为变徵之声，士皆垂泪涕泣。又前而为歌曰：‘风萧萧兮易水寒，壮士一去兮不复还。’”

㊾“皇天”句：天阴地湿。皇天、后土，天神地祇，亦指天地。《左传》僖公十五年：“君履后土而戴皇天，皇天后土实闻君之言。”宋玉《九辩》：“皇天淫溢而秋霖兮，后土何时而得干。”

㊿“车声”句：辚辚，车行声。萧萧，马鸣声。杜甫《兵车行》：“车辚辚，马萧萧，行人弓箭各在腰。”

(51)闾阎嫠妇：闾巷寡妇。此为诗人自称。闾阎，里巷内外之门，借指里巷。嫠妇，寡妇。

(52)“沥血”句：言呈诗以示诚心。沥血，滴血表诚心。韩愈《归彭城》：“刳肝以为纸，沥血以书辞。”记室，掌文书表章之官职。始于汉，刘昭《后汉书·百官志一》：“记室令史，主上章表报书记。”宋太宗时诸王府设记室参军。

(53)不虞预备：预防不测。不虞，不测。《左传》桓公十七年："于是齐人侵鲁疆。疆吏来告。公曰：'疆埸之事，慎守其一而备其不虞。'"杜预注："虞，度也。不度，犹不意也。"

(54)"衷甲"句：衷甲，衣内穿甲。《左传》襄公二十七年："辛巳，将盟于宋西门之外，楚人衷甲。"杜预注："甲在衣中，欲因会击晋。"

(55)"乘城"句：乘城，登城。此指伏兵城上。平凉，指平凉川，在今甘肃平凉。《资治通鉴》卷二百三十二载唐德宗贞元三年（787）闰五月，唐与吐蕃曾在此设坛盟会，未作防备，为吐蕃伏兵所劫杀。

(56)葵丘践土：借指宋金会谈之地。葵丘，春秋时宋邑，在今河南民权县。践土，春秋时郑邑，在今河南原阳县。《左传》僖公九年："秋，齐侯盟诸侯于葵丘。"僖公二十八年："五月癸丑，公会晋侯、齐侯、宋公、蔡侯、郑伯、卫子、莒子盟于践土。"

(57)"勿轻"句：《论衡·非韩篇》："官不可废，道不可弃。儒生，道官之吏也，以为无益而废之，是弃道也。"《说日篇》："通人谈士归于难知，不肯辨明。"陶潜《拟古九首》其六："稷下多谈士，指彼决吾疑。"

(58)"露布"句：露布，不封缄之文书，后多指军中文书。封演《封氏闻见记》："露布，捷书之别名也。诸军破贼，则以帛书建诸竿上，谓之露布。盖自汉已来有其名，所以名露布者，谓不封检露而宣布，欲四方速知。"《世说新语·文学》："桓宣武北征，袁虎时从，被责免官。会须露布文，唤袁倚马前令作，手不辍笔，俄得七纸，殊可观。"

⑤⑨"崤函"句：崤函关，函谷关，在今河南灵宝县。崤，亦作"殽"，山名，在今河南西部。贾谊《过秦论》："秦孝公据殽函之固，拥雍州之地。"李善注："韦昭曰：殽谓二殽函，函谷关也。"《史记·孟尝君列传》载孟尝君入秦为相，为人所诬。秦王欲杀之。孟尝君以狐白裘赠秦王宠姬而得脱身，"夜半至函谷关……关法鸡鸣而出客。孟尝君恐追至，客之居下坐者有能为鸡鸣，而鸡齐鸣，遂发传出。出如食顷，秦追果至关，已后孟尝君出，乃还"。

⑥⓪"巧匠"句：《庄子·逍遥游》："惠子谓庄子曰：'吾有大树，人谓之樗。其大本拥肿而不中绳墨，其小枝卷曲而不中规矩，立之涂，匠者不顾。'"樗（chū），即臭椿。《人间世》载匠石称栎为"散木""不材之木"。

⑥①刍荛之言：浅陋之言。刍荛（ráo），割草打柴之人。《诗经·大雅·板》："先民有言，询于刍荛。"毛传："刍荛，薪采者。"

⑥②隋珠与和璧：指珠宝。《淮南子·览冥训》："譬如隋侯之珠、

和氏之璧，得之者富，失之者贫。”许慎注：“隋侯，汉东之国，姬姓诸侯也。隋侯见大蛇伤断，以药傅之。后蛇于江中衔大珠以报之，因曰隋侯之珠，盖明月珠也。”《韩非子·和氏》载楚人卞和得玉璞，先后献于厉王、武王，不为所识。文王即位，使玉人治玉璞而得宝，遂名曰“和氏之璧”。

(63)“灵光”句：灵光，汉鲁恭王所建殿名，故址在今山东曲阜。此指北宋故都宫殿。王延寿《鲁灵光殿赋》序云：“鲁灵光殿者，盖景帝程姬之子恭王余之所立也。……遭汉中微，盗贼奔突，自西京未央、建章之殿皆见隳坏，而灵光岿然独存。”

(64)翁仲：宫门前铜铸人像。郦道元《水经注》卷四：“按秦始皇二十六年，长狄十二见于临洮，长五丈余，以为善祥。铸金人十二以象之，各重二十四万斤，坐之宫门之前，谓之金狄。……汉自阿房徙之未央宫前。俗谓之翁仲矣。”《三国志·魏志·明帝纪》裴松之注引《魏略》曰：“大发铜铸作铜人二，号曰翁仲，列坐于司马门外。”柳宗元《衡阳与梦得分路赠别》：“伏波故道风烟在，翁仲遗墟草树平。”陈师道《送杜侍御纯陕西转运》：“向来此地几送迎，草间翁仲口不喑。”

(65)氓：一作“民”。

(66)残虏：一作“败将”。

㉖"嫠家"句：嫠家，诗人自称。见注⑦。

㉘比数：相提并论。司马迁《报任安书》："刑余之人，无所比数，非一世也，所从来远矣。"苏轼《与蔡景繁书》："又念以重罪废斥，不敢复自比数于士友间，但愧缩而已。"

㉙"当年"句：年，一作"时"。稷下，战国时齐国都城临淄稷门之下，故址在今山东临淄。《史记·孟子荀卿列传》："自驺衍与齐之稷下先生如淳于髡、慎到、环渊、接子、田骈、驺奭之徒，各著书言治乱之事，以干世主，岂可胜道哉。"索隐："稷下，齐之城门也。或云：'稷下，山名。'谓齐之学士集于稷门之下。"

㉚"犹记"句：如，一作"成"。《战国策·齐策一》："临淄之途，车毂击，人肩摩。连衽成帷，举袂成幕，挥汗成雨。家敦而富，志高而扬。"

㉛流人：流落异乡之人。桓宽《盐铁论·执务》："天下安乐，盗贼不起；流人回归，各反其田里。"

㉜东山一抔土：东山，代指齐鲁。《孟子·尽心上》："孟子曰：孔子登东山而小鲁，登太山而小天下。"一抔土，一捧土。《史记·张释之冯唐列传》："假令愚民取长陵一抔土，陛下何以加其法乎？"

译文

　　绍兴三年五月，吏部侍郎同签书枢密院事韩公肖胄、给事中试工部尚书胡公松年使金，通问徽宗、钦宗二帝。有号易安居士者，其父、祖均出于韩公之先辈门下，今家道衰落，子孙低微，不敢攀附韩公名望。又值贫病缠身，唯有神智思虑尚未衰退，闻听二公使金之重大诏令，不能没有赠言，因作古、律诗各一首，略表浅见，以供采择。

绍兴三年六月，
天子登朝已久。
伫望浮云南归，
静思亲人北狩。
如聆皇上赐教：
朝中公卿百官，
岂无贤才堪比员半千？
国之厄运渐已消。
不求铭功燕然山，
不求金城植杨柳。

岂无笃孝之忠臣，
体悟感时念亲之悲？
何须受赐喝汤留肉喻孝心，
尽可驱车前往传圣意。
土地非所珍惜，
玉帛贱如尘泥。
何人堪当此命？
厚礼还须言辞卑。
朝臣同应诺：

众臣才德帝所知。

当今朝堂第一人，
堪比唐代礼部韩昌黎。

才德堪为百官之俊杰，
言行可当万人之师表。

嘉祐、建中靖国间，
执政可比乐夔和皋陶。

汉时匈奴惧王商，
唐代吐蕃尊子仪。

金人如今已胆慑，
韩公奉命正适时。

朝堂跪拜承诏命，
坦言非常时期不敢辞。

不必为家人顾虑，
不用向妻儿解释。

愿奉天地神灵，
愿承先祖神威。

奉持皇命圣旨，
直抵金朝都城。

金主定当稽首拜，
太子必来恭候迎。

君王仁爱诚信博天下，
休言终军狂傲自请缨。

或将歃血指天日，
相谈共议喜结盟。

胡公正直磊落人所难，
道同志合两心安。

韩信不忘汉王衣食恩，
荆轲离别不道易水寒。

天地久阴湿，
雨前风声急。

车声隆隆马嘶鸣，
壮士懦夫皆感泣。

我一闾巷寡妇何所知，
诚心献诗投记室。

夷贼从来性暴如虎狼，
预防不测岂能被贼伤。

曾闻往昔楚人盟晋衣内穿铠甲，

犹记近时吐蕃会唐伏兵在平凉。

宋金和谈之地非荒城，

莫要轻视辩士弃儒生。

倚马犹能草露布，

逃出函谷鸡未鸣。

巧匠何曾弃樗栎，

小民之言或有益。

不求隋侯珠与和氏璧，

只愿获知故国新消息。

宫殿虽在应败损，

草丛铜人今何若？

遗民尚能种桑麻？

闻说残贼坚壁守城郭。

我家父祖生长在齐鲁，

位下名高为人所称誉。

犹记当年稷下聚士友，

高谈阔论挥汗如雨注。

如今子孙南渡已数年，

遂与异乡飘零者为伍。

愿将一腔血泪寄故国，

浇洒家乡一抔土。

赏析

绍兴三年五月，同签书枢密院事韩肖胄、工部尚书胡松年奉诏使金求和，李清照作古诗、律诗各一首为之送行。诗序说明缘由：一则于国于民，此事重大，所谓"大号令"；二则于己于私，"父、祖皆出韩公门下"，乃为世交，且受恩于韩家。今韩公当此重任，诗人自觉"不能忘言"。而观其所云"今家世沦替，子姓寒微，不敢望公之车尘"，则赠诗又非出于一己之私，乃为国献言，故称"以待采诗者"。

本诗为古体诗，起句至"与结天日盟"凡二十三联四十六句，为五言古体，以揣度笔调，铺展叙述朝堂宋高宗与众臣商定使臣及韩肖胄承诏表态之场景，为韩、胡二公出使之前奏序幕。诗从"天子"起笔，言高宗想念被金兵掳去的父兄徽、钦二宗，欲遣使臣通问。"如闻"句至"币厚辞益卑"，为高宗对朝臣所言。"如闻帝若曰"二句用《尚书》笔调，颇显庄严典重。此数句之主旨即谓国运之危难已过去（"运已过阳九"），当不惜土地玉帛、言辞谦卑以成和议。"岂无纯孝臣"二句照应"凝旒望南云"二句，以家国忠孝之情感动朝臣。"四岳"句至"将命公所宜"，为朝臣一致举荐韩肖胄，言其才能德行、家世名望宜当此任。"四岳金曰俞"之笔调呼应"如闻帝若曰"二句；"将命公所宜"应答"谁当可将命"。"公拜"句至"与结天日盟"，叙述韩肖胄拜受诏命，慷慨陈词，不以家室为念，愿奉天地宗庙之神威，承诏即行，并预料此行当受到金主及其太子盛礼相待，或可歃血结盟。此番言语为诗人所拟设，但与韩肖胄的才德及家世名望相配，《宋史·韩肖胄传》载其奉诏将行，"母又语之曰：'汝家世受国恩，当受命即行，勿以我老为念。'帝称为贤母，封荣国夫人。肖胄至金国。金人知其家世，甚重之"。

以上所述朝堂君臣议定使臣人选、下诏、承诏，为韩、胡二公使金作铺垫。"胡公清德人所难"句以下进入临别赠言正题，为七言古体，凡十七联三十四句。"壮士懦夫俱感泣"句以上描述临别场景。前四句承上情势，言韩、胡二公同心同德，承蒙皇恩，慨然辞行；后四句转言送别之悲慨情状，透出此行之吉凶难测，而更显韩、胡二公之大义凛然，置个人安危于度外。《宋史·韩肖胄传》载："时金酋粘罕专执政，方恃兵强，持和战离合之策。行人皆危之。肖胄入奏曰：'大臣各循己见，致和战未有定论。然和乃权时之宜，他日国家安强，军声大振，誓当雪此仇耻。今臣等行，或半年不返命，必复有谋，宜速进兵，不可因臣等在彼而缓之也。'"可见韩肖胄对使金可能出现的不测有所预设。本诗"闾阎嫠妇亦何知"以下十二句即就此献言，引史为鉴，建议谨防金主阴谋，带上各色人才以备急用。"不乞隋珠与和璧"六句，期待韩、胡二公平安归返，带来沦陷中的故国乡关新消息，以慰藉对故国及家乡遗民的深切思念。

"嫠家父祖生齐鲁"八句，承"乡关"而归结到自身家世，追述昔日父祖享誉士林、聚友纵谈之升平气象，慨叹今日自身避难南渡、异乡飘零之悲苦境遇，以满腔血泪遥祭故国山河、家乡热土。此结在章法上呼应诗序所言"父、祖皆出韩公门下"云云，收束全诗。

诗作择取朝堂受诏和临别送行两个场景展现韩、胡二公奉诏使金这一重要事件，脉络清晰，层次分明，结构周备，笔法恰当。前半首五言古体诗句尤能显示君臣朝堂对话之简明庄重氛围；后半首七言古体诗句则更宜表现作者赠言述怀之婉切深长情韵。全诗见出作者深切的家国情怀及其对时局的非凡识见，显露其堪称女中英杰之襟怀。

其二

想见皇华过二京①，壶浆夹道万人迎②。连昌宫里桃应在③，花萼楼头鹊定惊④。但说帝心怜赤子⑤，须知天意念苍生⑥。圣君大信明如日，长乱何须在屡盟⑦。

①"想见"句：皇华，指使臣。《诗经·小雅·皇皇者华》序："皇皇者华，君遣使臣也，送之以礼乐，言远而有光华也。"二京，泛指使臣所经北宋故都东京（今河南开封）、南京（今河南商丘）、北京（今河北大名）。

②"壶浆"句：壶浆，以壶盛酒。《孟子·梁惠王下》："今燕虐其民，王往而征之。民以为将拯己于水火之中也，箪食壶浆以迎王师。"

③"连昌宫"句：连昌宫，唐高宗显庆三年所建宫名，故址在今河南宜阳县。此借指北宋故都宫殿。元稹《连昌宫词》："又有墙头千叶桃，风动落花红蔌蔌。"

④"花萼楼"句：花萼楼，即花萼相辉之楼，唐玄宗开元二年所建，故址在今陕西西安市。此借指北宋故都楼阁。《西京杂记》卷三载陆贾云："干鹊噪而行人至。"

⑤赤子：本指婴儿，喻指黎民百姓。《尚书·康诰》："若保赤子，惟民其康乂。"孔安国传："爱养人如安孩儿赤子，不失其欲，惟民其皆安治。"孔颖达疏："子生赤色，故言赤子。"《汉书·龚遂传》："其民困于饥寒，而吏不恤，故使陛下赤子盗弄陛下之兵于潢池中耳。"颜师古注："赤子，犹言初生幼小之意也。"

⑥苍生：百姓。杜甫《建都十二韵》："苍生未苏息，胡马半乾坤。"

⑦"长乱"句：《诗经·小雅·巧言》："君子屡盟，乱是用长。"朱熹《集传》："言君子不能已乱而屡盟以相要，则乱是用长矣。"

译文

想见使臣过故都，
万民捧酒夹道迎。
故都宫里桃应在，
殿阁楼头鹊必惊。
只说皇上爱黎民，
当知天意念苍生。
圣君诚信浩博明如日，
祸乱滋长未必在屡盟。

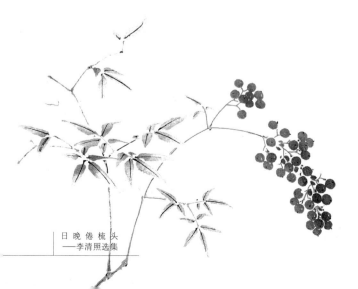

赏析

　　此诗与前诗同题异体，为七言律诗，篇幅限于四联八句，取材须简要切题。就创作构思看，本诗又为前诗之续篇，承送别赠言之后而料想使臣途经故都之情形。前四句言故都遗民、宫殿。"夹道万人迎"，见出遗民对宋室王师之深切期盼；"宫里桃应在"，物是人非；"楼头鹊定惊"，鸟惊世变，亦如杜甫之"恨别鸟惊心"（《春望》），人之悲慨见于言外。"但说"二句，承起句，乃使臣抚慰期盼中的遗民，上句言皇帝深爱子民，下句言上天垂怜苍生，意谓遗民之心愿终将实现。此亦寄寓作者对故国遗民的诚挚思念和同情。末二句回归正题，表达对使金和议的态度。从前诗赠言看，作者对此有所顾虑，但并非反对和议，盖亦赞同韩肖胄所言"和乃权时之宜"，故而对韩、胡二公使金求和乐见其成。上句言君王诚信明如日月，则或能感动金主达成和议；下句反用《诗经》语句，言结盟未必滋长祸乱。这是一种既非决意反对又非全然支持的微妙心态，笔调含蓄婉转。

夜发严滩①

巨舰只缘因利往，扁舟亦是为名来。
往来有愧先生②德，特地通宵过钓台。

注释

① 严滩：即严陵濑，又名七里滩、严子濑，在浙江桐庐县西南富
春山下钱塘江上，相传为东汉严光（字子陵）垂钓处，山麓有
严子陵钓台。

② 先生：指严光，字子陵。东汉会稽余姚（今属浙江）人。少有
高名，与刘秀同学。刘秀即帝位，光变姓名隐居，归耕富春山。
范仲淹《桐庐郡严先生祠堂记》："先生，汉光武之故人也，
相尚以道。及帝握赤符，乘六龙，得圣人之时，臣妾亿兆，天

下孰加焉。惟先生以节高之，既而动星象，归江湖，得圣人之清，泥涂轩冕，天下孰加焉。……歌曰：云山苍苍，江水泱泱。先生之风，山高水长。"洪迈《容斋五笔》卷五载"先生之风"原作"先生之德"，李觏改"德"为"风"。

译文

巨船只为逐利而往，
扁舟亦是追名而来。
往来愧对先生之高德，
特地夜间经过严滩钓台。

赏析

李清照《打马图经序》云："今年冬十月朔，闻淮上警报。江浙之人自东走西，自南走北。……易安居士亦自临安，溯流涉严滩之险，抵金华，卜居陈氏第。"据《宋史·高宗纪》，"今年"

当指宋高宗绍兴四年（1134）。本诗即此次避难途经严滩时所作。

诗人因"严滩"而想到严子陵之高风亮节，即范仲淹《桐庐郡严先生祠堂记》所谓"得圣人之清，泥涂轩冕"，鄙弃名利，又进而联想到世间追名逐利之风，见眼前大小船只往来穿梭之景象，遂借景讽世："巨舰只缘因利往，扁舟亦是为名来。"落笔略显突兀，缘其逆构思而起笔。后二句回到题意，"先生德"照应"严滩"，"通宵过钓台"照应"夜发"；"往来有愧"，承转精妙，字面承上，笔含讥刺，且与下句"特地"相呼应，谓名利之徒愧对严子陵之高德，故而趁夜悄悄经过严滩钓台。

诗作立意于"先生之德"，融纪游、怀古、讽世为一体。前二句笔调率直；后二句寓庄于谐，如上引范仲淹《桐庐郡严先生祠堂记》所称"云山苍苍，江水泱泱。先生之风，山高水长"，严滩山水映照"先生之德"，令追逐名利者无颜以对。其意趣有似南朝孔稚圭《北山移文》所述钟山之灵阻截心系名利的假隐士周子车驾："截来辕于谷口，杜妄辔于郊端。于是丛条瞋胆，叠颖怒魄。或飞柯以折轮，乍低枝而扫迹。"

题八咏楼①

千古风流八咏楼，江山留与后人愁。
水通南国三千里，气压江城十四州②。

注释

① 八咏楼：在今浙江金华市，南朝齐隆昌元年（494）沈约守
东阳（治所在今浙江金华）时所建，名玄畅楼，题诗云："登
台望秋月，会圃临春风。岁暮愍衰草，霜来悲落桐。夕行闻夜
鹤，晨征听晓鸿。解佩去朝市，被褐守山东。"复以每句为题
作八诗，名《八咏诗》，传诵于世。唐时或称八咏楼，崔融《登
东阳沈隐侯八咏楼》有云："越岩森其前，浙江漫其后。此地

实东阳，由来山水乡。隐侯有遗咏，落简尚余芳。"崔颢亦有《题沈隐侯八咏楼》。宋至道间冯伉知婺州时更名八咏楼。南宋韩元吉《极目亭诗集序》："盖婺城临观之所凡三：中为双溪楼，西为八咏楼，东则此亭，皆尽见山之秀，两川贯其下，平林广野，景物万态。"

②江城十四州：指两浙路。据《宋史·地理志》，两浙路辖二府十二州。

译文

千古风光雅韵八咏楼，

江山留赠后世无限愁。

水流通贯南国三千里，

气蒸笼罩江城十四州。

赏析

　　此诗作于绍兴五年（1135）避难金华时。八咏楼为金华名胜，原名玄畅楼，南朝沈约所建，并为作《八咏诗》，后人因之易名八咏楼，亦多有题咏。本诗即切题而起："千古风流八咏楼。"数百年来，八咏楼之山川风光依旧，文人墨客之风雅韵事千古流传，如今世事变故，山河破裂，百姓避难流离。诗人登临此楼，不禁感时伤怀，慨叹："江山留与后人愁！"末二句为登楼所览，其浩阔之势有如孟浩然《临洞庭》之"气蒸云梦泽，波撼岳阳城"、杜甫《登岳阳楼》之"吴楚东南坼，乾坤日夜浮"。然而北国沦陷，御驾避难江浙，此特言"南国三千里""江城十四州"，笔墨间寄寓苍茫的感时伤世之情，承应上句，以景结情，余韵荡漾。

春残

春残何事苦思乡,病里梳头恨发长[①]。
梁燕语多终日在[②],蔷薇风细一帘香[③]。

注释

① 发长：一作"最长"。

② "梁燕"句：梁间终日燕语呢喃。欧阳修《蝶恋花》（欲过清明烟雨细）："梁燕语多惊晓睡。"在，一作"伴"。

③ "蔷薇"句：蔷薇花香随风入帘。蔷薇春末夏初盛开。白居易《蔷薇正开春酒初熟因招刘十九张大夫崔二十四同饮》："瓮头竹叶经春熟，阶底蔷薇入夏开。"高骈《山亭夏日》："水晶帘动微风起，满架蔷薇一院香。"

译文

满目残春，　　　　　　梁间燕语，
怎奈苦心念家乡！　　　终日呢喃话衷肠；
病中梳妆，　　　　　　蔷薇花开，
长发牵惹情怅怅。　　　轻风吹送一帘香。

赏析

　　这是一首病中伤春怀乡七言绝句。前二句自述情怀，点明题旨。春残，春将归去，而人未能归，且以病体面对落花飘零之残春景象，思乡之凄苦难耐，遂有"何事"之问，见出愁苦无奈之怨极情态。"梳头恨发长"，无理而有情，"恨"承"苦思乡"，缠病之身承受思乡之苦，自无心梳妆，故而"恨发长"。后二句笔调跳出自我心境，由听、闻感觉转言"梁燕""蔷薇"：梁间燕语呢喃，终日相伴；帘外春风轻拂，蔷薇飘香。此于伤春思乡之情未尝不是一番宽慰，或许又触发了诗人的温馨记忆，不免更添感慨怅然。

偶
成
①

十五年前花月底，相从曾赋赏花诗。
今看花月浑相似，安得情怀似往时②。

注释

① 此诗最早由黄盛璋先生录自《永乐大典》卷八百八十九"诗"字韵。

② "今看"二句：浑：全然。李清照《南歌子》（天上星河转）：
"旧时天气旧时衣。只有情怀不似旧家时。"

译文

十五年前花月影婆娑，
月下相伴曾赋赏花诗。
而今花好月圆相仿佛，
怎得怡情惬意如昔时。

赏析

　　黄盛璋先生《李清照事迹考辨》云："'十五年前'虽不能定为何年，但据诗意实追怀明诚，为哀悼死者之作，当写于建炎三年以后。"此说当不误。

　　诗人触景追怀，眼前的花月美景触动了十五年前留下的美好记忆，诗笔即从此切入，追忆当年与夫君携手花前月下赏花赋诗的情景，良辰美景、赏心乐事交集辉映，花好月圆，情投意合，吟诗赋词。美妙情境深藏心底，故而"今看花月"，恍如重温十五年前的花月辉映图景。"浑相似"三字，可以想见诗人眼前浮现出昔日夫妻花前月下携手吟赏的情形，同时又清醒地意识到今非昔比，只是"花月相似"而已。"年年岁岁花相似，岁岁年年人不同。"（刘希夷《代悲白头翁》）更何况过去了十五年，且又身经国难流离、丧夫之悲，孤伶之诗人独对相似之花月，不禁怅然感慨："安得情怀似往时！"叹惋中蕴含深深的忆昔伤今之悲。

此诗逆锋入笔，前两句忆昔，后两句述今，以"花月"贯通今昔而形成对比。笔法上，前两句美景映照欢情，后两句美景反衬哀情。意脉上交错呼应，即第三句"浑相似"呼应起句，末句"似往时"呼应第二句。全诗章法承转环合，情韵内敛沉郁。

词论

　　乐府、声诗①并著，最盛于唐。开元、天宝②间，有李八郎③者，能歌擅天下。时新及第进士开宴曲江④，榜中一名士⑤先召李，使易服隐名姓，衣冠故敝，精神惨沮⑥，与同之宴所，曰："表弟愿与坐末。"众皆不顾。既酒行乐作，歌者进，时曹元谦、念奴⑦为冠。歌罢，众皆咨嗟称赏。名士忽指李曰："请表弟歌。"众皆哂⑧，或有怒者。及转喉发声歌一曲，众皆泣下罗拜⑨曰："此李八郎也。"自后郑、卫之声⑩日炽，流靡⑪之变日烦，已有《菩萨蛮》⑫《春光好》⑬《莎鸡子》⑭《更漏子》⑮《浣溪沙》⑯《梦江南》⑰《渔父》⑱等词，不可遍举。五代⑲干戈，四海瓜分豆剖[20]，斯文道熄[21]，独江南李氏君臣[22]尚文雅，故有"小楼吹彻玉笙寒""吹皱一池春水"之词[23]，语虽奇甚，所谓亡国之音哀以思[24]也。

逮至[25]本朝，礼乐文武大备，又涵养百余年，始有柳屯田永[26]者，变旧声作新声[27]，出《乐章集》[28]，大得声称于世。虽协音律，而词语尘下[29]。又有张子野[30]、宋子京兄弟[31]、沈唐[32]、元绛[33]、晁次膺[34]辈继出，虽时时有妙语，而破碎何足名家。至晏元献[35]、欧阳永叔[36]、苏子瞻[37]，学际天人[38]，作为小歌词，直如酌蠡水于大海[39]，然皆句读不葺之诗[40]尔，又往往不协音律者。何邪？盖诗文分平侧[41]，而歌词分五音[42]，又分五声，又分六律[43]，又分清浊轻重[44]。且如近世所谓《声声慢》[45]《雨中花》[46]《喜迁莺》[47]，既押平声韵，又押入声韵。《玉楼春》[48]本押平声韵，又押上、去声，又押入声。本押仄声韵，如押上声则协，如押入声则不可歌矣。王介甫[49]、曾子固[50]文章似西汉，若作一小歌词，则人必绝倒[51]，不可读也。乃知别是一家[52]，知之者少。后晏叔原[53]、贺方回[54]、秦少游[㊟]、黄鲁直[㊟]出，始能知之。又晏苦无铺叙，贺苦少典重[㊟]。秦即专主情致而少故实[㊟]，譬如贫家美女，虽极妍丽丰逸，而终乏富贵态。黄即尚故实而多疵病，譬如良玉有瑕，价自减半矣。

注释

① 乐府、声诗：乐府，指长短句歌词。王灼《碧鸡漫志》卷二："诗与乐府同出，岂当分异。"声诗，指可歌之诗。张炎《词源》："粤自隋唐以来，声诗间为长短句。"

② 开元、天宝：唐玄宗年号。开元，713—741 年；天宝，742—756 年。

③ 李八郎：即李衮。李肇《唐国史补》卷下："李衮善歌，初于江外而名动京师。崔昭入朝，密载而至，乃邀宾客，请第一部

乐及京邑之名倡，以为盛会。绐言表弟，请登末坐，令衮弊衣以出。合坐嗤笑。顷命酒，昭曰：'欲请表弟歌。'坐中又笑。及转喉一发，乐人皆大惊，曰：'此必李八郎也。'遂罗拜阶下。"

④ "时新及第"句：李肇《唐国史补》卷下："进士为时所尚久矣。……既捷，列书其姓名于慈恩寺塔，谓之题名会。大宴于曲江亭子，谓之曲江会。"进士，唐代科举取士科目之一。曲江，即曲江池，故址在今陕西西安市东南。汉武帝于此建宜春苑，因池水曲折，故名。

⑤ 榜中一名士：指进士及第榜中一知名之士。

⑥ 惨沮：悲愁沮丧。

⑦ 曹元谦、念奴：唐开元、天宝间著名歌者。曹元谦，生平不详。念奴，王仁裕《开元天宝遗事》卷上："念奴者，有姿色，善歌唱，未尝一日离帝左右。每执板当席顾眄，帝谓妃子曰：'此女妖丽，眼色媚人。'每转声歌喉则声出于朝霞之上，虽钟鼓笙竽嘈杂而莫能遏，宫妓中帝之钟爱也。"

⑧ 哂：讥笑。

⑨ 罗拜：罗列下拜。

⑩ 郑、卫之声：指淫靡之乐。《论语·卫灵公》："放郑声，远佞人。郑声淫，佞人殆。"《礼记·乐记》："郑、卫之音，乱世之音也。"

⑪ 流靡：萎靡不振。

⑫ 《菩萨蛮》：唐教坊曲，亦为词调。现存文人词，此调始于李白。苏鹗《杜阳杂编》卷下："大中初，女蛮国贡双龙犀……其国人危髻金冠，璎珞被体，故谓之菩萨蛮。当时倡优遂制《菩萨蛮》曲，文士亦往往声其词。"今人杨宪益《李白与菩萨蛮》考证此曲为古缅甸曲调，唐玄宗时传入中国。

⑬ 《春光好》：唐教坊曲，亦为词调。现存文人词，此调始于和凝。南卓《羯鼓录》载唐玄宗洞晓音律，尤爱羯鼓、玉笛，"尝遇二月初诘旦，巾栉方毕。时当宿雨初晴，景色明丽。小殿内庭，柳杏将吐。睹而叹曰：'对此景物，岂得不与他判断之乎！'左右相目，将命备酒。独高力士遣取羯鼓。上旋命之临轩纵击一曲，曲名《春光好》（原注：自制者也）。神思自得。及顾柳杏，皆已发拆。上指而笑谓嫔御曰：'此一事不唤我作天公可乎？'嫔御侍官皆呼万岁"。

⑭ 《莎鸡子》：词调名。无词作存世。

⑮ 《更漏子》：词调名。现存文人词，此调始于温庭筠。

⑯ 《浣溪沙》：唐教坊曲，亦为词调。现存文人词，此调始于温庭筠。

⑰ 《梦江南》：唐教坊曲，亦为词调，又名《忆江南》。现存文人词，此调始于白居易。

⑱《渔父》: 唐教坊曲, 亦为词调。现存文人词, 此调始于张志和。

⑲五代: 指唐亡后中原相继建立的梁、唐、晋、汉、周五朝（907—960）, 皆建都开封。同期尚有先后称王的十个地方割据政权: 吴、南唐、吴越、前蜀、后蜀、南汉、北汉、闽、楚、荆南（南平）。

⑳瓜分豆剖: 分裂割据。《战国策·赵策三》: "天下将因秦之怒, 乘赵之敝而瓜分之。"萧统《文选》卷十一录鲍照《芜城赋》: "出入三代, 五百余载, 竟瓜剖而豆分。"六臣注: "其土地如瓜之割肌, 各为吞食; 如豆之出荚, 忽以分散。"

㉑斯文道熄: 言文风雅道衰歇。《论语·子罕》: "天之将丧斯文也, 后死者不得与于斯文也。"《宋书·礼志一》载荀崧疏: "自顷中夏殄瘁, 讲诵遏密, 斯文之道, 将坠于地。"

㉒江南李氏君臣: 指南唐中主李璟（916—961）、后主李煜（937—978）及大臣冯延巳（903—960）等。李煜嗣位后, 奉宋正朔, 称"江南国主"。

㉓"故有"句: "小楼吹彻玉笙寒"见李璟词《摊破浣溪沙》, "吹皱一池春水"见冯延巳词《谒金门》。马令《南唐书·冯延巳传》载中主尝戏延巳曰: "'吹皱一池春水', 干卿何事?"延巳对曰: "未如陛下'小楼吹彻玉笙寒'。"

㉔亡国之音哀以思：《礼记·乐记》："亡国之音哀以思，其民困。"
孔颖达疏："亡国谓将欲灭亡之国，乐音悲哀而愁思。"

㉕逮至：及至。

㉖柳屯田永：即柳永，原名三变，字景庄，后改名永，字耆卿，
建州崇安（今属福建）人。仁宗景祐元年（1034）进士。官至
屯田员外郎，世称柳屯田。徐度《却扫编》卷下："柳永耆卿
以歌词显名于仁宗朝，官为屯田员外郎，故世号'柳屯田'。
其词虽极工致，然多杂以鄙语，故流俗人尤喜道之。"

㉗变旧声作新声：言柳词多新调。陈师道《后山诗话》："柳三
变游东都南、北二巷，作新乐府，骫骳从俗，天下咏之。"叶
梦得《避暑录话》卷下载柳永"为举子时，多游狭邪，善为歌辞。
教坊乐工每得新腔，必求永为辞始行于世。于是声传一时。"按，
现存柳词用调一百五十余种，大多为新声慢调。

㉘《乐章集》：柳永词集名。

㉙尘下：指格调庸俗。王灼《碧鸡漫志》卷二称柳词"浅近卑俗"，
陈振孙《直斋书录解题》卷二十一谓柳词"格固不高，而音律
谐婉，语意妥帖"。

㉚张子野：即张先（990—1078），字子野，湖州（今属浙江）
人。天圣八年（1030）进士。官至都官郎中。诗词兼工，因词

作名句而号"张三中""张三影",有《张子野词》。吴曾《能改斋漫录》卷十六载晁补之云:"张子野与耆卿齐名,而时以子野不及耆卿,然子野韵高,是耆卿所乏处。"

㉛宋子京兄弟:指宋庠、宋祁。庠(996—1066),字公序,原名郊,字伯庠。祖籍安州安陆(今属湖北),徙开封雍丘(治所在今河南杞县)。天圣二年(1024)进士第一。官至宰相。词作失传。祁(998—1061),字子京。谥景文。与兄同年进士及第。官至工部尚书,拜翰林学士承旨。《全宋词》录其词六首,短句一则。其《玉楼春》名句"红杏枝头春意闹"传诵于世,张先呼为"'红杏枝头春意闹'尚书",王国维《人间词话》云:"著一'闹'字而境界全出。"李之仪《跋吴师道小词》云:"晏元宪、欧阳文忠、宋景文则以其余力游戏,而风流闲雅,超出意表。"

㉜沈唐:字公述。历任大名府签判、渭州签判。王灼《碧鸡漫志》卷二称其词"源流从柳氏来,病于无韵"。《全宋词》录其词四首,断句二则。

㉝元绛:字厚之(1009—1084),钱塘(治所在今浙江杭州)人。天圣八年(1030)进士。官至参知政事。《全宋词》录其词二首。

㉞晁次膺:即晁端礼(1046—1113),字次膺。祖籍澶州清丰(今

属河南），徙家彭门（今江苏徐州）。熙宁六年（1073）进士。两为县令，忤上官，坐废。政和三年（1113），以承事郎为大晟府协律，未上任而卒。工于词，词集名《闲斋琴趣外篇》，存词一百三十余首。

㉟ 晏元献：即晏殊（991—1055），字同叔。谥元献。临川（治所在今江西抚州）人。景德二年（1005）以神童荐，赐同进士出身。官至宰相。工诗擅词，闲雅有情思。词集名《珠玉词》，存词一百三十余首。王灼《碧鸡漫志》卷二："晏元献公、欧阳文忠公风流蕴藉，一时莫及，而温润秀洁亦无其比。"

㊱ 欧阳永叔：即欧阳修（1007—1072），号醉翁、六一居士。谥文忠。吉州庐陵（治所在今江西吉安）人。天圣八年（1030）进士。官至枢密副使、参知政事。北宋诗文革新领袖，词亦有声。词集名《欧阳文忠公近体乐府》《醉翁琴趣外篇》《六一词》，存词约二百四十首。

㊲ 苏子瞻：即苏轼（1037—1101），字子瞻，号东坡居士。眉山（今属四川）人。嘉祐二年（1057）进士。官至礼部尚书兼端明殿、翰林侍读两学士。诗词文兼擅。词集名《东坡乐府》《东坡词》，存词三百三十余首。王灼《碧鸡漫志》卷二云："东坡先生非心醉于音律者，偶尔作歌，指出向上一路，新天下耳目，弄笔

者始知自振。"胡寅《向芗林酒边集后序》:"及眉山苏氏一洗绮罗香泽之态,摆脱绸缪宛转之度,使人登高望远,举首高歌,而逸怀浩气超然乎尘垢之外。于是《花间》为皂隶,而柳氏为舆台矣。"

㊳ 学际天人:言学识渊博。《汉书·司马迁传》称《史记》"凡百三十篇,亦欲以究天人之际,通古今之变,成一家之言"。

㊴ 酌蠡水于大海:取一瓢水于大海。《汉书·东方朔传》:"以蠡测海。"颜师古注:"张晏曰:蠡,瓠瓢也。"

㊵ 句读不葺之诗:句式长短不拘之诗。葺(qì),修理。苏轼《与蔡景繁》云:"颁示新词,此古人长短句诗也。"王灼《碧鸡漫志》卷二:"东坡先生以文章余事作诗,溢而作词曲,高处出神入天,平处尚临镜笑春,不顾侪辈。或曰长短句中诗也,为此论者乃是遭柳永野狐涎之毒。"

㊶ 平侧:亦作平仄,指平声、仄声。古代字声分平、上、去、入四声,上、去、入归属仄声。

㊷ 五音:音韵学概念,指按发音部位区分的五类声母:唇音、齿音、喉音、舌音、鼻音。张炎《词源》卷下:"盖五音有唇、齿、喉、舌、鼻,所以有轻清重浊之分。"

㊸ "又分五声"二句:五声,指宫、商、角、徵、羽五个音阶。六律,

概指十二律，阳为六律（黄钟、太簇、姑洗、蕤宾、夷则、无射），阴为六吕（大吕、夹钟、中吕、林钟、南吕、应钟）。《尚书·益稷》："予欲闻六律、五声、八音，在治忽，以出纳五言。"孔颖达疏："宫、商、角、徵、羽，谓之五声。五声高下各有所准则，圣人制为六律，与五声相均。作乐者以律均声，声从器出。"蔡沈《书经集传》卷一："六律，阳律也，不言六吕者，阳统阴也。"

㊹ 清浊轻重：指音之高低分别。轻清，指高音。重浊，指低音。唐佚名《乐书要录》卷五："凡管长则声浊，短则清。"沈括《梦溪笔谈·补笔谈》："律有实积之数，有长短之数，有周径之数，有清浊之数。……所谓清浊之数者，黄钟长九寸为正声，一尺八寸为黄钟浊宫。四寸五分为黄钟清宫，倍而长为浊宫，倍而短为清宫。余律准此。"陈旸《乐书》卷一百三"律吕清浊"条："先王作乐，主之以十二律，文之以五声，播之以八音。其体则小大相成，其用则终始相生，一倡一和，一清一浊，流行散徙，不主常声，迭相为经而已。孰谓蕤宾至应钟为清，黄钟至中吕为浊哉？今夫乐声之于众音，轻高为清，重大为浊，然律之增损长短不常，声之抑扬清浊不一，增则转浊，减则愈清，清浊虽殊而本音不失，安有定长定短配属高下者耶。至如黄钟九寸，

声之最浊者也，中减则声清。应钟四寸有奇，声之最清者也，倍增则声浊。一律如此，余管可知。"清方成培《香研居词麈》卷二："（宋大乐）以平入配重浊，以上去配轻清。"

㊺《声声慢》：词调名，又名《胜胜慢》。现存文人词，此调平声韵始于晁补之，入声韵始于李清照。

㊻《雨中花》：词调名，指《雨中花慢》。现存文人词，此调平声韵始于柳永，入声韵始于秦观。

㊼《喜迁莺》：词调名，指《喜迁莺慢》。现存文人词，此调平声韵始于张元幹，入声韵始于黄裳，另有上、去通押一体。

㊽《玉楼春》：词调名。始见于《花间集》，有押入声、上去通押二体。此调未有押平声韵者。

㊾王介甫：即王安石（1021—1086），字介甫，号半山，抚州临川（今属江西）人。庆历二年（1042）进士。官至宰相，主持熙宁变法。词集名《临川先生歌曲》。《全宋词》录其词二十九首。

㊿曾子固：即曾巩（1019—1083），字子固。建昌南丰（今属江西）人。嘉祐二年（1057）进士。官至中书舍人。《全宋词》录其词一首。

○51绝倒：大笑不能自持。欧阳修《归田录》卷下："间以滑稽嘲谑，形于风刺，更相酬酢，往往哄堂绝倒。"苏轼《游博罗香积寺》："诗成捧腹便绝倒，书生说食真膏肓。"

(52) 别是一家：意谓词不同于诗、文，别具家数。李之仪《跋赵汝霖帖》：“其行书则别是一家，不知何所从来也。”

(53) 晏叔原：即晏几道（1038—1110），字叔原，号小山，抚州临川（今属江西）人。晏殊之子。曾监颍昌府许田镇。词集名《乐府补亡》《小山词》，存词二百五十余首。王灼《碧鸡漫志》卷二云：“叔原如金陵王、谢子弟，秀气胜韵，得之天然，将不可学。”

(54) 贺方回：即贺铸（1052—1125），字方回，号庆湖遗老，卫州共城（治所在今河南辉县）人，祖籍山阴（今浙江绍兴）。初任武职，后改文阶，官至承议郎。词集名《东山词》《东山寓声乐府》，存词二百八十余首。张耒《贺方回乐府序》评曰：“其盛丽如游金、张之堂，而妖冶如揽嫱、施之袪。幽洁如屈、宋，悲壮如苏、李。”

(55) 秦少游：即秦观（1049—1101），字少游，又字太虚，号邗沟居士、淮海居士，高邮（今属江苏）人。元丰八年（1085）进士。官至秘书省正字，兼国史院编修官。词集名《淮海居士长短句》，存词八十余首。叶梦得《避暑录话》卷下称少游“善为乐府，语工而入律。知乐者谓之作家歌”。张炎《词源》卷下云：“秦少游词，体制淡雅，气骨不衰，清丽中不断意脉。咀嚼无滓，久而知味。”

㊞ 黄鲁直：即黄庭坚（1045—1105），字鲁直，号山谷，又号涪翁，洪州分宁（治所在今江西修水）人。治平四年（1067）进士。官至著作佐郎、起居舍人。词集名《山谷词》《山谷琴趣外篇》《豫章黄先生词》，存词一百八十余首。陈师道《后山诗话》称山谷、少游为"今代词手"。

㊞ 典重：典雅庄重。

㊞ 故实：典故。钟嵘《诗品》："至乎吟咏情性，亦何贵于用事。'思君如流水'既是即目，'高台多悲风'亦惟所见，'清晨登陇首'羌无故实，'明月照积雪'讵出经史。观古今胜语，多非补假，皆由直寻。"朱弁《曲洧旧闻》卷七："秉笔之士所用故实，有淹贯所不究者，有蹈前人旧辙而不讨论所从来者。"江少虞《事实类苑》卷四十"堆垛死尸"条："鲁直善用事，若正尔填塞故实，旧谓之点鬼簿，今谓之堆垛。"

译文

歌词、声诗并显，唐代最盛。开元、天宝年间有个叫李八郎的，以善歌闻名天下。当时新及第进士在曲江宴会，榜中一位名士事先召来李八郎，让他隐没姓名，换上破败衣帽，装作精神沮丧，相随来到宴会场所。名士说："我的表弟愿陪末座。"众人都不屑一顾。酒宴开始，乐曲奏起，歌手上场。当时曹元谦、念奴称冠歌坛。唱完，众人齐声赞叹称赏。名士突然指着李八郎，说："请我表弟来唱一曲。"众人都报以讥笑，甚至有人嗔怒。待开口亮嗓一唱，众人皆感动落泪，罗列下拜说："他是李八郎。"自那以后，淫靡之声日渐盛行，萎靡流变日趋烦杂，已有《菩萨蛮》《春光好》《莎鸡子》《更漏子》《浣溪沙》《梦江南》《渔父》等曲词，不可尽举。五代战乱，四海分裂，风雅文道衰歇，唯有南唐李氏君臣崇尚文雅，遂有"小楼吹彻玉笙寒""吹皱一池春水"之词作，词句虽很精妙，实则所谓将亡之国，其音悲哀愁思。

待到本朝，礼乐之教、文武之功大备，又休养生息百余年，才有柳永出来，将旧曲翻作新调，作词结为《乐章集》，声誉大盛于世。其词虽然协音合律，但语句尘俗。又有张先、宋祁兄弟、沈唐、元绛、晁端礼等人相继出现，虽不时写出妙句，但零星片语何足自成词家。至如晏殊、欧阳修、苏轼，学识渊博，填制小歌词，就像从大海里舀取一瓢水，然而都是句式长短不齐的诗作，又常常不合音律。何以如此？大概诗文字声只分平、仄，而歌词则分唇、齿、喉、舌、鼻五音，又分宫、商、角、徵、羽五声，又分黄钟、大吕等六律六吕，又分轻清重浊。即如近来常说的《声声慢》《雨中花》《喜迁莺》，既押平声韵，又押入声韵。《玉楼春》本押平声韵，又押上、去声韵，又押入声韵。本押仄声韵，如押上声韵则协音，如押入声韵则不能唱。王安石、曾巩文章拟比西汉，若填制一阕小词，则必令人大笑，不可诵读。由此遂知词别具家数。知晓其道的人很少，后来出现的晏几道、贺铸、秦观、黄庭坚始能明白此理。而晏几道苦于没有铺叙，贺铸有失典雅庄重。秦观便专注情致而少用典故，譬如贫穷人家的美女，虽极其妍丽丰逸，但终究缺乏富贵仪态。黄庭坚则好用典故却多有疵病，譬如美玉有瑕，身价自然减半。

赏析

　　本文为张炎、沈义父之前最系统的一篇词论，最早见录于胡仔《苕溪渔隐丛话》后集卷三十三，《词论》一题为后人所加。文章在内容结构上分两部分，前一部分叙述唐五代文人词发展史。词兴起于唐代，为燕乐歌词。开元、天宝年间，燕乐曲调兴盛，唱曲风行，促成词之兴起。本文开篇即举出李八郎之趣事以明此理。尔后中晚唐以至五代十国时期，词之流变主要呈现为温庭筠、韦庄所代表的"花间"词风和冯延巳、李煜所代表的南唐词风。文中所谓"郑、卫之声""流靡之变"当指前者而言；"所谓亡国之音哀以思"指后者而言。

　　文章后一部分，即"逮至本朝"以下，评述北宋词人，以揭短为主，同时提出词体在音律及语言笔调上的创作要求，所谓"别是一家"，即不同于诗、文，别具家法、家数。具体而言，一则词须可歌，故而要求协音律，所谓"歌词分五音，又分五声，又分六律，又分清浊轻重""本押仄声韵，如押上声则协，如押入声则不可歌"，均属词体音律特色。二则词体笔调要典重、有铺叙、有故实，不可下语尘俗、以诗文为词、专主情致等。衡以音律、笔调二端，文中所评十四位北宋词人中，柳永、晏几道、黄庭坚、秦观、贺铸等，协律而笔调有失；晏殊、欧阳修、苏轼之词，笔调、音律均有不合，所谓"皆句读不葺之诗尔，又往往不协音律"。至若"张子野、宋子京兄弟、沈唐、元绛、晁次膺辈"破碎不足名家，王安石、曾巩之词则"不可读"，均可略而不论。

此文脉络清晰，叙事之笔生动有趣（如叙述李八郎之事），评述之笔简明率直。其所论评不无失当之处（如谓张先词"破碎何足名家"，称晏殊、欧阳修词"皆句读不葺之诗"），然而在词论史上的开拓之功不容轻视。文中涉及的文人词兴起发展史、词体音律笔调之"别是一家"，以及词人词作评鉴，均为后世词论著述的主要内容，尤其是其词"别是一家"说，几可作为词体本色研究的奠基论断。

投翰林学士綦崈礼启[1]

清照启[2]：素习义方[3]，粗明诗礼[4]。近因疾病，欲至膏肓[5]。牛蚁不分[6]，灰钉已具[7]。尝药虽存弱弟[8]，膺门惟有老兵[9]。既尔苍皇[10]，因成造次[11]。信彼如簧之舌[12]，惑兹似锦之言[13]。弟既可欺，持官文书[14]来辄信；身几欲死，非玉镜架[15]亦安知。僶俛[16]难言，优柔莫决。呻吟未定，强以同归；视听才分，实难共处。忍以桑榆之晚节[17]，配兹驵侩[18]之下才。身既怀臭[19]之可嫌，惟求脱去；彼素抱璧之将往，决欲杀之[20]。遂肆侵凌，日加殴击。可念刘伶之肋[21]，难胜石勒之拳[22]。局天扣地[23]，敢效谈娘之善诉[24]；升堂入室，素非李赤之甘心[25]。外援难求，自陈何害？岂期末事[26]，乃得上闻㉗。取自宸衷㉘，付之廷尉㉙。被桎梏㉚而置对，同凶丑以陈词。岂惟贾生羞绛灌为伍㉛，何啻老子与韩非同传㉜。但祈脱死，莫望偿金。友凶横者十旬，盖非天降；居囹圄㉝者九日，岂是人为！抵雀捐金㉞，利当安往？将头碎璧㉟，失固可知。实自谬愚，分知狱市㊱。此盖伏遇内翰承旨㊲，搢绅望族㊳，冠盖清流㊴。日下无双，人间第一。奉天克复，本缘陆贽之词㊵；淮蔡底平，实以会昌之诏㊶。哀怜无告，虽未解骖㊷；感戴鸿恩，如真出己㊸。故兹白首，得免丹书㊹。清照敢不省过知惭㊺，扪心㊻识愧。责全责智㊼，已难逃万世之讥；败德败名㊽，何以见中朝之士㊾。虽南山之竹，岂能穷多口之谈㊿；惟智者之言，可以止无根之谤[51]。高鹏尺鷃，本异升沉[52]；火鼠冰蚕，难同嗜好[53]。达人[54]共悉，童子皆知。愿赐品题[55]，与加湔洗[56]。誓当布衣蔬食，温故知新[57]。再见江山，依旧一瓶一钵[58]；重归畎亩[59]，更须三沐三薰[60]。忝在葭莩[61]，敢兹尘渎。

注释

① 翰林学士，官名，始设于唐开元年间。宋沿唐制，正三品，在
学士院内掌起草制、诰、诏、令。简称"翰林""内相""内
翰""内制""词臣"等。綦崇礼（1083—1142），字叔厚。
崇，同"崇"。祖籍高密（今属山东潍坊），徙居潍州北海（治
所在今山东潍坊）。政和八年（1118）进士。洪遵《翰苑群书》
卷十一"翰苑题名"："綦崇礼，绍兴二年（1132）二月以吏
部侍郎兼权直院。七月，除兵部侍郎，依旧兼权。九月，除翰
林学士。四年七月，除宝文阁学士，知绍兴府。"《宋史》本
传称其"廉俭寡欲，独覃心辞章，洞晓音律，酒酣气振，长歌
慷慨，议论风生，亦一时之英也"。有《綦北海集》六十卷。启，
书信。"翰林学士"，一作"内翰"。

② 启：陈述；表白。

③ 义方：言行之正道方规。《左传》隐公三年："石碏谏曰：臣
闻爱子教之以义方。"

④ 诗礼：《诗经》、"三礼"。此泛指儒家经典。

⑤ 膏肓：指病情危重。《左传》成公十年："疾不可为也，在肓

之上，膏之下。攻之不可，达之不及，药不至焉，不可为也。"
古代医学以心尖脂肪为膏，心脏与隔膜之间为肓。

⑥牛蚁不分：喻神志不清。《世说新语·纰漏》："殷仲堪父病虚悸，
闻床下蚁动，谓是牛斗。"

⑦灰钉已具：已备好封棺之石灰、铁钉。

⑧"尝药"句：尝药，指侍奉汤药。《礼记·曲礼下》："君有
疾，饮药，臣先尝之；亲有疾，饮药，子先尝之。"郑玄注：
"尝度其所堪。"弱弟，指李远。李清照《金石录后序》："有
弟远任敕局删定官，遂往依之。"

⑨"膺门"句：只有老仆照应门户。膺，同"应"。老兵，老仆。
李冗《独异志》卷下："太宗朝罢，归而含怒，曰：'终须杀
此田舍奴。'文献皇后问曰：'大家嗔怨谁也？'帝曰：'只
是魏徵老兵对众辱我。'"

⑩苍皇：匆忙急迫。苍，通"仓"，亦作仓皇、仓惶、仓徨、仓遑、
仓黄。

⑪造次：轻率。

⑫如簧之舌：指虚假奉承之言。《诗经·小雅·巧言》："巧言如簧，
颜之厚矣。"郑玄笺："颜之厚者，出言虚伪而不知惭于人。"
孔颖达疏："巧为言语，结构虚辞，速相待合，如笙中之簧，

声相应和，见人不知惭愧，其颜面之容甚厚矣。"

⑬似锦之言：指浮华欺诈之言。《诗经·小雅·巷伯》："萋兮斐兮，成是贝锦。彼谮人者，亦已大甚。"毛传："萋、斐，文章相错也。贝锦，锦文也。"郑玄笺："喻谮人集作己过以成于罪，犹女工之集采色以成锦文。"

⑭官文书：指授官文凭，即告身、告命。韩愈《试大理评事王君墓志铭》载："妻上谷侯氏，处士高女。……初，处士将嫁其女，惩曰：'吾以龃龉穷悴，一女怜之，必嫁官人，不以与凡子。'君曰：'吾求妇氏久矣，唯此翁可人意，且闻其女贤，不可以失。'即谩谓媒妪曰：'吾明经及第，且选，即官人。侯翁女幸嫁，若能令翁许我，请进百金为谢。'妪诺许，白翁。翁曰：'诚官人耶？取文书来。'君计穷吐实。妪曰：'无苦。翁大人不疑人欺。我得一卷文书，粗若告身者。我袖以往，翁见，未必取视，幸而听我。'行其谋。翁望见文书衔轴，果信不疑，曰：'足矣。'以女与王氏。"

⑮玉镜架：即玉镜台。《世说新语·假谲》："温公丧妇，从姑刘氏家值乱离散，唯有一女，甚有姿慧。姑以属公觅婚。公密有自婚意，答曰：'佳婿难得，但如峤比云何？'姑云：'丧败之余，乞粗存活，便足慰吾余年，何敢希汝比。'却后少日，

公报姑云：'已觅得婚处，门地粗可，婿身名宦尽不减峤。'因下玉镜台一枚。姑大喜。既婚交礼，女以手披纱扇，抚掌大笑曰：'我固疑是老奴，果如所卜。'玉镜台是公为刘越石长史北征刘聪所得。"

⑯俛俛：俯仰之间。陶潜《与子俨等疏》："自量为己必贻俗患，俛俛辞世，使汝等幼而饥寒。"颜延年《秋胡诗》："孰知寒暑积，俛俛见荣枯。"李善注："俛俛，犹俯仰也。"吕向曰："俛俛，犹须臾也。"

⑰桑榆之晚节：指垂暮之年。徐坚《初学记》卷一《天部·日》："日西垂，景在树端，谓之桑榆。"注："言其光在桑榆树上。"晚节，胡仔《苕溪渔隐丛话》等引录作"晚景"。欧阳修《蔡州谢上表》："况桑榆之晚景，嗟已迫于衰迟。"范纯仁《禳谢》："保家族之平康，完桑榆之晚节。"

⑱驵（zǎng）侩：牲畜交易之经纪人，亦泛指市侩。《汉书·货殖传》："节驵侩。"颜师古注："侩者，合会二家交易者也。驵者，其首率也。"

⑲怀臭：指沾染狐臭。此喻嫁张汝舟。《吕氏春秋》卷十四《孝行览·遇合》："人有大臭者，其亲戚、兄弟、妻妾、知识，无能与居者。"

⑳"彼素"二句：言张汝舟久欲夺取李清照劫后遗存之金石古器，
决意要谋害她。《左传》哀公十七年：卫庄公攻戎州己氏，败
而被俘，"示之璧曰：'活我，吾与女璧。'己氏曰：'杀女，
璧其焉往？'遂杀之而取其璧"。

㉑刘伶之肋：喻羸弱之身。刘伶，字伯伦，西晋沛国（治所在今
江苏沛县）人。纵酒放达，与王戎、阮籍、嵇康等交游，世称"竹
林七贤"。《世说新语·文学》："刘伶著《酒德颂》，意气所寄。"
刘孝标注引《竹林七贤论》曰："伶处天地间，悠悠荡荡，无
所用心。常与俗士相忤。其人攘袂而起，欲必辱之。伶和其色曰：
'鸡肋岂足以当尊拳。'其人不觉废然而返。"

㉒石勒之拳：石勒（274—333），字世龙，上党武乡（治所在
今山西榆社）羯人。雄壮建武，善骑射。晋元帝大兴二年（319）
称赵王，史称后赵。成帝咸和四年（329）灭前赵，次年称帝。《晋
书·石勒载记》："初，勒与李阳邻居，岁常争麻池，迭相殴击。
至是谓父老曰：'李阳，壮士也，何以不来？沤麻是布衣之恨，
孤方崇信于天下，宁雠匹夫乎！'乃使召阳。既至，勒与酣谑，
引阳臂笑曰：'孤往日厌卿老拳，卿亦饱孤毒手。'"

㉓局天扣地：屈身小步行走，意谓惶恐不安。局，通"跼"。
《诗经·小雅·正月》："谓天盖高，不敢不局。谓地盖厚，
不敢不蹐。"毛传："局，曲也。蹐，累足也。"郑玄笺："局、

踏者，天高而有雷霆，地厚而有陷沦也。此民疾苦王政，上下
皆可畏怖之言也。"

㉔谈娘之善诉：崔令钦《教坊记》："《踏谣娘》，北齐有人，
姓苏，齁鼻，实不仕而自号为郎中，嗜饮酗酒，每醉辄殴其妻。
妻衔悲诉于邻里。时人弄之，丈夫著妇人衣，徐步入场行歌。……
及其夫至，则作殴斗之状，以为笑乐。今则妇人为之，遂不呼
郎中，但云'阿叔子'。……或呼为'谈容娘'，又非。"韦
绚《刘宾客嘉话录》："隋末有河间人，齁鼻，酗酒，自号郎中，
每醉必殴击其妻。妻美而善歌，每为悲怨之声，辄摇顿其身。
好事者乃为假面以写其状，呼为'踏摇娘'，今谓之'谈娘'。"

㉕"升堂"二句：意谓从不甘心身沾污秽。《论语·先进》："子
曰：由也升堂矣，未入於室也。"柳宗元《李赤传》载江湖浪
人李赤为厕鬼所惑，以入厕为升堂，溺死于厕中。

㉖末事：小事。此指诉讼张汝舟之事。

㉗上闻：指綦崇礼闻听其事。

㉘宸（chén）衷：帝王心意。宸，北极星之位，借指帝王居所，
代指帝王。白居易《贺雨》："庶政靡不举，皆出自宸衷。"

㉙廷尉：官司名，秦置，后名大理寺，掌刑狱。《汉书·百官公
卿表上》："廷尉，秦官，掌刑辟。"颜师古注："廷，平也。

治狱贵平，故以为号。"

㉚桎梏：脚镣手铐。《礼记·月令》："命有司省囹圄，去桎梏。"
郑玄注："桎梏，今械也，在手曰梏，在足曰桎。"

㉛贾生羞绛灌为伍：贾生，指贾谊（前201—前169），洛阳（今
属河南）人。年少闻名，文帝时任博士，迁太中大夫，受元老
大臣周勃、灌婴等排挤，被贬为长沙王太傅，后为梁怀王太傅。绛，
指绛侯周勃（？—前169），沛县（今属江苏）人。汉朝立国功臣，
封绛侯，文帝时任右丞相。灌，指灌婴（？—前176），睢阳
（治所在今河南商丘）人。汉朝立国功臣，封颍阴侯。文帝时
官至太尉、丞相。《史记·屈原贾生列传》："天子议以为贾
生任公卿之位，绛、灌、东阳侯、冯敬之属尽害之。"《史记·淮
阴侯列传》："（韩信）居常鞅鞅，羞与绛、灌等列。"

㉜"何啻"句：何啻（chì），何止。老子，姓李，名耳，字聃，
又字伯阳，春秋时楚国苦县（今河南鹿邑）人。先秦道家创始人，
著有《道德经》。韩非，战国末韩国（建都今河南新郑市）人，
韩诸公子之一。师事荀子，先秦法家之集成者，著有《韩非子》。
《史记》卷六十三《老庄申韩列传》合传老子、庄子、申不害、
韩非，后世或谓不妥。《南史·王敬则传》载敬则擢开府仪同
三司，王俭耻与同列，曰："不意老子遂与韩非同传。"

㉝ 图圄：牢狱。《礼记·月令》："命有司省图圄，去桎梏。"郑玄注："图圄，所以禁守系者，若今别狱矣。"

㉞ 抵雀捐金：喻诉讼损失惨重。抵，击。《庄子·让王》："今且有人于此，以随侯之珠，弹千仞之雀，世必笑之。是何也？则其所用者重，而所要者轻也。"桓宽《盐铁论·崇礼》："昆山之旁，以玉璞抵乌鹊。"

㉟ 将头碎璧：《史记·廉颇蔺相如列传》载相如奉赵王之命，奉璧奏秦王，见其无意偿还赵国城邑，"乃前曰：'璧有瑕，请指示王。'王授璧。相如因持璧却立倚柱，怒发上冲冠，谓秦王曰：'……臣观大王无意偿赵王城邑，故臣复取璧。大王必欲急臣，臣头今与璧俱碎于柱矣。'相如持其璧睨柱，欲以击柱"。

㊱ "分知"句：分知，料知。韩愈《赴江陵途中寄赠王二十补阙李十一拾遗李二十六员外翰林三学士》："病妹卧床褥，分知隔明幽。"狱市，狱讼。《史记·曹相国世家》：曹参曰："夫狱市者，所以并容也。今君扰之，奸人安所容也？吾是以先之。"刘敞《司门员外郎张巩可开封府推官》："京师者，举众大之辞名之者也，风俗杂而狱市繁。"苏轼《次韵王巩正言喜雪》："圣人与天通，有诏宽狱市。"

㊲ 内翰承旨：即翰林学士承旨，为翰林学士院主官，掌内制，备皇帝咨询顾问。此指綦崇礼。

㊳搢绅望族: 官宦名家。搢绅, 亦作"缙绅", 本指插笏于绅、带间。
代指士大夫。《汉书·郊祀志上》:"其语不经见, 缙绅者弗道。"
颜师古注:"李奇曰:'搢, 插也, 插笏于绅。绅, 大带也。'……
师古曰:'李云缙, 插是也。字本作搢。插笏于大带与革带之
间耳, 非插于大带也。或作荐绅者, 亦谓荐笏于绅、带之间,
其义同。'望族, 有声望之家族。

㊴冠盖清流: 冠盖, 官员冠服、车盖, 代指官宦。杜甫《梦李白》:
"冠盖满京华, 斯人独憔悴。"清流, 德行高洁有名望之人。

㊵"奉天"二句: 言唐德宗因朱泚叛乱而避难奉天(治所在今陕
西乾县), 其平乱收复京师, 缘有陆贽为草诏书。《旧唐书·陆
贽传》载:"建中四年(783), 朱泚谋逆, 从驾幸奉天。时
天下叛乱, 机务填委, 征发指踪, 千端万绪, 一日之内, 诏书
数百。贽挥翰起草, 思如泉注, 初若不经思虑, 既成之后, 莫
不曲尽事情, 中于机会。胥吏简札不暇, 同舍皆伏其能。转考
功郎中, 依前充职。尝启德宗曰:'今盗遍天下, 舆驾播迁。
陛下宜痛自引过, 以感动人心。昔成汤以罪己勃兴, 楚昭以善
言复国。陛下诚能不吝改过, 以言谢天下, 使书诏无忌。臣虽
愚陋, 可以仰副圣情, 庶令反侧之徒革心向化。'德宗然之。
故奉天所下书诏, 虽武夫悍卒无不挥涕感激, 多贽所为也。"

陆贽（754—805），字敬舆，苏州嘉兴（治所在今浙江嘉兴市南）人。大历六年（771）进士，又中博学宏词科。德宗时，由监察御史召为翰林学士。贞元八年（792）拜相。擅奏议，多骈偶，条理精密，文笔敷畅。有《翰苑集》。

㊶"淮蔡"二句：言唐宪宗平定吴元济淮蔡之乱，实赖李德裕为草诏书。淮蔡，指唐宪宗元和九年（814）淮西蔡州（治所在今河南汝南）刺史吴元济举兵叛乱，三年后被平定。底平，平定。会昌，唐武宗年号（841—846）。按此二句用事有误。王仲闻《李清照集校注》疑"淮蔡"当作"泽潞"。《旧唐书·李德裕传》："自开成五年冬回纥至天德，至会昌四年八月平泽潞，首尾五年，其筹度机宜，选用将帅，军中书诏奏请云合，起草指踪，皆独决于德裕，诸相无预焉。"李德裕（787—849），字文饶，赵郡（治所在今河北赵县）人。以父荫入仕。武宗时授门下侍郎、同平章事。有《会昌一品集》。

㊷解骖：指以财物救赎困境中人。骖，车前两侧之驾马。《史记·管晏列传》："越石父贤，在缧绁中。晏子出，遭之途，解左骖赎之，载归。"据窦仪《刑统》卷二十四《斗讼律·告周亲以下》："诸告周亲尊长外祖父母、夫、夫之祖父母，虽得实，徒二年。"卷一：徒刑"二年，赎铜四十斤"。

㊸ 如真出己: 如亲自救己出狱。《左传》成公三年:"荀罃之在楚也,郑贾人有将置诸褚中以出。既谋之,未行,而楚人归之。贾人如晋,荀罃善视之,如实出己。贾人曰:'吾无其功,敢有其实乎。吾小人,不可以厚诬君子。'遂适齐。"

㊹ 得免丹书: 意谓免受刑罚。《左传》襄公二十三年:"初,斐豹,隶也,著于丹书。"杜预注:"盖犯罪没为官奴,以丹书其罪。"

㊺ 省过知惭: 反省过失,深知惭愧。

㊻ 扪心: 抚摸胸口,指反省自问。

㊼ 责全责智: 责以保全名节、明智行事。

㊽ 败德败名: 指德行名誉受损。

㊾ 中朝之士: 指翰林学士承旨綦崇礼。中朝,指内朝。汉代朝官有中朝、外朝之分,武帝以文学侍从之臣加侍中、常侍、给事中等官职组成中朝,侍奉左右以备顾问,议事于内廷;丞相领百官于外朝处理全国政务。

㊿ "虽南山"二句:《汉书·公孙贺传》载京师大盗朱安世被捕,笑曰:"南山之竹不足受我辞,斜谷之木不足为我械。"《孟子·尽心下》:"貉稽曰:'稽大不理于口。'孟子曰:'无伤也,士憎兹多口。'"

51 "惟智者"二句:《荀子·大略篇》:"语曰:流丸止于瓯臾,

流言止于智者。”

(52)“高鹏”二句：大鹏小雀，高飞低跃，本自不同。此喻易安与张汝舟品德志趣高下悬殊。尺鷃(yàn)，雀鸟。《庄子·逍遥游》：“有鸟焉，其名为鹏，背若泰山，翼若垂天之云，抟扶摇羊角而上者九万里，绝云气，负青天，然后图南，且适南冥也。斥鷃笑之曰：‘彼且奚适也？我腾跃而上，不过数仞而下，翱翔蓬蒿之间，此亦飞之至也。而彼且奚适也？’此小大之辩也。”王先谦集解：“司马云：斥，小泽。鷃，雀也。斥，本作尺，古字通。”

(53)“火鼠”二句：此喻易安与张汝舟性情嗜好迥别。火鼠、冰蚕，传说为火山中生长的巨鼠和冰雪中生存的黑蚕。《水经注》卷十三：“东方朔《神异传》云：南方有火山焉，长四十里，广四五里。其中皆生不烬之木，昼夜火燃，得雨猛风不灭。火中有鼠，重百斤，毛长二尺余，细如丝，色白。时时出外，以水逐而沃之则死。取其毛绩以为布，谓之火浣布。”王嘉《拾遗记》卷十：“（员峤山）有冰蚕，长七寸，黑色，有角有鳞。以霜雪覆之，然后作茧，长一尺，其色五彩。织为文锦，入水不濡，以之投火，经宿不燎。”

(54)达人：通达事理之人。《左传》昭公七年：“臧孙纥有言曰：

'圣人有明德者，若不当世，其后必有达人。"孔颖达疏："谓知能通达之人。"

⑤ 品题：品评。

⑤ 湔洗：洗雪。

⑤ 温故知新：意谓吸取教训，增新识见。《论语·为政》："子曰：温故而知新，可以为师矣。"

⑤ 一瓶一钵：喻清苦贫穷。瓶、钵，僧人盛水、盛饭的器具。贯休《陈情献蜀皇帝》："一瓶一钵垂垂老，万水千山得得来。"

⑤ 畎亩：指田野乡间。《庄子·让王》："居于畎亩之中而游尧之门。"郭象注："田中曰亩，垄中曰畎。"

⑥ 三沐三薰：再三沐浴熏香。此指洁身自守。《国语·齐语》载齐桓公派使者从鲁国接回管仲，"比至，三衅三浴之"。韦昭注："以香涂身曰衅，亦或为薰。"

⑥ 忝在葭莩：愧为远亲。忝，有愧于，谦词。葭莩，芦苇茎中的薄膜，喻远房亲戚。《汉书·景十三王传》载中山靖王刘胜语："今群臣非有葭莩之亲，鸿毛之重，群居党议，朋友相为，使夫宗室摈却，骨肉冰释。"颜师古注："葭，芦也。莩者，其筒中白皮至薄者也。葭莩喻薄，鸿毛喻轻薄甚也。"

332

译文

清照陈言：自来修习方规道义，略通《诗》《书》礼仪。近染重病，几入膏肓之危。神志莫辨牛蚁，已备棺椁之灰、钉。虽有弱弟侍奉汤药，唯赖老仆照应门庭。故而仓皇之间，成此轻率之举。误信其巧舌如簧之言，迷惑于浮华欺诈之语。舍弟已受欺骗，见其授官文书便轻信；妾身病危近死，又怎知其定聘之礼非真。仓促难言，犹豫不决。病吟未断，被迫成婚；神志转清，实难相处。不堪垂暮之年，嫁此卑俗势利之徒。身既沾染可恶之狐臭，只求洗脱清除。其人久欲夺我财物，决意置我于死地。因此肆意欺凌，日加殴击。可叹羸弱之身躯，难敌凶猛之暴拳。惶恐局促，不敢效谈娘之诉说苦悲；居家处室，向来非李赤之甘于污秽。难获他人援救，何妨自行起诉。岂料此等琐事，却得大人闻知。上奏朝廷，奉命交付廷尉审理。身被枷锁出庭应对，忍与凶徒同堂陈词。岂唯似贾谊羞与周勃、灌婴为伍，何止如老聃与韩非合传。但求摆脱死境，不敢奢望钱财得以偿还。伴居凶徒百日，盖非天降之灾；身陷囹圄九日，岂是人为之害！抛金击雀，安

日晚倦梳头
——李清照选集

能得利？以头碎璧，损失自知。料想狱讼情势，实属愚谬。此盖幸遇内翰承旨，官宦名族，朝士清流。天下无双，人间第一。唐德宗避难奉天，收复京师缘有陆宣公为草书诏；唐宪宗平定淮蔡，运筹帷幄实赖李德裕拟决制诰。哀怜无处求告，虽未舍物为我解危急；感戴大恩大德，视如亲手救我出牢狱。遂使我这白发之人，得以免受刑罚之罪。清照敢不悔过知耻，扪心感愧。求全责备，已难逃万世之讥；败德坏名，无颜见内朝之士。即伐南山竹林为简，岂能尽书众口之闲谈；唯有智者之言论，可以平息无稽之谣传。大鹏小雀，高飞低跃本相别；火鼠冰蚕，嗜热耐寒难同列。通达之人皆知晓，三尺童子都明白。愿赐言置评，予以洗雪。誓当布衣蔬食以度日，反思过往以增新识。重见天日，依旧清贫如洗；回归乡野，更须洁身自好。愧为远亲，岂敢增添烦劳。

赏析

　　这是一封致谢翰林学士綦崇礼的骈体书信,作于绍兴二年
(1132)。全文最早见录于赵彦卫所纂并刊行于开禧二年(1206)
的《云麓漫抄》卷十四,题作《投内翰綦公崈礼启》,而此前
与李清照大略同时的胡仔在《苕溪渔隐丛话》前集卷六十已有
引录:"易安再适张汝舟,未几反目,有启事与綦处厚云:'猥
以桑榆之晚景,配兹驵侩之庸材。'传者无不笑之。"同时的
王灼《碧鸡漫志》卷二亦载此事:"易安居士,京东路提刑李
格非文叔之女,建康守赵明诚德甫之妻。……赵死,再嫁某氏,
讼而离之。"又据李心传《建炎以来系年要录》卷五十八载:
绍兴二年九月,"右承奉郎监诸军审计司张汝舟属吏,以汝舟
妻李氏讼其妄增举数入官也。其后有司当汝舟私罪,徒,诏除名,
柳州编管。十月己酉行遣。李氏,格非女,能为歌词,自号易
安居士"。则易安既举报张汝舟科举枉法,又诉讼其家暴而离
之。依宋代法律,妻讼夫,"虽得实,徒二年"(窦仪《刑统》
卷二十四《斗讼律》),故本文云"被桎梏而置对,同凶丑以

陈词"。幸得翰林学士綦崇礼之疏救，易安仅系狱九日而获释，遂致书以谢。

全文包括三层用意，开篇至"失固可知"，概述再嫁及讼离之原委经过，为第一层次。朱熹云："夫死而嫁固为失节，然亦有不得已者。"（《晦庵先生朱文公文集》卷六十二《答李敬子燔余国秀宋杰》）易安出身于名宦之家，又为一代才女，且与赵明诚伉俪情深，明诚病故三年后再嫁张汝舟，于情于礼，均非可称之举。易安自知其失，故起笔即言："素习义方，粗明诗礼。"意谓非不知遵礼守节，今之行事实有不得已之苦衷。"近因"二字转笔自述再嫁之缘由：重病缠身，孤伶无依，加之张汝舟趁人之危，巧言欺骗，"既尔苍皇，因成造次"。"俔俛难言，优柔莫决。呻吟未定，强以同归"数语，见出身不由己，而非心甘情愿，盖为其弟所迫。"视听才分"以下自述起诉离婚之原由经过。"视听才分"与上文"牛蚁不分"遥相对照：重病期间，神志模糊，受骗被迫成婚；如今病情好转，视听分明，识其"驵侩下才"之真面目，"惟求脱去"，决意讼而离之。"彼素抱璧之将往"数句承"驵侩之下才"；"局天扣地"数句承"实难共处"。"外援难求"句以下承"惟求脱去"，叙述诉讼、判离过程及其亲历之感受。"凶丑""凶横""贾生羞绛灌为伍""老子与韩非同传"数语，显露出对张汝舟的极度憎恨鄙视，故而不惜一切讼而离之，所谓"但祈脱死，莫望偿金""抵雀捐金""将头碎璧"云云，言语间亦透露出深深的悲苦自怜之情。

"实自谬愚"二句反思所历狱讼，转入对綦崇礼的深切感激，为本文第二层意旨。"谬愚"就"分知狱市"而言，意谓对狱讼情状之预料实属愚谬。今之胜诉获赦，乃因幸遇内翰承旨。"搢绅望族"至"实以会昌之诏"，融感激于赞誉之中。史称綦氏"所撰诏命数百篇，文简意明，不私美，不寄怨，深得代言之体。……廉俭寡欲，独覃心辞章，洞晓音律，洒酣气振，长歌慷慨，议论风生，亦一时之英也。……以县主簿骤升华要，极润色论思之选。端方亮直，不惮强御"（《宋史·綦崇礼传》）。易安的言辞虽不无溢美之嫌（如"日下无双，人间第一"），然"冠盖清流""陆贽之词""会昌之诏"，则与綦氏的官位、人品及才华相称，并非夸饰无当。就行文脉络而言，此番称颂乃为下文直述"感戴鸿恩"之情作铺垫。"哀怜无告"一句转笔似觉突兀，实则意脉贯通：称綦氏为"冠盖清流"，则其施救乃出于正义之心，而非徇私之举；赞綦氏词章之功，当因其上疏营救，故云"如真出己"。

"清照敢不省过知惭"以下为本文第三层意旨。易安亲历狱讼而"得免丹书",感激之余,自省自愧,自料"难逃万世之讥""多口之谈",何以处之?一则期望綦崇礼再为申言止谤,所谓"惟智者之言,可以止无根之谤""愿赐品题,与加湔洗";一则自誓温故省过,清心寡欲,简朴度日,所谓"布衣蔬食,温故知新""一瓶一钵""三沐三薰"。求人、律己而外,唯有听其自然。书信至此便已言尽,末以谦语作结,兼表歉意。

　　全文叙事、述怀融为一体,笔调或率直,或委婉,达意清晰,脉络贯通,情感诚挚动人。

打马图经序①

慧则通②，通即无所不达；专则精③，精即无所不妙。故庖丁之解牛④，郢人之运斤⑤，师旷⑥之听，离娄⑦之视，大至于尧、舜⑧之仁，桀、纣⑨之恶，小至于掷豆起蝇⑩，巾角拂棋⑪，皆臻⑫至理者何？妙而已。后世之人，不惟学圣人之道不到圣处⑬，虽嬉戏之事，亦得其依稀仿佛而遂止者多矣。夫博⑭者无他，争先⑮术耳，故专者能之。予性喜博，凡所谓博者皆耽之，昼夜每忘寝食。且平生随多寡未尝不进者何⑯？精而已。

自南渡来，流离迁徙，尽散博具，故罕为之，然实未尝忘于胸中也。今年冬十月朔⑰，闻淮上警报⑱。江、浙之人自东走西，自南走北，居山林者谋入城市，居城市者谋入山林，旁午络绎^⑲，莫不失所。易安居士亦自临安溯流^⑳，涉严滩^㉑之险，抵金华^㉒，卜居陈氏第^㉓。乍释^㉔舟楫而见轩窗，意颇适然。更长烛明，奈此良夜何。于是乎博弈^㉕之事讲矣。

且长行^㉖、叶子^㉗、博塞^㉘、弹棋^㉙，近世无传。若打揭^㉚、大小猪窝^㉛、族鬼、胡画、数仓、赌快^㉜之类，皆鄙俚不经见^㉝。藏弝^㉞、摴蒲^㉟、双蹙融^㊱，近渐废绝。选仙^㊲、加减、插关火^㊳，质鲁任命^㊴，无所施人智巧。大小象戏^㊵、弈棋^㊶，又惟可容二人。独采选^㊷、打马，特为闺房雅戏。长恨采选丛繁^㊸，劳于检阅，故能通者少，难遇勍敌^㊹。打马简要，而苦无文采^㊺。

按打马世有二种：一种一将十马者，谓之关西马；一种无将二十^㊻马者，谓之依经马。流行既久，各有图经凡例可考。行移赏罚，互有同异。又宣和^㊼间人取二种马，参杂加减，大约交加徼倖^㊽，古意尽矣。所谓宣和马者是也。予独爱依经马，因取其赏罚互度^㊾，每事作数语，随事附见，使儿辈图之。不独施之博徒^㊿，实足贻诸好事^㉛，使千万世后知命辞^㉜打马，始自易安居士也。时绍兴四年^㉝十一月二十四日，易安室^㉞序。

注释

① 《打马图经》：书名。打马，古代博戏名。陈振孙《直斋书录解题》卷十四著录无名氏《打马格局》一卷、郑寅《打马图式》一卷。据今存民国二十九年（1940）上海涵芬楼影印明万历二十五年（1597）金陵荆山书林刻《夷门广牍》本《马戏图谱》一卷，李清照撰，卷首为《打马图叙》，目录依次为《打马赋》《打马图》《采色图》《铺盆例》《采色例》《下马例》《行马例》《打马例》《倒行例》《入夹例》《落堑例》《倒盆例》

《赏帖例》《赏掷例》《总论》。

② 慧则通：聪慧就能博通事理。

③ 专则精：专注就能精通事理。

④ 庖丁之解牛：庖丁，厨师。解，解剖。《庄子·养生主》："庖丁为文惠君解牛，手之所触，肩之所倚，足之所履，膝之所踦，砉然向然，奏刀騞然，莫不中音，合于桑林之舞，乃中经首之会。文惠君曰：'嘻！善哉！技盖至此乎。'庖丁释刀对曰：'臣之所好者道也，进乎技矣。'"成玄英疏："庖丁，谓掌厨丁役之人，今之供膳是也。……解，宰割之也。"

⑤ 郢（yǐng）人之运斤：郢，春秋战国时楚国都城，在今湖北荆州市。斤，斧子。《庄子·徐无鬼》："郢人垩漫其鼻端，若蝇翼，使匠石斫之。匠石运斤成风，听而斫之，尽垩而鼻不伤。郢人立不失容。"成玄英疏："郢，楚都也。垩者，白善土也。漫，污也。"

⑥ 师旷：字子野，名旷，春秋时晋国乐师，故称师旷。传说生而盲，善辨音律，能据声音辨吉凶。《孟子·离娄上》："师旷之聪，不以六律，不能正五音。"赵岐注："师旷，晋平公之乐太师也，其听至聪。"

⑦ 离娄：又称离朱、离珠，传说为黄帝时人，目力极强。《孟子·离

娄上》赵岐注："离娄者，古之明目者，黄帝时人也。黄帝亡其玄珠，使离朱索之。离朱即离娄也，能视，于百步之外见秋毫之末。"

⑧ 尧、舜：传说中的上古圣明帝王唐尧、虞舜。

⑨ 桀（jié）、纣：桀为夏朝末代君王，名履癸。纣为商朝末代君王，名辛。均以荒淫残暴而亡国。

⑩ 掷豆起蝇：段成式《酉阳杂俎·续集》卷四："予未亏齿时，尝闻亲故说张芬中丞在韦南康皋幕中，有一客于宴席上以筹椀中绿豆击蝇，十不失一，一坐惊笑。芬曰：'无费吾豆。'遂指起蝇，拈其后脚，略无脱者。"

⑪ 巾角拂棋：《世说新语·巧艺》："弹棋始自魏，宫内用妆奁戏。文帝于此戏特妙，用手巾角拂之，无不中。有客自云能。帝使为之。客著葛巾角，低头拂棋，妙逾于帝。"

⑫ 臻：达到。

⑬ 圣处：高明之境。韩愈《感春四首》其二："惜哉此子巧言语，不到圣处宁非痴。"

⑭ 博：指下棋类争输赢、角胜负之游戏。

⑮ 争先：棋戏之抢先手。段成式《酉阳杂俎》卷十二："一行公本不解奕，因会燕公宅，观王积薪棋一局，遂与之敌，笑谓燕

公曰：'此但争先耳。若念贫道四句乘除语，则人人为国手。'"

⑯ "且平生"句：言平生博戏所赌中或多或少，未尝不赢。进，赢得博戏所赌之财。《汉书·陈遵传》："陳遵，字孟公，杜陵人也。祖父遂，字长子。宣帝微時，与有故，相随博弈，数负进。及宣帝即位，用遂，稍迁至太原太守，乃赐遂玺书曰：'制诏太原太守，官尊禄厚，可以偿博进矣。'"颜师古注："进者，会礼之财也，谓博所赌也。"

⑰ 朔：农历每月初一。

⑱ 淮上警报：淮河一带传来敌情警报。史载绍兴四年（1134）九月，金兵纠合伪齐军大举渡淮侵宋（见《宋史·高宗本纪》）。

⑲ 旁午络绎：往来纷纭繁乱。旁午，亦作"旁迕"，交错纷繁。

⑳ 自临安溯流：临安，南宋都城，在今浙江杭州市。溯流，逆流而上。

㉑ 严滩：即严陵濑，又名七里滩、严子濑，在浙江桐庐县西南富春山下钱塘江上，相传为东汉严光（字子陵）垂钓处。

㉒ 金华：地名，今属浙江。

㉓ 卜居陈氏第：择居于陈姓家中。卜居，择地而居。

㉔ 乍释：刚离开。

㉕ 博弈：六博和围棋，亦泛指棋类游戏。《论语·阳货》："不

有博弈者乎？为之，犹贤乎已。"朱熹集注："博，局戏也。弈，围棋也。"

㉖ 长行：博戏名，又名"握槊"。唐邢绍宗《握槊赋》序："握槊，今人谓之长行也。"李肇《唐国史补》卷下："今之博戏，有长行最盛。其具有局有子，子有黄、黑各十五。掷采之骰有二。其法生于握槊，变于双陆。天后梦双陆而不胜，召狄梁公说之，梁公对曰：'宫中无子之象是也。'后人新意，长行出焉。又有小双陆、围透、大点、小点、游谈、凤翼之名，然无如长行也。"

㉗ 叶子：即叶子戏，又称叶子格。苏鹗《杜阳杂编》卷下："韦氏诸家好为叶子戏。"钱易《南部新书》卷十："梁祖初革唐命，宴于内殿，悉会戚属，又命叶子戏。黄王忽不掷目，梁祖曰：'朱三你受他许大官职，久远家族，得安稳否？'于是掷戏具于阶，抵其盆而碎之。"欧阳修《归田录》卷下："叶子格者，自唐中世以后有之。……凡文字有备检用者，卷轴难数卷舒，故以叶子写之。……骰子格本备检用，故亦以叶子写之，因以为名尔。唐世士人宴聚盛行叶子格，五代、国初犹然，后渐废不传，今其格世或有之，而无人知者。"

㉘ 博塞：博戏名。《庄子·骈拇》："问谷奚事，则博塞以游。"成玄英疏："行五通而投琼曰博，不投琼曰塞。"杜甫《今夕

行》："今夕何夕岁云徂，更长烛明不可孤。咸阳客舍一事无，相与博塞为欢娱。"

㉙ 弹棋：一种棋类博戏，始于汉魏，唐时犹流行。《后汉书·梁统传》载梁冀"能挽满、弹棋"，李贤注引《艺经》曰："弹棋，两人对局，白、黑棋各六枚，先列棋相当，更先弹也。其局以石为之。"段成式《酉阳杂俎·续集》卷四："今弹棋用棋二十四，以色别贵贱，棋绝后一豆。座右方云：白、黑各六棋，依六博，棋形颇似枕状。"沈括《梦溪笔谈》卷十八："《西京杂记》云：'汉元帝好蹴鞠，以蹴鞠为劳，求相类而不劳者，遂为弹棋之戏。'……弹棋，今人罕为之，有谱一卷，尽唐人所为。其局方二尺，中心高如覆盂，其巅为小壶，四角微隆起。"

㉚ 打揭：博戏名。揭，亦作"褐""楬"。黄庭坚《鼓笛令·戏咏打揭》："酒阑命友闲为戏。打揭儿、非常惬意。各自输赢只赌是。赏罚采，分明须记。 小五出来无事，却跋翻和九底。若要十一花下死，那管十三，不如十二。"

㉛ 大小猪窝：博戏名，亦作"朱窝"，即"除红"。杨维桢《除红谱序》："猪窝者，朱河所撰也，后世讹其音，不务察其本始，谓之猪窝者，非也。朱河，字天明，宋大儒朱光庭之裔，南渡时始迁建业，遂世家焉。河少有才望，落魄不羁，仕至天官冢

宰。……除红者，以除四红言之也。……夫除红例以四色观法
于主耦方围四也。一红为主，而余三为客，取象于径一围三也。
数之前后皆八，而唯以十为中，自八以退不及也。而罚有差，
十二以进有余者也。而赏有差，九之十二，则多寡胜负相角而成。
其发明四时盈缩、人事怠勤章矣，其所表见皆不妄设。"

㉜ 族鬼、胡画、数仓、赌快：均为博戏名，具体不详。

㉝ 鄙俚不经见：意谓鄙俗不足道。不经见，不见于经典。《史记·封
禅书》："其语不经见，缙绅者不道。"

㉞ 藏弶（kōu）：博戏名，即藏钩。弶，钩环。原作"酒"，据《夷
门广牍》本《马戏图谱》校改。段成式《酉阳杂俎·续集》卷四：
"旧言藏钩起于钩弋。盖依辛氏《三秦记》云汉武钩弋夫人手拳，
时人效之，目为藏钩也。……《风土记》曰：藏钩之戏，分二
曹以校胜负。若人耦则敌对，若奇则使一人为游附，或属上曹，
或属下曹，名为飞鸟。又今为此戏必于正月。据《风土记》，
在腊祭后也。"李白《宫中行乐词》："更怜花月夜，宫女笑
藏钩。"

㉟ 摴（chū）蒲：博戏名，亦作"樗蒱"。传说老子所作。唐时
犹流行。汉马融有《摴蒱赋》。李肇《唐国史补》卷下："洛
阳令崔师本又好为古之摴蒱。其法：三分其子三百六十，限以

二关。人执六马。其骰五枚，分上为黑、下为白。黑者刻二为犊，白者刻二为雉。掷之全黑者为'卢'，其采十六；二雉三黑为'雉'，其采十四；二犊三白为'犊'，其采十；全白为'白'，其采八。四者，贵采也。'开'为十二，'塞'为十一，'塔'为五，'秃'为四，'撅'为三，'枭'为二。六者，杂采也。贵采得连掷、得打马、得过关，余采则否。新加进九、退六两采。"

㊱ 双蹙融：博戏名。李匡乂《资暇集》卷中"蹙融"："今有奕局，取一道，人行五棋，谓之蹙融。融，宜作'戎'。此戏生于黄帝蹙鞠，意在军戎也，殊非圆融之义。庚元规著《座右方》所言'蹙戎'者，今之蹙融也。"段成式《酉阳杂俎·续集》卷四："小戏中于奕局一枰，各布五子角迟速，名蹙融。予因读《座右方》，谓之'蹙戎'。"

㊲ 选仙：博戏名。赵翼《陔余丛考》卷三十三"升官图"："又宋时有选仙图，亦用骰子比色，先为散仙，次为上洞，以渐至蓬莱、大罗等列仙。其比色之法，首重绯四，次六与三，最下者么。凡有过者，谪作采樵、思凡之人，遇胜色仍复位。王珪《宫词》有云：'尽日窗间赌选仙，小娃争觅列盆钱。上筹须占蓬莱岛，一掷乘鸾出洞天。'亦彩选之类也。"

㊳ 加减、插关火：均为博戏名，具体不详。

㊴质鲁任命：简单朴拙，听凭运气。

㊵象戏：象棋，始于北周。庾信《象戏赋》云："观夫造作权舆，皇王厥初。法凝阴于厚德，仰冲气于清虚。"高承《事物纪原》卷九"象戏"条："《太平御览》曰：象戏，周武帝所造，而行棋有日月星辰之目，与今人所为殊不同。唐牛僧孺撰《玄怪录》载唐宝应元年，岑顺于陕州吕氏凶宅夜闻鼙鼓之声，有介人报曰：'金象将夜警也。'寤见铁骑长数寸，进曰：'天马斜飞度三疆，上将横行击四方。辎车直入无回翔，六甲次第不乖行。'乃有一马斜去三尺止，又一步卒横出一尺，后车进。已而于见处掘之，即古冢也，前有金象局，列马满枰。其辞与势正今世所为者……《说苑》：雍门周谓孟尝君：'下燕则斗象棋。'亦战国之事乎？故今人亦曰象棋盖战国用兵争强，故时人用战争之象为棋势也。"白居易《和春深二十首》其十七："鼓应投壶马，兵冲象戏车。"程颢《象戏》："大都博奕皆戏剧，象戏翻能学用兵。车马尚存周战法，偏裨兼备汉官名。中权八面将军重，河外尖斜步卒轻。却凭纹楸聊自笑，雄如刘项亦闲争。"

㊶弈棋：围棋。传说尧舜时所造。高承《事物纪原》卷九"围棋"条："《博物志》曰：'尧造围棋以教丹朱。或曰舜造也。'""手谈"条："今人目围棋为手谈者，语云：'王中郎以围棋为手谈也。'

《世说》曰：'王中郎以围棋是坐隐，支公以围棋以为手谈。'"白居易《和春深二十首》其十七："何处春深好，春深博弈家。一先争破眼，六聚斗成花。"

㊷ 采选：博戏名，亦作"彩选"。始于唐，宋时有演变。高承《事物纪原》卷九"彩选"条："《彩选序》曰：唐之衰，任官失序，而廉耻路断。李贺州郃讥之，耻当时职任，用投子之数均班爵赏，谓之彩选，言其无实，惟彩胜而已。本朝刘蒙叟、陈尧佐虽各有损益，而大抵取法。及赵明远削唐杂任之门，尽以今制，专以进士为目，时庆历中也。元丰末，官制行，朱昌国又以寄禄新格为名。"徐度《却扫编》卷下："彩选格起于唐李郃，本朝踵之者有赵明远、尹师鲁。元丰官制行，有宋保国皆取一时官制为之。至刘贡父独因其法，取西汉官秩升黜次第为之，又取本传所以升黜之语注其下。局终，遂可类次其语为一传。博戏中最为雅驯。……贡父晚年复稍增而自题其后。今其书盛行于世。"

㊸ 丛繁：繁杂。《新唐书·王播传》："是时，天下多故，大理议谳，科条丛繁。"

㊹ 勍（qíng）敌：强敌。《左传》僖公二十二年："子鱼曰：君未知战。勍敌之人，隘而不列，天赞我也。"杜预注："勍，强也。"

㊺文采：变化多采。

㊻二十：一作“二十四”。

㊼宣和：宋徽宗年号（1119—1125）。

㊽交加徼倖：意谓偶然机运交集。

㊾赏罚互度：赏罚规则。互，通“枑”，本义指交互其木以为遮拦，引申为禁规。度，条规。

㊿施之博徒：适用于博戏者。

(51)贻诸好事：遗赠喜好此事之人。贻（yí），赠送。好事，爱好此事之人。

(52)命辞：遣辞。此指以文辞解释。

(53)绍兴四年：公元1134年。

(54)易安室：一作“易安居士”。

译文

聪慧则能博通，博通就可无所不畅；专注则能精通，精通就可无所不妙。所以庖丁之解牛，郢人之运斧，师旷之听声，离娄之视物，大至于尧、舜之仁政，桀、纣之恶行，小至于掷豆击蝇、指拈飞蝇、巾角弹棋，皆达至极之境，何故？精妙而已。后世之人，不仅学圣人之道未至高明之境，即使游戏之事，亦粗得其皮毛大略便止步不前的人很多。博戏别无他术，就是争抢先手的技巧，所以专注的人就能学会。我性好博戏，凡是博戏都沉迷其中，每每日以继夜，废寝忘食。而且平生博戏所赌，或多或少，未尝不赢，何故？精通而已。

自从南渡以来，流离迁转，博戏器具散失殆尽，所以很少为之，但实则心中未曾忘怀。今年十月初一，闻听敌兵渡淮入侵警报。江、浙百姓自东跑西，自南奔北，山林隐士想入城市，城市居民欲进山林。往来纷纭，莫不流离失所。易安居士我亦自临安逆流而行，渡过严陵险滩，抵达金华，择居陈氏宅第。乍别舟船而见房屋，心情颇感安然。灯烛明照，良夜漫长，何以消遣？于是便提笔说解博弈之事。

　　且如长行、叶子、博塞、弹棋，近世已无传承。若打揭、大小猪窝、族鬼、胡画、数仓、赌快之类，皆鄙俗不见于经传。藏弆、摴蒲、双蹙融，近来渐趋废绝。选仙、加减、插关火，简单粗浅，听凭运气，无以施展人之智巧。大小象戏、弈棋，又只容二人玩乐。唯有采选、打马，特为闺房之高雅博戏。常怨采选繁复，检阅费神，所以通晓的人很少，难以找到对手。打马则简要，而苦于无甚花样变化。

　　按打马博戏，传世有两种：一种为一将十马，谓之关西马；一种为无将二十马，谓之依经马。流行已久，各有图经凡例可供查考。其游戏及赏罚规则，互有同异。宣和年间，又有人将二种打马博戏，融合取舍，大略机运因素交集，全无古意。这就是所谓的宣和马。我独喜爱依经马，因而就其赏罚规则，每条作数语说明，附见其后，使儿辈画成图形。不独适用于博戏者，实可留赠喜好此事之人，使千万世之后，人们知道撰词说明打马博戏始于易安居士。时为绍兴四年十一月二十四日，易安室序。

赏析

　　打马为古代的一种博戏。易安喜爱且精通此艺，绍兴四年（1134）十一月避乱金华，良夜无事，作《打马图经》。本文为其序言。

　　《孟子·告子篇》云："心之官则思，思则得之，不思则不得也。"又云："今夫弈之为数，小数也。不专心致志则不得也。"数，指技艺。易安此序据以开宗明义，摄取博戏一事所寓之理落笔开篇，谓凡事须用心专注才能精通，语句精要。"故庖丁解牛"数句，先列举世人熟知的四则古代妙技事例为证；再以"大至于"云云、"小至于"云云作概括，其并举"尧、舜之仁，桀、纣之恶"，颇有见地，"仁""恶"之行皆有其妙境，所谓"精即无所不妙"；末以自问自答收束呼应，跌宕有致。"后世之人"，承上文所举古之正例转而泛言今之反例：学"不到圣处"，"得其依稀仿佛而遂止"，则其不能达妙理，自不待言。至此理已说足，接下据理言事，以"夫博者"落笔正题。就其笔路而言，"博者"又与上文"巾角拂棋""嬉戏之事"断续相通，"专者能之""耽之""精而已"则呼应起笔所言"专则精"；就其意脉而言，"性喜"而"耽之"乃至"昼夜每忘寝食",故能通而妙,应和上文所言之理,又为下文所述说解打马之原委作铺垫:有兴趣,有能力,若兼有时机,便可成其事。

"自南渡来"至"于是乎博弈之事讲矣",叙述起意说解博弈之时机。"尽散博具"三句承前"性喜博"。"今年"句以下追述自临安避难金华之经历,照应上文"流离迁徙",笔调简括冷静,当因此前建炎、绍兴间曾历经更为艰辛漫长的避难流离生涯,故而此次避难金华,处之淡然,卜居安顿,"意颇适然",良夜"更长烛明",遂起意讲说博戏。

"且长行"以下承"博弈之事",遍举古今博戏种种,暗寓选择打马为作说解之缘由:"近世无传"者、"鄙俚不经见"者、"近渐废绝"者、"质鲁任命,无所施人智巧"者,均无传承之可能或价值;"大小象戏、弈棋,又惟可容二人","采选丛繁,劳于检阅,故能通者少",皆有局限。打马虽"无文采",然简要雅驯,可为讲说传世。至此文笔落到题面。"按打马"以下归题结篇,略述打马之分类("关西马""依经马")及其流变("宣和马"),说明所撰《打马图经》之内容、方法及其用意。

文章从大处立意,以理摄事,说理简要,述事分明,笔墨呼应,章法严整。

金石录后序

右《金石录》三十卷者何[1]？赵侯德父[2]所著书也。取上自三代[3]，下迄五季[4]，钟、鼎、甗、鬲、盘、匜、尊、敦之款识[5]，丰碑大碣[6]、显人晦士之事迹，凡见于金石刻者二千卷[7]，皆是正讹谬[8]，去取褒贬[9]，上足以合圣人之道，下足以订史氏之失[10]者，皆载之，可谓多矣。呜呼！自王涯[11]、元载[12]之祸，书画与胡椒无异；长舆、元凯之病，钱癖与《传》癖何殊[13]。名虽不同，其惑[14]一也。

余建中辛巳始归赵氏[15]，时先君[16]作礼部员外郎，丞相[17]作吏部侍郎。侯[18]年二十一，在太学[19]作学生。赵、李族寒，素贫俭。每朔望谒告[20]，出质衣[21]，取半千

钱，步入相国寺，市碑文果实归^㉒，相对展玩咀嚼，自谓葛天氏^㉓之民也。后二年，出仕宦^㉔，便有饭蔬衣练^㉕，穷遐方绝域^㉖，尽天下古文奇字^㉗之志。日就月将^㉘，渐益堆积。丞相居政府^㉙，亲旧或在馆阁^㉚，多有亡诗、逸史^㉛，鲁壁^㉜、汲冢^㉝所未见之书，遂尽力传写，浸觉^㉞有味，不能自已。后或见古今名人书画、三代奇器，亦复脱衣市易^㉟。尝记崇宁^㊱间，有人持徐熙《牡丹图》^㊲，求钱二十万。当时虽贵家子弟，求二十万钱，岂易得耶？留信宿^㊳，计无所出而还之。夫妇相向惋怅者数日。

后屏居乡里十年^㊴，仰取俯拾^㊵，衣食有余。连守两郡^㊶，竭其俸入以事铅椠^㊷。每获一书，即同共校勘^㊸，整集签题^㊹。得书、画、彝、鼎，亦摩玩舒卷^㊺，指摘疵病，夜尽一烛为率^㊻。故能纸札^㊼精致，字画完整，冠诸收书家。余性偏^㊽强记，每饭罢，坐归来堂^㊾，烹茶，指堆积书史，言某事在某书某卷第几叶第几行，比中否角胜负^㊿，为饮茶先后。中即举杯大笑，至茶倾覆怀中，反不得饮而起。甘心老是乡矣(51)，虽处忧患困穷而志不屈。收书既成，归来堂起书库大橱，簿甲乙，置书册(52)。如要讲读，即请钥上簿，关出卷帙(53)。或少损污，必惩责(54)揩完涂改，不复向时之坦夷(55)也。是欲求适意而反取憀慄(56)。余性不耐(57)，始谋食去重肉，衣去重采，首无明珠翡翠之饰(58)，室无涂金刺绣之具。遇书史百家字不刓阙(59)、本不讹谬者，辄市之储作副本。自来家传《周易》《左氏传》，故两家者流(60)，文字最备。于是几案罗列，枕席枕藉(61)，意会心谋，目往神授，乐在声色狗马(62)之上。

至靖康丙午岁(63)，侯守淄川(64)，闻金人犯京师(65)，四顾茫然，盈箱溢箧，且恋恋，且怅怅，知其必不为己物矣。建炎丁未(66)春三月，奔太夫人丧南来(67)。既长物(68)不能尽载，乃先去书之重大印本者，又去画之多幅者，又去古器之无款识者，后又去书之监本(69)者，画之平常者，器之重大者。凡屡减去，尚载书十五车。至东海⑦，连舻渡淮，又渡江，至建康⑦。青州故第尚锁书册什物，用屋十余间，期明年春再具舟载之。十二月，金人陷青州，凡所谓十余屋者，已皆为煨烬⑫矣。

建炎戊申⑬秋九月，侯起复⑭知建康府。己酉⑮春三月罢，具舟上芜湖⑯，入姑孰⑰，将卜居赣水上⑱。夏五月，至池阳⑲，被旨知湖州⑳，过阙上殿㉑。遂驻家池阳，独赴召。六月十三日，始负檐㉒舍舟坐岸上，葛衣岸巾㉓，精神如虎，目光烂烂射人，望舟中告别。余意甚恶，呼曰："如传闻或城中缓急㉔，奈何？"戟手㉕遥应曰："从众。必不得已，先弃辎重㉖，次衣被，次书册，次卷轴㉗，次古器，独所谓宗器㉘者，可自负抱，与身俱存亡。勿忘也。"遂驰马去。途中奔驰，冒大暑，感疾。至行在㉙，病痁㉚。七月末，书报卧病。余惊怛㉛，念侯性素急，奈何！病痁或热，必服寒药，疾可忧。遂解舟下，一日夜行三百里。比至，果大服柴胡、黄芩㉜药，疟且痢，病危在膏肓㉝。余悲泣，仓皇不忍问后事(94)。八月十八日，遂不起，取笔作诗，绝笔而终，殊无分香卖履(95)之意。

葬毕，余无所之(96)。朝廷已分遣六宫(97)，又传江当禁渡。时犹有书二万卷，金石刻二千卷(98)，器皿、茵褥可待百客，他长物称是(99)。余又大病，仅存喘息。事势日迫，念侯有妹婿任兵部侍郎，从卫(100)在洪州，遂遣二故吏先部送(101)行李往投之。冬十二月，金人陷洪州，遂尽委弃。所谓连舻渡江之书又散为云烟矣，独余少轻小卷轴书帖，写本李、杜、韩、柳集(102)，《世说》(103)，《盐铁论》(104)，汉唐石刻副本数十轴，三代鼎鼐十数事(105)，南唐写本书数箧，偶病中把玩搬在卧内者，岿然独存(106)。

上江既不可往，又虏势叵测，有弟迒任敕局删定官(107)，遂往依之。到台，台守已遁(108)。之剡(109)，出睦(110)，又弃衣被，走黄岩(111)，雇舟入海，奔行朝(112)。时驻跸章安(113)。从御舟海道之温，又之越(114)。庚戌十二月，放散百官，遂之衢(115)。绍兴辛亥春三月，复赴越(116)。

壬子⑰，赴杭⑱。

先侯疾亟时⑲，有张飞卿⑳学士携玉壶过视侯，便携去，其实珉㉑也。不知何人传道㉒，遂妄言有颁金之语㉓，或传亦有密论列㉔者。余大惶怖㉕，不敢言，亦不敢遂已㉖，尽将家中所有铜器等物，欲赴外廷㉗投进。到越，已移幸四明㉘。不敢留家中，并写本书寄剡。后官军收叛卒，取去，闻尽入故李将军家。所谓岿然独存者，无虑十去五六矣。惟有书画砚墨可五七簏㉙，更不忍置他所，常在卧榻下，手自开阖。在会稽㉚，卜居土民㉛钟氏舍，忽一夕，穴壁负五簏去。余悲恸不得活㉜，重立赏收赎。后二日，邻人钟复皓㉝出十八轴求赏，故知其盗不远矣。万计求之，其余遂牢不可出。今知尽为吴说运使㉞贱价得之。所谓岿然独存者，乃十去其七八。所有一二残零不成部帙书册、三数种平平书帖，犹复爱惜如护头目，何愚也邪！

今日忽阅㉟此书，如见故人。因忆侯在东莱静治堂^⑬，装卷初就，芸签缥带，束十卷作一帙^⑬。每日晚吏^⑱散，辄校勘二卷，跋题一卷。此二千卷，有题跋者五百二卷耳。今手泽^⑲如新，而墓木已拱^⑭，悲夫！昔萧绎江陵陷没，不惜国亡而毁裂书画^⑭；杨广江都倾覆，不悲身死而复取图书^⑭。岂人性之所著^⑭，生死不能忘欤？或者天意以余菲薄^⑭，不足以享此尤物^⑭耶？抑亦死者有知，犹斤斤爱惜，不肯留人间耶？何得之艰而失之易也！

呜呼！余自少陆机^⑭作赋之二年，至过蘧瑗知非^⑭之两岁，三十四年之间，忧患得失，何其多也！然有有必有无，有聚必有散，乃理之常。人亡弓，人得之，又胡足道^⑭。所以区区^⑭记其终始者，亦欲为后世好古博雅^⑮者之戒云。绍兴二年玄黓岁壮月朔甲寅^⑮，易安室^⑮题。

注释

① "右《金石录》"句：右，右边。古书版式自右至左竖排刊刻，"后序"即跋，置于卷末，故称所跋之书或诗文常冠以"右"字，即指前面、上面。《金石录》三十卷，金石学著作，赵明诚著。据《四部丛刊》景旧抄本，此书著录三代至北宋古器物铭、石刻碑文等凡二千种，前十卷为"目录"，后二十卷为"跋尾"。陈振孙《直斋书录解题》卷八著录此书，云："盖仿欧阳《集古》，而数则倍之。本朝诸家蓄古器物款式，其考订详洽，如刘原父、吕与叔、黄长睿多矣，大抵好附会古人名字。……惟此书跋尾独不然，好古之通人也。"

② 赵侯德父：即赵明诚（1081—1129），字德父，亦作德夫、德甫，密州诸城（今属山东潍坊）人。金石学家，李清照之夫。侯，宋时州、府长官之别称。明诚少为太学生，以荫入仕，除鸿胪少卿，历知莱州、淄州、江宁府。

③ 三代：指夏、商、周。

④ 五季：指后梁、后唐、后晋、后汉、后周五代。赵明诚《金石录序》："上至三代，下讫隋唐五季。"

⑤ "钟、鼎"句：甗（yǎn）、鬲（lì），蒸煮炊具。盘、匜（yí），盥洗器具，盘以盛水，匜以注水。尊，同"樽"，酒器。敦，食器。款识（zhì），钟鼎等器物上所刻文字。

⑥ 碣（jié）：圆顶石碑。

⑦ 二千卷：指金石拓本二千件。赵明诚《金石录序》："因次其先后为二千卷。"

⑧ 是正讹谬：订正讹误。赵明诚《金石录序》："后得欧阳文忠公《集古录》，读而贤之，以为是正讹谬，有功于后学甚大。"

⑨ 去取褒贬：取真去伪，褒优贬劣。

⑩ 订史氏之失：订补史家之失误疏漏。赵明诚《金石录序》："若夫岁月、地理、官爵、世次，以金石刻考之，其抵牾十常三四。盖史牒出于后人之手，不能无失，而刻词当时所立，可信不疑。则又考其异同，参以他书，为《金石录》三十卷。"

⑪ 王涯：诸本均作"王播"，顾炎武《日知录》引文作"王涯"，何焯校隶竹堂钞本改为"王涯"。今据以校改。按王播（759—830）与王涯（？—835）同时，均为太原人，皆官至左仆射、同中书门下平章事。据新、旧《唐书》本传，王播未曾收藏书画，王涯（字广津）则博学好古，"家书数万卷，侔于秘府。前代法书名画，人所保惜者，以厚货致之，不受货者即以官爵致之，

厚为垣窍而藏之复壁"。甘露之变被冤杀后，"人破其垣取之，或剔取函奁金宝之饰与其玉轴而弃之"。

⑫ 元载：字公辅（？—777），凤翔岐山（今属陕西）人。肃宗时官至同中书门下平章事，代宗时进拜中书侍郎、判天下元帅行军司马。擅权不法，排挤忠良，纳贿聚财，奢侈无度，后被赐自尽。家产被抄，有"钟乳五百两""胡椒至八百石"（《新唐书·元载传》）。

⑬ "长舆"二句：长舆，即和峤（？—292），字长舆，汝南西平（今属河南）人。官至中书令，拜太子少傅，迁光禄大夫。元凯，即杜预（222—284），字元凯，杜陵（治所在今陕西西安）人。历官度支尚书、镇南大将军、司隶校尉。著有《春秋左氏传集解》。《世说新语·术解》"王武子善解马性"条，刘孝标注引《语林》曰："武子性爱马，亦甚别之。故杜预道王武子有马癖，和长舆有钱癖。武帝问杜预：'卿有何癖？'对曰：'臣有《左传》癖。'"

⑭ 惑：迷惑。

⑮ "余建中"句：建中辛巳，即宋徽宗建中靖国元年（1101）。归：出嫁。

⑯ 先君：对已故父亲的称呼。此指李格非，字文叔，神宗熙宁间

进士，历官太学博士、校书郎、著作佐郎、礼部员外郎、京东
提点刑狱等。以文章受知于苏轼，著有《洛阳名园记》。

⑰ 丞相：此指赵明诚之父赵挺之（1040—1107），字正夫，密
州诸城（今属山东潍坊）人。神宗熙宁间进士，历官监察御史、
中书舍人、礼部侍郎、御史中丞、尚书右仆射。

⑱ 侯：此指赵明诚。

⑲ 太学：宋朝京城国立学府。《宋史·选举三》："凡学皆隶国子监，
国子生以京朝七品以上子孙为之，初无定员，后以二百人为额。
太学生以八品以下子弟若庶人之俊异者为之。及三舍法行，则
太学始定置外舍生二千人，内舍生三百人，上舍生百人。"

⑳ 朔望谒告：朔望，阴历每月初一为朔，十五为望。谒告，告假。

㉑ 质衣：典当衣服。

㉒ "步入"二句：相国寺，在今河南开封市。初建于北齐天保六
年（555），原名大建国寺，后废。唐时重建，改名相国寺。宋
至道中扩建，太宗题名"大相国寺"。市，购买。孟元老《东
京梦华录》卷三"相国寺万姓交易"条："相国寺每月五次开放，
万姓交易。……第三门皆动用什物。庭中设彩幕、露屋、义铺，
卖蒲合、簟席、屏帏、洗漱、鞍辔、弓剑、时果、脯腊之类。……
殿后资圣门前皆书籍、玩好、图画及诸路罢任官员土物香药之

类。"

㉓葛天氏：传说中的古帝王之号。《吕氏春秋》卷五《仲夏纪》

"古乐"："昔葛天氏之乐，三人操牛尾，投足以歌八阕。"

高诱注："葛天氏，古帝名。"陶潜《五柳先生传》："酣觞

赋诗，以乐其志。无怀氏之民欤？葛天氏之民欤？"

㉔出仕宦：出京到外地为官。

㉕饭蔬衣練（shū）：言吃穿简朴。練，粗布。《论语·述而》：

"子曰：饭蔬食，饮水，曲肱而枕之，乐亦在其中矣。"皇侃疏：

"饭，犹食也。蔬食，菜食也。"

㉖穷遐方绝域：穷尽偏僻荒远之地。遐，遥远。绝域，人迹罕

至之地。赵明诚《金石录序》："内自京师，达于四方，遐邦

绝域。"

㉗古文奇字：古文，先秦文字。奇字，古文之异体字。此代指金

石碑刻文字。《汉书·扬雄传》载"刘棻尝从雄学作奇字"，

颜师古曰："古文之异者。"

㉘日就月将：日积月累。《诗经·周颂·敬之》："日就月将，

学有缉熙于光明。"孔颖达疏："日就，谓学之使每日有成就；

月将，谓至于一月则有可行。言当习之以积渐也。"

㉙"丞相"句：指赵挺之居相位。政府，唐宋时宰相处理政务之所。

徐自明《宋宰辅编年录》卷六："（欧阳）修自仁宗嘉祐五年十月除枢密副使，六年闰八月除参知政事，至是年三月罢，在政府凡八年。"卷二十载赵挺之崇宁元年（1102）除尚书右丞，历尚书左丞、中书侍郎、门下侍郎，四年三月擢尚书右仆射，六月罢。

㉚ 馆阁：宋初沿袭唐制，昭文馆、史馆、集贤院（三馆）与秘阁合称"馆阁"。神宗元丰改制，称秘书省，掌收藏校勘书籍、编修国史等。

㉛ 亡诗、逸史：散佚的诗篇史籍。

㉜ 鲁壁：《汉书·景十三王传》载鲁恭王刘余"好治宫室，坏孔子旧宅以广其宫，闻钟磬琴瑟之声，遂不敢复坏，于其壁中得古文经传"。孔安国《古文尚书序》称"于壁中得先人所藏古文虞、夏、商、周之《书》及《传》《论语》《孝经》，皆科斗文字"。

㉝ 汲冢：《晋书·武帝纪》载咸宁五年（279）冬十月，"汲郡人不准掘魏襄王冢，得竹简小篆古书十余万言，藏于秘府"。同书《束皙传》："太康二年（281），汲郡人不准盗发魏襄王墓，或言安厘王冢，得竹书数十车。"汲郡，治所在今河南卫辉市西南。

㉞浸觉：渐觉。朱熹《答吕子约》："承喻专看《论语》，浸觉滞固，因复看《易传》及《系辞》。此愚意所未喻。"

㉟脱衣市易：脱衣换购。祝穆《事文类聚》续集卷十五引《清狂录》载谢几卿"脱衣换酒"事。

㊱崇宁：宋徽宗年号（1102—1106）。

㊲徐熙《牡丹图》：徐熙，金陵（治所在今江苏南京）人，南唐著名花鸟画家。郭若虚《图画见闻志》卷四称其"世为江南仕族。熙识度闲放，以高雅自任，善画花木、禽鱼、蝉蝶、蔬果，学穷造化，意出古今"。《宣和画谱》卷十七著录御府藏其画二百四十九幅，有《牡丹图》《红牡丹图》《折枝牡丹图》《写生牡丹图》《写瑞牡丹图》《风吹牡丹图》《蜂蝶牡丹图》等。米芾《画史》载："徐熙《风牡丹图》，叶几千余片，花只三朵，一在正面，一在右，一在众枝乱叶之背。石窍圆润，上有一猫儿。"

㊳信宿：两夜。《左传》庄公三年："凡师一宿为舍，再宿为信，过信为次。"孔颖达疏："舍者军行一日，止而舍息也。信者，住经再宿，得相信问也。"

㊴"后屏居"句：一无"十年"二字。屏居，闲居。《后汉书·王充传》："后归乡里屏居。"

㊵仰取俯拾：俯仰拾取，言勤俭节约。《史记·货殖列传》："鲁

人俗俭啬，而曹邴氏尤甚。以铁冶起富至巨万，然家自父兄子孙约：'俯有拾，仰有取。'"

㊶连守两郡：指赵明诚于宣和三年（1121）至靖康元年（1126）间先后知莱州（今属山东烟台）、淄州（治所在今山东淄博）。

㊷铅椠（qiàn）：铅条、木板，古代书写工具。此指抄本书籍。《西京杂记》卷三："扬子云好事，常怀铅提椠，从诸计吏访殊方绝域四方之语以为裨补。"

㊸校勘：比较同一部书的不同版本，参证相关资料，考订文字异同。

㊹整集签题：整理题跋签名。

㊺摩玩舒卷：抚摸把玩，展卷品赏。

㊻率：标准。

㊼纸札：纸张。

㊽偏：一作"偶"。

㊾归来堂：在青州（今属山东潍坊），赵明诚、李清照屏居之所，堂名取自陶潜《归去来兮辞》。

㊿"比中否"句：以是否言中争胜负。比，一作"以"。角，竞争。

○51 "甘心"句：言甘愿终老于书史之乡。《赵飞燕外传》载汉成帝称合德（赵飞燕胞妹）为"温柔乡"，谓樊嫕曰："吾老是乡矣，不能效武皇帝求白云乡也。"

(52)“簿甲乙”二句：分类编目，登记在册。

(53)“即请钥”二句：领取钥匙，做好记录，取出书册。帙，书套。

(54)惩责：责罚。

(55)坦夷：坦然不介意。

(56)憀（liáo）慄（lì）：亦作“憭慄”“憀栗”，凄怆。宋玉《九辩》：“憭慄兮若在远行。”王逸注“憭慄”：“思念暴戾心自伤也。”

(57)性不耐：性急不能耐久。

(58)“始谋”三句：重肉，第二道荤菜。重采，第二件彩衣。翡翠，一作“翠羽”。《史记·吴太伯世家》：吴王夫差兴师伐齐，伍子胥谏曰：“越王句践食不重味，衣不重采，吊死问疾，且欲有所用其众。此人不死，必为吴患。”《陈书·高祖本纪》载陈高祖“居阿衡之任，恒崇宽政，爱育为本。……加以俭素自率，常膳不过数品。……其充闱房者，衣不重彩，饰无金翠，哥钟女乐，不列于前”。《二程遗书》附录《门人朋友叙述》谓程颢“食无重肉，衣无兼副”。

(59)刓（wán）阙：脱略缺漏。刓，损坏。阙，通“缺”。

(60)两家者流：指《周易》《左传》两书之系列。《汉书·艺文志》有“儒家者流”“道家者流”等语。

(61)枕席枕藉：枕席上纵横叠放着书籍。

(62) 声色狗马：指纵情歌酒，走马游乐。《后汉书·齐武王縯传》载北海敬王刘睦遣中大夫禀告汉明帝："孤袭爵以来，志意衰惰，声色是娱，犬马是好。"白居易《悲哉行》："春来日日出，服御何轻肥。朝从薄徒饮，暮有倡楼期。封钱还酒债，堆金选蛾眉。声色狗马外，其余一无知。"

(63) 靖康丙午岁：宋钦宗靖康元年，即 1126 年。

(64) 淄川：宋名淄州。此用旧名。治所在今山东淄博市淄川区。

(65) 金人犯京师：京师，指北宋东京，今河南开封。《宋史·高宗本纪》："靖康元年春正月，金人犯京师，军于城西北。"

(66) 建炎丁未：宋高宗建炎元年，即 1127 年。

(67) "奔太夫人"句：言南下奔赵明诚母丧。太夫人，汉代指列侯之母，后世泛指官绅之母。此指赵明诚之母。王仲闻《李清照集校注》校记："'奔太夫人丧南来'，钮抄此下有空格若干。按后序此处文气不接，意义不明，必有阙文。"钮抄，指明代钮氏世学楼抄《说郛》本《瑞桂堂暇录》。

(68) 长（zhàng）物：多余之物。《世说新语·德行》：王恭自称："恭作人，无长物。"

(69) 监本：国子监刊本。

(70) 东海：宋名海州。此用旧名。治所在今江苏连云港市。

㉛建康：治所在今江苏南京市。

㉜煨烬：灰烬。左思《魏都赋》："巢焚原燎，变为煨烬。"

㉝建炎戊申：建炎二年，即 1128 年。

㉞起复：旧时官吏服丧未满而被起用。

㉟己酉：建炎三年，即 1129 年。

㊱芜湖：宋县名，今属安徽。

㊲姑孰：治所在今安徽当涂。

㊳"将卜居"句：卜居，择居。赣水，今江西赣江。

㊴池阳：即池州，治所在今安徽贵池。

㊵湖州：今属浙江。

㊶过阙上殿：入京朝见。时宋高宗驻跸建康。

㊷负檐：肩挑背负。檐，一作"担"。桓宽《盐铁论·未通》："民跖耒而耕，负檐而行，劳罢而寡功。"

㊸葛衣岸巾：身穿葛布夏衣，头巾露额。岸巾，亦作"岸帻"，推巾露额。《世说新语·简傲》：桓温镇荆州，引谢奕为司马。"奕既上，犹推布衣交，在温坐，岸帻啸咏，无异常日。"宋祁《秋日射堂寓目呈应之》："岸巾昼日聊相对，坐听凝笳出缭垣。"

㊹"如传闻"句：一无"或"字。缓急，情势紧急。

㊺戟（jǐ）手：手指呈戟状。《左传》哀公二十五年："褚师出，

公戟其手曰：‘必断而足！’”

㊆ 辎（zī）重：行李包裹。

㊇ 次卷轴：一无“次”字。卷轴，指书画。

㊈ 宗器：宗庙祭器。《礼记·中庸》：“春秋修其祖庙，陈其宗器，设其裳衣，荐其时食。”郑玄注：“宗器，祭器也。”

㊉ 行在：皇帝出行驻跸之地。此指建康。

㊊ 疝（shān）：疝疾。

㊋ 惊怛（dá）：惊恐忧伤。

㊌ 柴胡、黄芩（qín）：中药名，性寒。

㊍ 病危在膏肓：即病入膏肓，指病情危重。膏，心尖脂肪。肓，心脏与隔膜之间。《左传》成公十年：“疾不可为也，在肓之上，膏之下，攻之不可，达之不及，药不至焉，不可为也。”。

㊎ “仓皇”句：仓皇，亦作“仓惶”“仓黄”“苍黄”，仓促惶恐。后事，身后之事。

㊏ 分香卖履：指有关家事之遗言。陆机《吊魏武帝文》引曹操《遗令》：“余香可分与诸夫人。诸舍中无所为，学作履组卖也。”

㊐ 无所之：无处可去。一作“顾四维无所之”。

㊑ “朝廷”句：指建炎三年（1129）八月，隆祐太后（哲宗皇后孟氏）率六宫后妃等自建康逃往洪州（治所在今江西南昌）。

参见《宋史·高宗纪》。

(98)“金石”句：指金石拓片二千件。

(99)他长物称是：其它杂余物件不相上下。

(100)从卫：指侍从护卫隆祐太后等。。

(101)部送：押送。《后汉书·张让传》：“发太原、河东、狄道诸郡材木及文石，每州郡部送至京师。”

(102)“写本”句：抄本李白、杜甫、韩愈、柳宗元文集。

(103)《世说》：即《世说新语》，南朝宋刘义庆著，梁刘孝标注。此书分“德行”“言语”“政事”“文学”等三十六类，主要记述东汉至晋、宋间名士之言行轶事。

(104)《盐铁论》：西汉桓宽著，十卷六十篇，主要以对话体记录汉昭帝始元六年（前81）召开的“盐铁会议”关于盐铁官营、酒类专卖、均输、平准等经济政策的讨论内容。

(105)“三代”句：鼐（nài），大鼎。十数事，十余件。

(106)岿然独存：岿然，坚固不动的样子。王延寿《鲁灵光殿赋》：“遭汉中微，盗贼奔突。自西京未央、建章之殿皆见隳坏，而灵光岿然独存。”

(107)“有弟迒”句：迒，一作“近”。敕局删定官，编修敕令所删定官。《宋史·职官志二》：“编修敕令所提举，宰相兼；

同提举，执政兼；详定，侍从官兼；删定官，就职事官内差兼。掌裒集诏旨，纂类成书。"

⑩⑧ "到台"二句：台（tāi），指台州（治所在今浙江临海）。《宋史·高宗纪三》：建炎四年春正月，"丁卯，台州守臣晁公为弃城遁"。

⑩⑨ 剡（shàn）：剡县，宣和三年（1121）改名嵊县（治所在今浙江嵊州）。此用旧称。

⑩⑩ 睦：睦州，治所在今浙江建德市。睦，一作"陆"，据康熙末石门吕无党抄本校改。又，明钮氏世学楼抄《说郛》本《瑞桂堂暇录》作"陆"，下有空格若干，当有脱文。

⑪⑪ 黄岩：县名，治所在今浙江台州市黄岩区。

⑪⑫ 行朝：即行在，皇帝出行所在地。

⑪⑬ 驻跸章安：皇帝车驾暂驻章安（今属浙江台州）。跸（bì），御驾。《宋史·高宗纪三》三：建炎四年（1130）春正月"甲辰朔，御舟碇海中。乙巳，金人犯明州。张俊及守臣刘洪道击却之。丙午，帝次台州章安镇"。按，"到台"至"时驻跸章安"，浦江清《李清照〈金石录后序〉》云："此数句疑有误倒处，按之地理不顺。以余之见，应改为'出睦之剡，到台，台守已遁，又弃衣被，走黄岩，雇舟入海，奔行朝，时驻跸章

安’，于地理方合。”（《浦江清文史杂文集》，清华大学出版社1993年版）此说可信，易安盖于赵明诚病故后，先返池州，再经睦州入浙东，奔行朝。

⑪⑭"从御舟"二句：温，指温州（今属浙江）。越：指越州（治所在今浙江绍兴）。《宋史·高宗纪三》：建炎四年（1130）正月"辛酉。发章安镇。壬戌，雷雨又作。甲子，泊温州港口"。二月"庚寅，帝次温州"。三月"辛酉，御舟发温州"。四月"癸未，帝驻越州"。李心传《建炎以来系年要录》卷三十二：建炎四年四月，"癸未，上次越州，驻跸州治"。

⑪⑮"庚戌"三句：庚戌，指高宗建炎四年（1130）。衢，指衢州（今属浙江）。按王明清《挥麈录后录》卷九所录王颖彦所记"高宗六龙幸海事"："十二月七日，至明，侍从百官皆散，唯宰执从行。"《挥麈三录》卷一所录《中书舍人李正民乘桴记》："十四日……诏六曹百司官吏并于明、越、温、台从便居住。……十五日，大雨，群臣欲朝至殿门，有旨放散。"

⑪⑯"绍兴"二句：绍兴辛亥，高宗绍兴元年（1131）。时高宗驻跸越州。

⑪⑰壬子：绍兴二年（1132）。

⑪⑱杭：指杭州，建炎三年（1129）升为临安府（治所在今浙江杭州）。

此用旧称。

⑪⑨ "先侯"句：已故夫君赵明诚病危时。先，对亡故者的尊称。亟，危急。

⑫⓪ 张飞卿：阳翟（治所在今河南禹州）人，曾藏有王诜（字晋卿）《梦游瀛山图》。张丑《清河书画舫》卷九上著录此图有田亘题诗并跋云："王晋卿图瀛山，笔画精致。京师贵游蓄之，为希代之宝。自图书弃掷于路，阳翟张飞卿见而得之。过九江，以遗友人傅延之。延之出以示余。余悲而赋诗。建炎初元九月廿八日，阳翟田亘元邈。"陆心源《仪顾堂题跋》卷十三《癸巳类稿易安事辑书后》谓张飞卿即张汝舟，"汝舟为飞卿之名"。此说无证，不可信。

⑫① 珉：似玉之石。《荀子·法行篇》："子贡问于孔子曰：君子之所以贵玉而贱珉者，何也？"

⑫② 传道：传言。

⑫③ "遂妄言"句：颁金，颁赐黄金。语，一作"诏"。此句所言不明，或谣传张飞卿过访赵明诚时谈及朝廷颁金购求金石书画之事。李心传《建炎以来系年要录》卷二十七载建炎三年（1129）闰八月壬辰（十六日），"和安大夫开州团练使致仕王继先尝以黄金三百两，从故秘阁修撰赵明诚家市古器。兵部尚书谢克

家言：'恐疏远闻之，有累盛德，欲望寝罢。'上批令三省取
问继先因依"。

⑫㉔ 密论列：匿名检举。

⑫㉕ 惶怖：惶恐。

⑫㉖ 亦不敢遂已：也不敢止而无为。已，停止。按，此句"遂已"
二字疑误倒，当作"亦不敢已"，"遂"字属下句。

⑫㉗ 外廷：外朝，朝臣等待上朝和议事之所。

⑫㉘ "到越"二句：四明，即明州（治所在今浙江宁波），因境内
四明山而得名。《宋史·高宗纪二》：建炎三年（1129）十月"壬
辰，帝至越州"，十一月"己巳，帝发越州，次钱清镇。庚午，
复还越州。……癸酉，帝如明州"，十二月"丙子，帝至明州"。

⑫㉙ 簏（lù）：竹箱。

⑬㉚ 会稽：县名，治所在今浙江绍兴市。

⑬㉛ 土民：当地人。

⑬㉜ 不得活：一作"不已"。

⑬㉝ 钟复皓：不详。一作"钟皓"，一作"钟浩"。

⑬㉞ 吴说运使：吴说，字傅朋，号练塘，钱塘（治所在今浙江杭州）
人。工书，尤善游丝书。董更《书录》卷下引《翰墨志》曰：
"绍兴以来，杂书游丝书惟钱塘吴说。"运使，转运使之简称。

施宿《会稽志》卷十六"翰墨"录吴说《跋阎立本画兰亭》谓
谢伋得此图，"至建康，为郡守赵明诚所借，因不归。绍兴元
年七月望，有携此图货于钱塘者，郡人吴说得之"。此画当属
易安卜居会稽时被盗之物。谢伋为赵明诚姨表兄谢克家之子。

⑬⑤ 阌：一作"开"。

⑬⑥ 东莱静治堂：赵明诚知莱州时的宅第书斋。

⑬⑦ "芸签"二句：芸签，书签。缥带，淡青色带子。帙，布帛所
制书套。

⑬⑧ 吏：一作"更"。

⑬⑨ 手泽：原指手汗沾润，后借指遗墨手迹。《礼记·玉藻》："父
没而不能读父之书，手泽存焉尔。"

⑭⓪ 墓木已拱：坟上之树已有两手合抱粗了。《左传》僖公
三十二年，蹇叔谏阻秦穆公劳师远袭郑国，"公使谓之曰：'尔
何知！中寿，尔墓之木拱矣。'"杜预注："合手曰拱。"

⑭① "昔萧绎"二句：萧绎（508—554），即梁元帝，字世诚。
好读书，工书画。《南史·梁本纪》载其"性爱书籍"，"虽睡，
卷犹不释"。后都城江陵（在今湖北荆沙市）被西魏攻陷，"乃
聚图书十余万卷尽烧之"。《资治通鉴》卷一百六十五《梁纪》
二十一载："或问何意焚书？帝曰：'读书万卷，犹有今日，

故焚之。'"

⑭⑫ "杨广"二句：杨广（569—618），即隋炀帝，又名英。大业十二年（616）第三次驾幸江都（今江苏扬州），十四年为宠臣宇文化及所杀。王明清《挥麈后录》卷七："唐著作郎杜宝《大业幸江都记》云：'隋炀帝聚书至三十七万卷，皆焚于广陵江都。'"《太平广记》卷二百七十九引《大业拾遗》："武德四年，东都平后，观文殿宝厨新书八千许卷将载还京师，上官魏梦见炀帝大叱云：'何因辄将我书向京师？'于时太府卿宋遵贵监运东都调度，乃于陕州下书著大船中，欲载往京师，于河值风覆没，一卷无遗。上官魏又梦见帝喜云：'我已得书。'帝平存之日爱惜书史，虽积如山丘，然一字不许外出。及崩亡之后，神道犹怀爱吝。"

⑭⑬ 著：一作"嗜"。

⑭⑭ 菲薄：微薄。此指命薄。《汉书·武帝纪》载武帝封泰山诏有言："惟德菲薄，不明于礼乐。"颜师古注："菲亦薄也。"

⑭⑮ 尤物：《左传》昭公二十八年："夫有尤物足以移人，苟非德义则必有祸。"杜预注："尤，异也。"

⑭⑯ 陆机（261—303）：字士衡，吴郡（治所在今江苏苏州）人。《晋书》本传载其"少有异才，文章冠世。伏膺儒术，非礼不

动。……年二十而吴灭，退居旧里，闭门勤学，积有十年"。

杜甫《醉歌行》："陆机二十作《文赋》，汝更少年能缀文。"

⑭⑦ 蘧瑗知非：蘧（qú）瑗，字伯玉，春秋时卫国大夫。外宽内直，勤于改过。《淮南子·原道训》："蘧伯玉年五十而知四十九年非。"

⑭⑧ "人亡弓"三句：亡，遗失。胡足道，何必说。刘向《说苑》卷十四："楚共王出猎而遗其弓，左右请求之。共王曰：'止，楚人遗弓，楚人得之，又何求焉？'仲尼闻之，曰：'惜乎其不大。亦曰人遗弓，人得之而已，何必楚也？'仲尼所谓大，公也。"

⑭⑨ 区区：深情迂执。《古诗为焦仲卿妻作》："何乃太区区。"

⑮⓪ 好古博雅：刘敞《先秦古器记》："使工模其文刻于石，又并图其象，以俟好古博雅君子焉。"赵明诚《金石录序》："辄录而传诸后世好古博雅之士，其必有补焉。"

⑮① 绍兴二年玄黓岁壮月朔甲寅：1132年8月1日。一作"绍兴四年玄黓岁壮月朔甲寅日"。玄黓（yì）岁，壬年。绍兴二年为壬子年。壮月，八月。朔，旧历每月初一。《尔雅·释天》："太岁……在壬曰玄黓"，"八月为壮"。按，此日期题署有误。据《建炎以来系年要录》卷五十七、七十九，绍兴二年八月

戊子朔、绍兴四年八月戊寅朔，均非甲寅朔。文中有云"余建中辛巳始归赵氏""余自少陆机作赋之二年，至过蘧瑗知非之两岁，三十四年之间"，知清照建中辛巳（1101）嫁明诚，时年"少陆机作赋之二年"，即十八岁；作此文时年"过蘧瑗知非之两岁"，即五十二岁，即为绍兴五年（1135）。是年八月朔日为壬寅（见《建炎以来系年要录》卷九十七），文末题署日期疑为"绍兴五年壮月朔壬寅"，刻刊传抄中"五"误作"壬""壬寅"误作"甲寅"，好事者又将"壬年"改作"二年玄黓"。

⑫易安室：一作"易安堂"。李清照斋号。

译文

　　此《金石录》三十卷为何书？赵侯德父所著之书，辑录上自三代，下迄五代之钟、鼎、甗、鬲、盘、匜、尊、敦之题记，丰碑大碣所刻名人隐士事迹，凡见于金石之文字拓本两千件，皆订正讹误，存真去伪，褒优贬劣。上足以应合圣人之道、下足以补订史家之缺者，皆予载录，堪称广博。呜呼！自王涯、元载之被祸，藏书画与储胡椒一无差异；和峤、杜预之痴迷，钱财癖与《左传》癖有何区别。名目虽不同，其惑昧则无异。

　　我于建中辛巳年始嫁入赵家，先父时任礼部员外郎，赵丞相时为吏部侍郎，明诚二十一岁，在太学当学生。赵、李家族清寒，素来贫俭。每月初一、十五告假，出门典当衣物，取五百钱到相国寺购买碑文、果品回家，对坐玩赏碑文，咀嚼果品，自谓葛天氏之民。两年后，明诚出京为官，便立志节衣缩食，遍及偏僻荒远之地，搜尽天下古文奇字。日积月累，积聚渐多。赵丞相身居政府，有亲友故旧在馆阁任职，获见不少散佚的诗篇史籍，以及鲁壁、汲冢所未见之书，遂尽力传抄，渐觉有味，不能自已。后来或见到古今名人书画、三代奇器，同样典衣换购。曾记得崇宁年间，有人持徐熙《牡丹图》要价二十万钱。当时即便贵家子弟，要凑足二十万钱，亦非易事。留了两夜，无计可施，遂画归原主，夫妇为之相视怅惋数日。

尔后闲居乡里十年，勤俭节约，衣食自足。明诚连任两郡知州，竭尽俸禄购求抄本书籍。每获一书，便共同校勘，整理题签，所得书帖、绘画、彝鼎，亦把玩品赏，指摘瑕疵，每夜以燃尽一支蜡烛为限，所以纸张精致，字画完整，称冠于藏书家。我性好强记，每日饭后，闲坐归来堂煮茶，手指堆积的史籍，各言某事在某书某卷第几页第几行，以是否言中角胜负，确定饮茶之先后。言中即举杯大笑，以致茶水倾覆怀中，反不得饮而起身。甘愿终老书史之乡，即使身处忧患困穷而此志不渝。聚书既有所成，遂在归来堂建置书库大橱，分类编目，著录在册。如要讲读，即领取钥匙，登记上簿，入库取出书册。若稍有损污，必责罚其揩拭修复完好，不再如往前之坦然不介于心。此乃欲求适意而反取忧虑。我性急无耐心，始决意省吃俭用，不佩戴明珠翡翠首饰，不购置涂金刺绣器具。遇见字无缺损、版本无误的经史子集，则买下备作副本。自家世传《周易》《左氏传》，所以这两类书籍最全。于是桌椅枕席之上，书籍堆叠。注目凝神，会意寄情于其间，超乎声色犬马之乐。

靖康丙午年，明诚知淄州，闻听金人进犯京师，茫然环顾满满的书箱画柜，既恋恋不舍，又怅然忧虑，料知其定将不归己有。建炎丁未年三月，南渡奔太夫人丧。既不能尽载多余物件，乃先舍去书籍之沉重大版印本，又去除画之摹本，又去除无落款题记之古器，后又去除国子监刊刻之书、平常习见之画轴及体大笨重之器物。凡经多次精减，尚装载了十五车书。运到海州，连船载渡淮河，又渡过长江，到达建康。青州故宅尚存有十余屋书册器物，期待来年春再备船运载。十二月，金兵攻陷青州，所谓十余屋储藏皆化为灰烬。

建炎戊申年九月，明诚服丧未满而奉旨赴任建康知府。己酉年三月罢职，备船往芜湖，至姑孰，将择居赣水之滨。五月，到达池阳，奉诏知湖州，赴行在朝见。于是安家于池阳，独自应召赴任。六月十三日，始肩负行囊，舍船坐岸上，身穿葛衣，头巾露额，精神如虎，目光炯炯，凝望行船作别。我甚感悲伤，大声问："如传闻城中情势紧急，怎么办？"戟手遥相应答："随从大众。万不得已，先舍弃行囊，再舍弃衣被，再舍弃书册，再舍弃书画，再舍弃古器，唯独宗庙器具，须亲自抱持，与身共存亡，切勿忘记。"说完便驰马而去。途中奔驰，冒酷暑，不幸得病。到达行在，身染疟疾。七月末，传书报病。我惊恐忧虑，想到明诚向来性急，如何是好！患疟疾可能发热，必定服用寒药，则病情堪忧。即刻乘船顺江而下，昼夜日行三百里。赶到时，明诚果然大量服用柴胡、黄芩药，疟疾外兼染痢疾，病入膏肓。我伤悲饮泣，惶恐不忍问其身后事。八月十八日，便不能起身，取笔题诗，绝笔而逝，无片言遗嘱。

安葬完毕，我无去处。朝廷已遣六宫后妃分路避难，又传闻长江要禁渡。当时我身边尚有书两万卷，金石拓文两千件，器皿、褥垫可供百人用，其他杂余物件亦不相上下。我又身患重病，苟延残息。情势急迫，想到明诚有妹夫任兵部侍郎，护卫太后等暂驻洪州，便派两位故旧属吏押送行李先行投奔。十二月，金兵侵占洪州，行李遂全部遗弃。所谓连船载运渡江之书籍又归烟消云散，仅剩下少量轻便小幅画轴书帖，抄本李、杜、韩、柳集，《世说》，《盐铁论》，汉唐石刻副本数十轴，三代鼎鼐拓片十数件，南唐写本书数箱，搬入卧室以便病中不时把玩，安然独存。

既已不能沿江而上，金兵势头又不可测，舍弟李远时任敕局删定官，所以前往投靠。到达台州，知州已逃。往嵊县，出睦州，又舍弃衣被，赶赴黄岩，雇船入海，投奔行在。御驾时驻章安。跟随御舟从海路到温州，又奔越州。庚戌年十二月，朝廷遣散百官，于是前往衢州。绍兴辛亥年三月，再赴越州。壬子年，到达杭州。

先夫病重时，张飞卿学士携带玉壶过访探望，随后便携壶离去，其实是珉壶。不知何人传言，遂造谣有颁金之说，或传闻有人匿名检举。我大为惶恐，不敢申言，也不敢束手无为，便想把家中所有铜器等物全部进献朝廷。赶到越州，御驾已到四明。不敢留家中，便和写本书籍一并寄存嵊县。后来官军平息叛乱，寄存之物被取走，听说都已归入故李将军家。所谓安然独存之物，无疑十之五六已散失，只剩大约五到七箱书画砚墨，再不敢存放他处，常置卧榻之下，开合必亲力亲为。暂住会稽时，寄居当地钟氏家，忽然一夜间，被人穿墙盗走了五箱。我痛心几至不想活，立重赏赎回。两天后，邻居钟复皓拿出十八轴求赏，故知盗贼不远。千方百计寻求，其余被盗书画等则密不可得，今知都被转运使吴说低价购得。所谓安然独存者，乃失去了十之七八。所剩一二残零不成套之书册、三数种平平书帖，尚仍然珍惜如爱护头目，何其愚昧！

今日忽阅此书，如见故人，因而回想起明诚在东莱静治堂，装卷初成，芸签缥带，十卷装为一帙。每日晚间官员散去，便校勘二卷，跋题一卷。此二千卷，有题跋者五百又二卷。如今手迹如新，而坟头之树已成拱木。可悲啊！昔时萧绎江陵陷没，不为国亡痛惜而烧毁书画；杨广江都倾覆，不为身死悲伤而复取图书。难道是人性之所执著，生前死后都不能忘怀？或者上天谓我命薄，不足以享有这些尤物？抑或死者有知，仍迷恋爱惜此物，不肯遗留在人间？何以得之艰难而失之容易？

呜呼！我自从较陆机作赋之年小两岁，直到比蘧瑗"知非"之年大两岁，三十四年之间，所历忧患得失何其多！然而有获得必有失去，有聚合必有离散，此乃常理。有人丢失弓箭，有人拾得弓箭，又何足多言。之所以深情详述其始终原委，也是想给后世好古博雅者以鉴戒。绍兴二年玄黓岁壮月朔甲寅，易安室题。

赏析

　　李清照与夫君赵明诚二十余年节衣缩食集得金石碑碣拓本二千件。赵明诚编目撰跋，著《金石录》三十卷，自序结末感慨："呜呼，自三代以来，圣贤遗迹著于金石者多矣，盖其风雨侵蚀，与夫樵夫牧童毁伤沦弃之余，幸而存者，止此尔。是金石之固犹不足恃，然则所谓二千卷者，终归于磨灭，而余之是书有时而或传也。"其后金兵南侵，赵明诚病故。李清照子然一身，历经国难，流离漂泊，不到十年间，所藏金石碑碣拓本及书画古器等散佚殆尽，明诚之预言"所谓二千卷者，终归于磨灭，而余之是书有时而或传也"，即得应验。清照览书睹迹，往事历历，抚今追昔，为作《后序》。

　　赵明诚《金石录》自序就此书之编撰缘由、过程、内容及其价值已有概述，李清照《后序》开篇亦作略述以相呼应，而起笔自设问答切入，章法上提纲挈领，同时暗示此书别有故事。"呜呼"一叹，未述其事，先发其情，借用典故，融情于理，言人所嗜物，终归烟灭，物虽有别，人同惑昧。此番事后情理兼融之慨叹，导引下文之叙事，其情调则贯通全文。

　　"余建中辛巳始归赵氏"至"乐在声色狗马之上"，追忆夫妻二十余年节衣缩食收藏金石书画等文物之经历和乐趣。述其经历过程，脉络清晰：自赵明诚为太学生时当衣购碑文，"后二年，出仕宦，便有饭蔬衣练，穷遐方绝域，尽天下古文奇字之志"，至"屏居乡里十年"及"连守两郡"，"竭其俸入以事铅椠"。状其乐在其中，笔墨细腻生动，情溢言表，如"相对展玩咀嚼，自谓葛天氏之民也""尽力传写，浸觉有味，不能自已""每获一书，即同共校勘，整集签题。得书、画、彝、鼎，亦摩玩舒卷，指摘疵病，夜尽一烛为率"，足见其沉浸之乐。而归来堂比记忆角胜负以定饮茶先后之场景，则见其闲适放旷之乐。人得此乐足矣，故而"甘心老是乡矣，虽处忧患困穷而志不屈"。然而此乐乃系于物，物有缺失，忧亦随之，如无力购得徐熙《牡丹图》，"夫妇相向惋怅者数日"，藏书"或少损污，必惩责揩完涂改，不复向时之坦夷也。是欲求适意而反取僇慄"。此所谓"惋怅""僇慄"之情关联下文。

　　"至靖康丙午岁"以下叙述所藏金石书画等文物之散失过程。"闻金人犯京师，四顾茫然，盈箱溢箧，且恋恋，且怅怅，知其必不为己物矣"，局势陡转，其情、事两端皆总摄下文。靖康难起，南渡避难，所藏金石书画等渐次散失，文中所述经历凡四次：其一，建炎丁未（1127）十二月，青州故宅十余屋"书册什物"为金兵所焚。其二，建炎己酉（1129）十二月，"金人陷洪州"，"所谓连舻渡江之书又散为云烟矣"。其三，建炎四年（1130）避难浙东，寄存于剡县的铜器等物及写本书籍，"闻尽入故李将军家"。其四，绍兴辛亥（1131）寄居会稽，五箱书画砚墨被盗，所剩唯有"一二残零不成部帙书册、三数种平平书帖"。至此，夫妇二十余年辛勤收藏、平生珍爱之金石书画等，四五年间丧失殆尽，无怪乎易安"悲恸不得活"。此情此状呼应前文所述赵明诚"且恋恋，且怅怅，知其必不为己物矣"。"何愚也邪！"此乃悲恸之后的自怜自叹，则遥应首节末尾之"名虽不同，其惑一也"。

　　以上追述靖康以还之往事，以金石书画等物之散失为线索，而自身之境遇经历及国难时局交织其间，或详或略，笔墨含情，其最令人泪目者即建炎己酉六月十三日夫妻池阳分别至八月十八日赵明诚建康病故一段生离死别之追忆，场景如画，其情伤悲！生离与死别仅相隔两月余，两相对照，真堪断肠：一则"精神如虎，目光烂烂射人"，一则"病危在膏肓"；一则"余意甚恶，呼曰：'如传闻或城中缓急，奈何？'戟手遥应"云云，一则"余悲泣，仓皇不忍问后事。……取笔作诗，绝笔而终，殊无分香卖履之意"。

　　明诚病故为清照生平之重大变故，亦为其夫妻所藏金石等物散失之重要因素，文中遂作详述。此后述及金石书画等物散失则详，如细述"连舻渡江之书"委弃于洪州之原委，而叙述流离避难浙东之经历则笔调简略冷静。"先侯疾亟时"以下逆笔补述铜器书画等物之散失及被盗经过，笔调又转而细致动情。其笔墨调度恰当，切合题旨。"何愚也邪"呼应篇首之"其惑一也"。

　　"今日忽阅此书"至"何得之艰而失之易也"，追忆赵明诚在东莱静治堂装卷、校勘、题跋的情状，说明书中题跋之数，补足篇首介绍。"今日忽阅此书，如见故人""今手泽如新，而墓木已拱"，前后怅叹，深情悼亡。"昔萧绎江陵陷没"，借典故引发三问，叹惋所藏金石书画等物"得之艰而失之易"，收束前文之追述。

　　"呜呼"以下感慨身世，将金石书画等物之聚散，纳入平生三十四年所历"忧患得失"之中，融情入理，归于坦然。"有有必有无，有聚必有散，乃理之常。人亡弓，人得之，又胡足道"，见其洞达超然之怀。"所以区区记其终始者"二句，与前文"其惑一也""何愚也邪"，意趣应合，结笔完足。

　　全文脉络条贯而有错落，笔墨详略而切题旨。笔调融情于叙事，寓理于感慨，情理兼备，韵致悠然，动人心扉。

打马赋①

予性专博②，昼夜每忘食事。南渡金华③，侨居④陈氏，讲博弈之事，遂作《依经打马赋》曰：

岁令云徂⑤，卢或可呼⑥。千金一掷⑦，百万十都⑧。樽俎具陈⑨，已行揖让之礼⑩；主宾既醉，不有博弈者乎⑪。打马爰⑫兴，撬蒱⑬遂废。实博弈⑭之上流，乃闺房⑮之雅戏。齐驱骥骤，疑穆王万里之行⑯；间列玄黄⑰，类杨氏五家之队⑱。珊珊⑲佩响，方惊玉镫⑳之敲；落落星罗㉑，忽见连钱㉒之碎。

若乃吴江枫落㉓，胡山叶飞㉔；玉门关闭㉕，沙苑草肥㉖。临波不渡，似惜障泥㉗。

或出入用奇，有类昆阳之战㉘；或优游仗义㉙，正如涿鹿之师㉚。或闻望㉛久高，脱复庾郎之失㉜；或声名素昧㉝，便同痴叔之奇㉞。亦有缓缓而归㉟，昂昂而去㊱。鸟道㊲惊驰，蚁封㊳安步。崎岖峻坂㊴，未遇王良㊵；跼促盐车㊶，难逢造父㊷。且夫丘陵云远，白云在天㊸。心无恋豆㊹，志在着鞭㊺。止蹄黄叶，画道金钱㊻。用五十六采㊼之间，行九十一路㊽之内。明以赏罚，核其殿最㊾。运指麾于方寸之中㊿，决胜负于几微(51)之外。

且好胜者人之常情，游艺者士之末技(52)。说梅止渴(53)，稍苏奔竞之心(54)；画饼充饥(55)，少谢腾骧之志(56)。将求远效，故临难而不回(57)；欲报厚恩，或相机而先退(58)。或衔枚(59)缓进，已逾关塞之艰(60)；或贾勇争先(61)，莫悟阱堑(62)之坠。皆由不知止足(63)，自贻尤悔(64)。当知范我之驰驱(65)，勿忘君子之箴佩(66)。况为之不已，事实见于正经(67)；用之以诚，义必合于天德(68)。牝乃叶地类之贞(69)，反亦记鲁姬之式(70)。鉴髻堕于梁家(71)，溯浒循于岐国(72)。故绕床大叫，五木皆卢(73)；沥酒一呼，六子尽赤[74]。平生不负，遂成剑阁之勋[75]；别墅未输，已破淮淝之贼[76]。今日岂无元子[77]，明时不乏安石[78]。又何必陶长沙博局之投[79]，正当师袁彦道布帽之掷[80]也。

乱[81]曰：佛貍定见卯年死[82]，贵贱纷纷尚流徙[83]。满眼骅骝杂骏骎[84]，时危安得真致此[85]。木兰横戈好女子[86]，老矣谁能志千里[87]，但愿相将过淮水[88]。

注释

① 一作《打马图赋》。

② 专博：喜好博戏。

③ 金华：地名，今属浙江。

④ 侨居：寄居异乡。

⑤ 岁令云徂 (cú)：一年节令已逝，指岁暮。云，一作"聿"。徂，往。杜甫《今夕行》："今夕何夕岁云徂，更长烛明不可孤。"

⑥ 卢或可呼：或可呼卢。呼卢，指博戏。摴蒱五子俱黑为"卢"，最上采。博者掷骰子时大呼"卢"。李肇《唐国史补》卷下："洛阳令崔师本又好为古之摴蒱……其骰五枚，分上为黑，下为白。黑者刻二为犊，白者刻二为雉。掷之全黑者为卢，其采十六；二雉三黑为雉，其采十四；二犊三白为犊，其采十；全白为白，其采八。四者贵采也。"李白《少年行》："呼卢百万终不惜，报仇千里如咫尺。"

⑦ 千金一掷：博戏时千金赌一注。

⑧ 百万十都：极言赌注之大。都，博戏中记筹单位。《艺文类聚》卷七十四《巧艺部·藏钩》引《风土记》曰："义阳腊日饮祭

之后，叟妪儿童为藏钩之戏，分为二曹以效（较）胜负。……一钩藏在数手中，曹人当射知所在。一藏为一筹，三筹为一都。"段成式《酉阳杂俎》续集卷四述魏弹棋戏法："先立一棋于局中，斗余者思白黑围绕之，十八筹成都。"

⑨ 樽俎具陈：酒肴备齐。樽，酒杯。俎，盛祭品或食品的器具。

⑩ 揖让之礼：古时宾主见面致意之礼。揖，拱手礼。《左传》昭公二十五年："子大叔见赵简子，简子问揖让周旋之礼焉。"

⑪ "主宾"二句：言宾主欢宴之余，便行博戏之事。《诗经·小雅·宾之初筵》："宾既醉止，载号载呶。"《论语·阳货》："子曰：饱食终日，无所用心，难矣哉！不有博奕者乎，为之犹贤乎已。"

⑫ 爰：于是。

⑬ 摴蒱：见《打马图经序》注㉟。

⑭ 博弈：一作"小道"。

⑮ 闺房：一作"深闺"。

⑯ "齐驱"二句：骓騄，赤骥、绿耳，属传说中的周穆王之八骏。《列子·周穆王》："命驾八骏之乘，右服骅骝而左绿耳，右骖赤骥而左白牺。……遂宾于西王母，觞于瑶池之上。西王母为王谣，王和之，其辞哀焉。乃观日之所入，一日行万里。"王嘉《拾遗记》卷三："王驭八龙之骏……三名奔霄，夜行万里。"

⑰ 间列玄黄：言黑色、黄色之马相间排列。玄，黑色。

⑱ 杨氏五家之队：指杨国忠姊妹五家之队列。《旧唐书·杨贵妃传》：
"玄宗每年十月幸华清宫，国忠姊妹五家扈从，每家为一队，
著一色衣。五家合队，照映如百花之焕发。"

⑲ 珊珊：玉佩碰撞声。岑参《送张秘书充刘相公通汴河判官便赴
江外觐省》："长安多权贵，珂佩声珊珊。"

⑳ 玉镫：马鞍之足踏。张祜《贵家郎》："醉把金船掷，闲
敲玉镫游。"

㉑ 落落星罗：言棋子疏落分布如星。落落，稀疏之状。刘禹锡《送
张盩赴举并引》："吾不幸，向所谓同年友，当其盛时，
联袂齐镳，亘绝九衢，若屏风然。今来落落如曙星之相望。"星罗，
星辰罗布。班固《西都赋》："列卒周匝，星罗云布。"王昶《金
石萃编》卷三十录东魏《中岳嵩阳寺碑》："塔殿宫堂，星罗
棋布。"

㉒ 连钱：图纹似铜钱相连。此指马之纹饰色彩。岑参《走马川行
奉送出师西征》："马毛带雪汗气蒸，五花连钱旋作冰。"高
适《画马篇》："马毛连钱蹄铁色，图画光辉骄玉勒。"

㉓ 吴江枫落：吴江，即吴淞江。落，一作"冷"。《旧唐书·郑
世翼传》载崔信明诗句："枫落吴江冷。"

㉔胡山叶飞：唐张固《幽闲鼓吹》载乔彝京兆府解试，作《渥
洼马赋》有警句云："四蹄曳练，翻瀚海之惊澜；一喷生风，
下胡山之乱叶。"胡山，胡地之山。

㉕玉门关闭：玉门关，又称玉关，因西域玉石经此输入，故名，
在今甘肃敦煌市西北小方盘城，与其南边之阳关同为古代通西
域之要道。《汉书·李广利传》："太初元年（前104），
以广利为贰师将军，发属国六千骑及郡国恶少年数万人以往。
期至贰师城取善马，故号贰师将军。……至敦煌，士不过什
一二，使使上书，言道远多乏食，且士卒不患战而患饥，人少
不足以拔宛，愿且罢兵，益发而复往。天子闻之大怒，使使遮
玉门关，曰：'军有敢入，斩之。'贰师恐，因留屯敦煌。"《马
戏图谱》"打马图式"中有"玉门关"。

㉖沙苑草肥：沙苑，在今陕西大荔县南洛、渭两河之间，唐、宋
置沙苑监，《唐六典》卷十七："沙苑监，掌牧养陇右诸牧牛羊，
以供其宴会祭祀及尚食所用。"杜甫《沙苑行》："苑中騋牝
三千匹，丰草青青寒不死。"

㉗"临波"二句：障泥，垂于马腹两侧以挡泥土之物。《世
说新语·术解》："王武子善解马性，尝乘一马，着连钱
障泥，前有水，终日不肯渡。王云：'此必是惜障泥。'

使人解去，便径渡。"

㉘ 昆阳之战：昆阳，汉县名，治所在今河南叶县。新莽地皇三年（22），刘秀等在此与王莽主力军大战，以少胜多，为推翻王莽政权之关键之战。

㉙ 优游仗义：从容不迫，秉持正义。

㉚ 涿鹿之师：指传说中的上古黄帝讨伐蚩尤之师。涿鹿，在今河南涿鹿县东南。《史记·五帝本纪》："蚩尤作乱，不用帝命。于是黄帝乃征师诸侯，与蚩尤战于涿鹿之野。"

㉛ 闻望：声望。《诗经·大雅·卷阿》："令闻令望。"郑玄笺："人闻之则有善声誉，人望之则有善威仪，德行相副。"

㉜ 脱复庾郎之失：言偶尔失误。脱复，偶尔。《晋书·王湛传》："济尝诣湛，见床头有《周易》，问曰：'叔父何用此为？'湛曰：'体中不佳时，脱复看耳。'"庾郎，指庾翼（305—345），字稚恭。《世说新语·雅量》载其于岳母前盘马，"始两转，坠马堕地，意色自若"。

㉝ 声名素昧：向来声名不显。

㉞ 痴叔之奇：痴叔，指王济之叔王湛（249—295），字处冲。《晋书》本传载其"少言语，初有隐德。人莫能知。兄弟宗族皆以为痴"。精玄理，善骑马，知马性。"武帝亦以湛为痴，每见

济，辄调之曰：'卿家痴叔死未？'……济曰：'臣叔殊不痴。'
因称其美。"

㉟ 缓缓而归：李贺《黄家洞》："闲驱竹马缓归家，官军自杀容
州槎。"

㊱ 昂昂而去：去，一作"立"。《楚辞·卜居》："宁昂昂若千
里之驹乎。"王逸注："昂昂，志行高也。"

㊲ 鸟道：陡峭狭隘的山间小路。庾信《秦州天水郡麦积崖佛龛
铭》："鸟道乍穷，羊肠或断。"倪璠注引《南中志》曰："鸟
道四百里，以其险绝，兽犹无蹊，特上有飞鸟之道耳。"

㊳ 蚁封：蚂蚁封穴之小土堆，喻狭小逼仄之地。《晋书·王湛传》
载湛善识马，其侄王济"所乘马甚爱之。湛曰：'此马虽快，
然力薄，不堪苦行。近见督邮马当胜，但刍秣不至耳。'济试
养之，而与己马等。湛又曰：'此马任重方知之。平路无以别也。'
于是当蚁封内试之，济马果踬，而督邮马如常"。《马戏图谱》
"打马例"："方西邻责言，岂可蚁封共处。"

㊴ 崎岖峻坂：坎坷险峻之山坡。

㊵ 王良：春秋时晋国之善御马者。《淮南子·览冥训》："昔者
王良、造父之御也，上车摄辔，马为整齐而敛谐，投足调均，
劳逸若一。心怡气和，体便轻毕。安劳乐进，驰骛若灭。左右

若鞭，周旋若环。世皆以为巧。"许慎注："王良，晋大夫御，无恤子良也，所谓御良也。一名孙无政。……造父，嬴姓，伯翳之后，飞廉之子，为周穆王御。"

㊶ 踢促盐车：踢促，拘束不得伸展。《战国策·楚策四》："汗明曰：'君亦闻骥乎？夫骥之齿至矣，服盐车而上太行，蹄申膝折，尾湛胕溃，漉汁洒地，白汗交流。外阪迁延，负辕而不能上。伯乐遭之，下车攀而哭之，解纻衣以幂之。骥于是俯而喷，仰而鸣，声达于天，若出金石声者，何也？彼见伯乐之知己也。'"

㊷ 造父：见注㊵。

㊸ "且夫"二句：且夫，况且。《穆天子传》卷三："天子觞西王母于瑶池之上。西王母为天子谣曰：'白云在天，山陵自出。道里悠远，山川间之。将子无死，尚能复来。'"

㊹ 恋豆：指马贪恋槽中草料，喻贪念眼前小利。《三国志·魏书·曹爽传》裴松之注引干宝《晋书》曰："桓范出赴爽，宣王谓蒋济曰：'智囊往矣。'济曰：'范则智矣。驽马恋栈豆，爽必不能用也。'"黄庭坚《己未过太湖僧寺得宗汝为书寄山蓣白酒长韵诗寄答》："身欲免官去，驽马恋豆糠。"

㊺ 志在着鞭：言志在策马千里。着鞭，挥鞭策马驰骋。《世说新语·赏誉》"刘琨称祖车骑"条刘孝标注引《晋阳秋》载刘琨《与

亲旧书》曰："吾枕戈待旦,志枭逆虏,常恐祖生先吾着鞭耳。"

㊻ "止蹄"二句:言落子、行马。止,一作"蹴"。画道,一作"何
异"。黄叶、金钱,喻打马之棋子。《马戏图谱》"下马例":
"每人马二十匹,用犀象刻,或铸铜为之,如大钱样。刻其文
为马文,各以名马别之,如骅骝之类。或只用钱,各以钱文为别,
仍杂采染其文。"黄庭坚《题邢惇夫扇》:"黄叶委庭观九州,
小虫催女献功裘。金钱满地无人费,百斛明珠薏苡秋。"

㊼ 五十六采:据《马戏图谱》"彩色图":赏色十一采,罚色二
采,余散采四十三,凡五十六采。

㊽ 九十一路:据《打马图经》,自赤岸驿上马,到尚乘局下马,
共九十一路。

㊾ 核其殿最:核算胜负名次。《文选》卷十七陆机《文赋》:"考
殿最于锱铢,定去留于毫芒。"李善注引《汉书音义》:"项
岱曰:殿,负也。最,善也。韦昭曰:第上为最,极下曰殿。
又曰:下功曰殿,上功曰最。"

㊿ "运指麾"句:指麾,同"指挥"。方寸:心。

(51) 几微:预兆。

(52) "游艺"句:游,一作"小"。末技,不足道之技艺。

(53) 说梅止渴:意同"望梅止渴"。《世说新语·假谲》:"魏武

（曹操）行役，失汲道，军皆渴。乃令曰：‘前有大梅林，饶子，甘酸，可以解渴。’士卒闻之，口皆出水，乘此得及前源。”

(54)“稍苏”句：稍略缓解竞争之心志。

(55)画饼充饥：《三国志·魏书·卢毓传》载魏文帝诏有云：“选举莫取有名。名如画地作饼，不可啖也。”唐冯用之《权论下》：“其或不可为而为，则礼义如画饼充饥矣；不可施而施，则礼乐如说河济渴矣。”

(56)“少谢”句：少谢腾骧，一作“亦寓踔腾”。谢，消减。腾骧（xiāng），腾跃驰骋。《文选》卷二张衡《西京赋》：“负笋业而余怒，乃奋翅而腾骧。”薛综注：“腾，超也。骧，驰也。”

(57)“将求”二句：求远，一作“图实”。《马戏图谱》“落堑例”：“凛凛临危，正欲腾骧而去。……玄德之骑，已出如飞。”《三国志·蜀书·先主传》裴松之注引《世语》载刘备（字玄德）初依刘表，“备屯樊城。刘表礼焉，惮其为人，不甚信用，曾请备宴会。蒯越、蔡瑁欲因会取备。备觉之，伪如厕，潜遁出。所乘马名的卢。骑的卢走，堕襄阳城西檀溪水中，溺不得出。备急曰：‘的卢，今日厄矣，可努力！’的卢乃一踊三丈，遂得过。”

(58)“欲报”二句：或相，一作“故知”。《马戏图谱》“打马例”：

"但素蒙剪拂，不弃驽骀。愿守门阑，再从驱策。溯风骧首，已伤今日之障泥；恋主衔恩，更待明年之春草。""倒行例"："凡遇打马，遇叠马，遇入窝，许倒行"，"既将有为，退亦何害？语不云乎：'日暮途远，故倒行而逆施之也。'"

⑤⑨ 衔枚：《周礼·夏官·大司马》："中军以鼙令鼓，鼓人皆三鼓，群司马振铎，车徒皆作，遂鼓，行徒衔枚而进。"郑玄注："枚如箸，衔之，有繣结项中。军法止语，为相疑惑也。"《汉书·高帝纪上》："章邯夜衔枚击项梁定陶。"颜师古注："衔枚者，止言语欢嚣，欲令敌人不知其来也。《周官》有衔枚氏。枚，状如箸，横衔之，繣絜于项。繣者，结碍也。絜，绕也。盖为结纽而绕项也。"《马戏图谱》"行马例"："万马无声，恐是衔枚之后。"

⑥⓪ "已逾"句：逾，越过。《马戏图谱》"行马例"："凡叠成十马以上，方许过函谷关。""总论"："大抵此局……以函谷关为限，故非十四不得过，先过者有赏。"

⑥① 贾（gǔ）勇争先：即奋勇争先。贾勇，言勇气充裕有余。《左传》成公二年："齐高固入晋师，桀石以投人，禽之而乘其车，系桑本焉，以徇齐垒，曰：'欲勇者，贾余余勇。'"杜预注："贾，卖也。言己勇有余，欲卖之。"

(62) 阱堑：陷坑。《马戏图谱》“落堑例”：“凡尚乘局下一路谓之堑。……马落堑者，不行，不打。后马落堑，谓之同处患难。”

(63) 不知止足：不知足。《老子》四十四章：“知足不辱，知止不殆，可以长久。”

(64) 自贻尤悔：自取其咎，自寻悔恨。贻，赠与。尤悔，过失和悔恨。《论语·为政》：“言寡尤，行寡悔，禄在其中矣。”

(65) 范我之驰驱：规范掌控其驱驰。《孟子·滕文公下》：王良曰：“吾为之范我驰驱，终日不获一。”赵岐注：“范，法也。”

(66) 箴佩：随身奉守之箴规。

(67) “况为之”二句：正经，指《论语·阳货》有云：“子曰：饱食终日，无所用心，难矣哉！不有博奕者乎，为之犹贤乎已。”宋邢昺疏：“言人饱食终日，于善道无所用心，则难以为处矣哉。……贤，胜也。已，止也。”

(68) “用之”二句：用之以诚，一作“行以无疆”。义，合宜的行为举止。天德，即天道。《礼记·中庸》：“唯天下至诚，为能经纶天下之大经，立天下之大本，知天地之化育。……苟不固聪明圣知达天德者，其孰能知之？”

(69) “牝乃”句：牝马乃与大地柔顺之德契合。《周易·坤》：“坤，元，亨，利牝马之贞。……牝马地类，行地无疆。”孔颖达疏：

"'利牝马之贞'者……坤是阴道，当以柔顺为贞，正借柔顺之象以明柔顺之德也。……'牝马地类，行地无疆'者，以其柔顺，故云'地类'。以柔顺为体，终无祸患，故行地无疆，不复穷已。此二句释利、贞也，故上文云'利牝马之贞'是也。"

⑦⓪"反亦"句：还马亦显示鲁姬之礼仪。反，归还。式，礼仪规范。《左传》宣公五年：秋九月，齐大夫高固迎娶鲁女淑姬。"冬，来，反，马也。"孔颖达疏："礼：送女适于夫氏，留其所送之马，谦不敢自安于夫。若被出弃，则将乘之以归，故留之也。至三月，庙见，夫妇之情既固，则夫家遣使反其所留之马，以示与之偕老，不复归也。"

⑦①"鉴髻"句：用堕马髻典故喻马戏之落堑。《后汉书·梁冀传》载其妻孙寿"色美而善为妖态，作愁眉、啼妆、堕马髻、折腰步、龋齿笑"，李贤注引《风俗通》曰："堕马髻者，侧在一边。"

⑦②"溯浒"句：用西周先祖避戎狄而走马迁至岐山下之典故，喻马戏之倒行。《马戏图谱》"倒行例"："凡遇打马……许倒行。"浒，水边。岐国，在今陕西岐山县东北。循，通"巡"。《诗经·大雅·绵》："古公亶父，来朝走马。率西水浒，至于岐下。"

⑦③"故绕床"二句：床，胡床，即交椅。卢，《晋书·刘毅传》："后于东府聚，摴蒱大掷，一判应至数百万，余人并黑犊以还，

唯刘裕及毅在后。毅次掷得雉，大喜，褰衣绕床叫，谓同坐曰：‘非不能卢，不事此耳。’裕恶之，因接五木久之，曰：‘老兄试为卿答。’既而四子俱黑，其一子转跃未定。裕厉声喝之，即成卢焉。”李翱《五木经》：“樗蒲五木，玄白判。……皆玄曰卢。”

㊞ “沥酒”二句：郑文宝《南唐近事》载：“刘信攻南康，终月不下。义祖（徐温）谴信使者而杖之，詈曰：‘语刘信要背即背，何疑之甚也！’信闻命大怖，并力急攻，次宿而下。……他日谒见，义祖命诸元勋为六博之戏以纾前意。信酒酣，掬六骰于手曰：‘令公疑信欲背者，倾西江之水终难自涤。不负公，当一掷遍赤。诚如前旨，则众彩而已，信当自拘，不烦刑吏耳。’义祖免释不暇，投之于盆，六子皆赤。义祖赏其精诚昭感，复待以忠贞焉。”沥酒，洒酒起誓。王建《岁晚自感》：“沥酒愿从今日后，更逢二十度花开。”

㊟ “平生”二句：不负，不曾负败。剑阁，在今四川剑阁县剑门镇。此代指蜀川。勋，一作“师”。《世说新语·识鉴》：“桓公将伐蜀，在事诸贤咸以李势在蜀既久，承藉累叶，且形据上流三峡，未易可克。唯刘尹云：‘伊必能克蜀。观其蒲博，不必得则不为。’”

(76)“别墅”二句：淮，淮水，即淮河。淝，淝水，亦作“肥水”，今安徽寿县东肥河。《晋书·谢安传》：“（苻）坚后率众号百万次于淮肥，京师震恐，加安征讨大都督。（谢）玄入问计，安夷然无惧色，答曰：‘已别有旨。’既而寂然。玄不敢复言，乃令张玄重请。安遂命驾出山墅，亲朋毕集，方与玄围棋，赌别墅。安常棋劣于玄，是日玄惧，便为敌手而又不胜。安顾谓其甥羊昙曰：‘以墅乞汝。’安遂游涉，至夜乃还，指授将帅，各当其任。玄等既破坚，有驿书至，安方对客围棋，看书既竟，便摄放床上，了无喜色，棋如故。客问之，徐答云：‘小儿辈遂已破贼。’”

(77)元子：即桓温（312—373），字元子，谯郡龙亢（治所在今安徽怀远）人。

(78)安石：即谢安（320—385），陈郡阳夏（治所在今河南太康）人。

(79)陶长沙博局之投：陶长沙，指陶侃（259—334），字士行。原籍鄱阳（今属江西），迁居浔阳（治所在今江西九江）。官至征西大将军、荆州刺史。封长沙郡公。《晋书》本传载其“性聪敏，勤于吏职，恭而近礼。……诸参佐或以谈戏废事者，乃命取其酒器、蒱博之具，悉投之于江”。

(80)袁彦道布帽之掷：袁彦道，名耽，东晋陈郡阳夏（治所在今河南太康）人。少有才气，倜傥不羁，享誉士辈。《晋书》本传载桓温少时博戏大输负债，求救于袁耽。“耽略无难色，遂变服，怀布帽，随温与债主戏。耽素有艺名，债者闻之而不相识，谓之曰：‘卿当不办作袁彦道也。’遂就局，十万一掷，直上百万。耽投马绝叫，探布帽掷地，曰：‘竟识袁彦道不？’其通脱若此。”

(81)乱：辞赋结语之标示词。一作“辞”。《楚辞·离骚》“乱曰”王逸注：“乱，理也，所以发理词指，总撮其要也。”

(82)“佛狸”句：佛狸，北魏太武帝拓跋焘之字。此借指金主。《宋书·臧质传》载质答拓跋焘书曰：“尔自恃四脚，屡犯国疆。诸如此事，不可具说。王玄谟退于东，梁坦散于西，尔谓何以？不闻童谣言邪：‘虏马饮江水，佛狸死卯年。’此期未至，以二军开饮江之径尔，冥期使然，非复人事。”

(83)流徙：流离迁徙。

(84)“满眼”句：骅骝、騄駬，属传说中的周穆王所驭八马。《马戏图谱》“下马例”：“每人马二十十四，用犀象刻，或铸铜为之，如大钱样。刻其文为马文，各以名马别之，如骅骝之类。”

(85)“时危”句：杜甫《题壁上韦偃画马歌》：“戏拈秃笔扫骅骝，欻见骐驎出东壁。一匹龁草一匹嘶，坐看千里当霜蹄。时危安得真致此，与人同生亦同死。"

⑧⑥ "木兰"句：木兰，民间传说中的北朝女子，男扮女装，替父从军。乐府古辞《木兰诗》："愿为市鞍马，从此替爷征。东市买骏马，西市买鞍鞯。南市买辔头，北市买长鞭。……万里赴戎机，关山度若飞。朔气传金柝，寒光照铁衣。将军百战死，壮士十年归。"

⑧⑦ "老矣"句：曹操《龟虽寿》："老骥伏枥，志在千里。烈士暮年，壮心不已。"

⑧⑧ "但愿"句：相将，相与。淮水，今淮河。据宋、金绍兴和议，两国东以淮水、西以大散关（今陕西宝鸡西南）为界。

译文

我性好博戏，夜以继日，往往废寝忘食。南渡来到金华，客居陈氏家，讲论博弈之事，于是写成《依经打马赋》：

一年将逝，或可博戏。千金一投，百万赌筹。酒肴齐备，行礼已毕；主客欢醉，莫不博弈。于是打马兴起，樗蒱废弃。实为上等博弈，闺中雅戏。赤骥、騄耳齐驱，似周穆王万里之远行；黄马、黑骏相间，类杨国忠五家之列队。珊珊似环佩作响，方疑玉镫之撞击；疏落如星辰罗布，忽见连钱之破碎。

至若吴江枫林凋落，胡山秋叶飘飞；玉门关闭，沙苑草美。临波不渡，似惜障泥。或出奇制胜，有类昆阳之役；或仗义从容，正如涿鹿之师。或久负重望，偶如庾翼之坠地；或素昧声名，便同王湛之神奇。亦有缓缓归来，昂昂离去。鸟道疾驰，蚁穴闲步。崎岖之陡坡，未遇王良；束缚于盐车，难逢造父。况且山陵悠远，白云浮天。心不贪恋近利，志在勇往直前。似黄叶驻足，如铜钱行步。所用凡五十六采，所行共九十一路。赏罚分明，核定胜负。运筹指挥于方寸之间，决策制胜于征兆之先。

且好胜为人之常情，游艺乃士之末技。似说梅止渴，略解竞逐之心；如画饼充饥，稍减腾跃之志。将达远谋，故临危难而不转回；欲报鸿恩，或察机运而先后退。或衔枚缓进，已越过关塞之险；或奋勇争先，未觉察陷阱之坠。皆因不能知足，自取懊悔。当知规范自我之驱驰，莫忘恪守君子之箴规。何况为之而不废，其事已见于儒经；用之以真诚，其行必合于天理。牝马乃契合大地之顺德，还马亦显示鲁姬之礼仪。落堑似梁家之堕马髻，倒行如亶父之避戎狄。故绕胡床而欢呼，五木皆黑；洒清酒以发誓，六子尽赤。平生蒲博不败，遂成伐蜀之功；棋赌别墅未输，已破淝水之敌。今日岂无桓元子，明日不乏谢安石。又何必效陶士行投博具于江，正当学袁彦道掷布帽于地。

乱曰：金主定然卯年死，贵贱纷纷尚流离。各色骏马聚眼底，安能成真救危时。木兰从军侠女子，老妇岂能志千里，只愿相伴渡淮水。

赏析

　　此赋与《打马图经序》同作于绍兴四年（1134）冬避难金华期间，一骈一散，各寓理趣，相得益彰。

　　依句式，赋有散体、骈体、骚体之分。易安此赋属四六骈体，前有序、末有乱，体式完备。序述作赋缘起，笔墨简洁，可与《打马图序》"予性喜博"相参读。性好博弈，避难异乡，无以消遣，遂"讲博弈之事"，并"作《依经打马赋》"。"南渡金华"一句透出时局，可作结末"乱"语之伏笔。

　　"岁令云徂"以下为此赋之正文。可分两层："决胜负于几微之外"以上，铺叙描述打马情状，为题中本体。其行文脉络分明，"岁令云徂"至"乃闺房之雅戏"，由博戏引入打马，可作序幕。"齐驱骥骤"至"忽见连钱之碎"，总体描绘打马场景气势。"若乃吴江枫落"至"难逢造父"，设想例举打马博戏之种种境遇局面，以"若乃""或""亦有"等虚字贯通笔路文势。"且夫丘陵云远"至"决胜负于几微之外"，归结打马博戏所寓心智襟怀，兼言其胜负赏罚之规。"丘陵云远"二句笔调呼应"穆王万里之行"。

　　"且好胜者人之常情"至"正当师袁彦道布帽之掷也"，

为正文之第二层，推究打马博戏所蕴之情理，以明其不可废弃。行文脉络由情入理：打马博戏可疏解人之好胜情志，所谓"稍苏奔竞之心""少谢腾骧之志"；其胜负所寓之理贯通于君子之箴规，所谓"当知范我之驰驱，勿忘君子之箴佩"；其事见于儒经，行之以诚则合于天道（"五木皆卢""六子尽赤"、伐蜀功成、淝水破敌诸典事均为"合于天德"之证）。由此而言，打马自不可废弃，所谓"当师袁彦道布帽之掷也"。"今日岂无元子"二句承前"成剑阁之勋""破淮淝之贼"，亦寄寓时局之感、故国之思，映照"乱"语之"但愿相将过淮水"。

结末之"乱"呼应序首之"南渡金华"，落笔于金兵南侵之时局及避难流离之境遇，叹老思乡、期盼收复故国之情流于笔端。此亦可谓"曲终奏雅"，"满眼"二句，因打马博戏而感慨时势，过渡自然，切情入理。

句式上的骈俪铺排、遣词上的用典藻饰及声律上的平仄协韵，为骈赋的基本特色。易安此赋亦然，同时又展现出宋人四六骈文之两大特色：一是以虚字贯通意脉，如"若乃""且夫""况""或"等，或转折，或递进，或铺展，文气畅达，略无滞涩之弊；二是以理入骈，"且好胜者"以下均属议论事理之笔，脉络清晰。